忘川劫

我想，
這或許就是
人間話本子裡提到的一見鍾情。

九鷺非香 作

目錄

求不得

愛別離

第一章

不知從什麼時候開始，路過忘川的人喚我為三生石。從那之後，有的人唾棄我，有的人攥手在我身上刻下他們前世的緣，有的人在我面前失聲號哭。而我只是忘川邊上的一顆石頭，無悲喜、無苦樂。我漠然守了忘川千年，終是化成了靈。

萬物生靈，自然都是要歷劫的。而我卻安安穩穩地過了百來年，直到……情劫。

路過忘川的白鬍子老道替我看了相，搖頭晃腦地預測我的劫數。我只當他是在放屁。我乃三生石化的靈，石頭的靈魂，石頭的心。忘川河邊常年不散的陰氣更是熏得我心冷腸硬，無情無殤，不會動情，又哪來的情劫？

那時我是這樣想的。

可是，萬事總有一個意外。

在冥界某個陰森的下午，我如往常一樣，自千年不曾變過的忘川河邊散步歸來，於不經意間，於陰氣氤氳的黑暗之中，我抬頭一看，彷彿是人界的陽光破開了層層霧靄，明媚了黃泉路上遍布的彼岸花。

那個男子翩然而來。

我忽然想起許多年前一個人類的女子路過我身邊時喃喃的一句話：有匪君子，如切如磋，如琢如磨。

千年來，我這顆石頭的心難得微妙地動了一動。我想，這或許就是人間話本子裡提到的一見鍾情吧。

他慢慢走近，當然不是來找我的，只因為我的身後是入冥界內部時必過的奈何橋。我覺得好不容易碰上這麼一個美妙的人兒，理當和他有一個美妙的遇見。

我上前，細聲喚道：「公子。」我想如同話本子裡的有教養的小姐那樣對他行個禮，但是人間的話本子只是輕輕說了句行禮，並沒有告訴我具體的動作和姿勢。

我尋思了一下，便照著素日那些幽魂們向閻王哭訴時的模樣，雙膝「撲通」一跪，衝他磕了三個響頭。「公子，敢問你叫什麼芳名？」

周圍的小鬼們抽了兩口冷氣，他呆呆地站在那裡，眼神有些訝異，一時也沒答我的話。

做人做事得有誠意，黑白無常經常把這話掛在嘴邊。

「有誠意才好辦事。」所以他們每次都能將三魂七魄乖乖地勾回來。

我見他不答我的話，琢磨了一下，覺得興許是自己這頭磕得不太響，沒顯出誠意來。於是我便跪著向前行了三步，沒再吝惜著力氣，又狠狠磕了三個響頭，似乎將地都磕得震了三震。

周遭的小鬼嘶嘶地抽氣，似乎嚇得不清。

我抬起頭來，一臉鮮血淋漓地望著他。「公子芳名？」

或許是這一臉血的淒然將他駭住了，他還是沒說話。我心急地抹了把臉，整張手掌都溼潤了！我不知自己竟流了這麼多血，頓時也有些理解他為何是這副呆滯的表情了。

我心驚，一陣手忙腳亂地擦，到頭來弄得自己全身都血糊糊的。

我抬頭，頗為無奈地望他。

他漂亮的眸中映著我的影子，隨即眼角彎出一道明亮的笑意。

我雖不知他在欣喜些什麼，但見他欣喜，我也表示友好地展現出自己白森森的牙。

旁邊的小鬼甲顯得莫名的焦急，他湊近我身邊拉我，我不起。甲氣急道：「我的三生姑奶奶！妳擺出這副厲鬼的形容做甚！妳可知道他是誰？」

在冥界的靈物裡面，我法力算不得高深，但是因為輩分到那裡了，小鬼們對我都是畢恭畢敬的，用這種語氣和我說話的時候是少之又少。我皺眉，感到奇怪道：「我當然不知道他是誰，我這不是正在問嗎？」

小鬼乙一副恨不得血濺當場的模樣。「姑奶奶！這是天上的……」他話還沒說完，一個溫潤的聲音打斷了他的話。

「我名喚陌溪。」

他伸手，我自然地將手放在他手上，他反手扣住我的手腕。

手腕是我的命門，現在他只須稍一用力，我便會死得非常難看。

小鬼甲、乙本就蒼白難看的臉色更是蒼白了幾分，甲忙求道：「大人！大人！三生姑娘此生皆守於忘川河邊，冥府乃是粗鄙之地，姑娘不懂此間禮數，還望大人見諒。」

「三生？這名字倒奇怪得有些味道。」

我仍是望著他，心中並不害怕，因為他眼中沒有殺氣。

他將我細細打量一陣子，放開我的手腕，轉而扶住我的手臂將我拉起。「冥界的石頭竟能化靈，確實是奇事一樁，難得。可妳既不知我是誰，卻為何要對我行這大禮？」

大禮？

我了悟。原來方才並非是我誠意不夠，而是我誠意太過多了。我老實道：「你長得漂亮，我想……」我不適時地詞窮一番，情急之下便隨意抓了一個不知什麼時候遺落在腦海裡的詞。「我想勾搭你。」

小鬼甲用無可救藥的眼神看著我。

他笑了。「倒真是個爽直的靈物。」

私以為這是個很好的讚美，我頓時心喜不已，忙問：「那我可以勾搭你嗎？」

他默了默道：「此番我是為了歷劫而來，不會在冥府逗留。」

言下之意便是不可以吧。我垂了眼眸，有些失望。

「妳一直都守在忘川河邊？」他突然問。

我點頭。

「可想去外面看看？」

眼一亮，我狠狠點頭。

他淺淺一笑，拍了拍我的頭頂。「此番我受了妳這破頭流血的幾拜，也不能讓妳白白地拜了。既然妳想出這冥府走走，我就許妳三生的自由好了。我歷劫的三生便是妳自由的三生。我歷劫歸來之後，妳還是乖乖地回到忘川河邊來守著，如此可好？」

不是個虧本買賣，我點頭說好。

他在我的手腕邊施了個金印。「做靈物還是機靈些好，以後將自己的命門護好一些。」他道：「不是每個強者都如我這般善良的。」

他在小鬼甲、乙一臉抽搐地護送中離開。我摸了摸手腕上的金印。

笑。

「陌溪。」我高聲喚道。

奈何橋前，他端著孟婆湯轉頭看我。

「我可以去人界勾搭你嗎？」我問得很認真，惹得舀湯的孟婆一陣桀桀怪笑。

他也勾了勾脣。「若是能找到，便勾搭吧。」言罷，一口飲盡孟婆湯，他頭也不回地走進冥府的更深處。

我一直目送他離開，直到再也看不到了也沒捨得轉過視線。

小鬼乙自奈何橋頭走回來，一雙青黑枯槁的手在我面前晃了晃。「三生姑娘！」

「唔。」

「妳莫不是對他動上情了吧？」

我這才轉頭看乙，認真問：「怎麼才算得上動情？」

乙扭頭想了想。「妳素日裡看的那些話本子中，男男女女的形容便叫動情。」

我尋思了一下，我素日看的那些話本子裡，公子遇見小姐，小姐行了個禮，兩人對話三兩番，然後便開始了一番不能自禁的嗯嗯啊啊運動。我沒對陌溪生出想嗯嗯啊啊運動的想法，應當算不得動情吧。

我堅定搖了搖頭。「沒有動情。」

乙長嘆口氣，自言自語喃喃著。「也是，這石頭怎麼會動情呢？倒是我多想了。」隨即又盯著我道：「沒動情便好！這世間啊，最折騰人的莫過於情之一字。倒不是說三生姑娘妳一定不能去喜歡上誰，只因為這陌溪神君當真是天地間女子最不能去喜歡的人。」

「為何？他是我見過模樣、身形、氣質都最好的人。」我頓了頓。「還有說話的聲音也是最好聽的。」

「正因為他樣樣都如此完美，才萬萬不能對他動真情啊！陌溪神君身司九天戰神一職，上天入地，無所不能，可是他卻只心繫天下。胸中有蒼生的人，哪還裝得下兒女私情呢？」

我覺得陌溪心中裝不裝得下兒女私情與我沒多大關係，倒是乙的前半句話讓我愣了愣。「戰神這種殺氣騰騰的職位怎麼會是他在做呢？他分明如此善良。」

乙差點沒噴出一口老血。「善良？三生妳莫不是真信了？」

見我點頭，乙搖了搖頭，無力道：「當初魔族犯上，十萬魔兵攻上天界，陌溪神君率三萬天兵將其全部斬殺，以少勝多不說，後又揮軍直下九幽魔都，殺得整個魔域血流成河，十年不聞魔音，但凡三歲以上的魔族全部殺絕。」

這事我倒是有些印象。

那段時間冥府變得極為擁擠，哭號聲幾乎要掀掉了閻王殿，奈何橋都快被踩塌了。

這些魔族的人雖說都是陌溪殺的，可是戰爭本就是你死我活的事，陌溪身為戰神，以武力鎮壓反叛者本就是他的職責。他忠於自己的族類，在戰鬥中狠厲決絕也是當然的。

我拍了拍乙的肩。「多謝你告訴我這些事，我回石頭裡收拾收拾。」

乙呆了呆。「姑娘要去哪裡？」

我笑。「自然是要去人界勾搭他。」

第二章

我在冥府將各項事宜都辦妥之後，閻王親自替我在脖子後面印了三個印，一個印便是在人間的一生。待三個印都消失之後，我又必須回到冥府，守著忘川。

在各種靈物豔羨的目光中，我終於穿著一身白棉布長裙來到了人界。只在話本子裡出現過的人間，比我想像中還要熱鬧，還要有趣，還要……危險。

來到人間的第三日，我在尋找陌溪的途中路過一個寺廟，晃眼間，瞥見廟裡供奉著地藏菩薩，我便虔誠地進去拜了拜。

我跪下，頭還未磕完，一個年老而精幹的光頭和尚突然拿了把剃刀走出來。他和藹地對我笑了笑。「阿彌陀佛，施主能迷途知返，皈依我佛，實乃善事一件。」

我沒明白過來他這話是什麼意思，只想著閻王在我臨走前祝福我定要與人為善，這老和尚長得是砢磣了點兒，但不妨礙我對他偽裝出和善的面容，於是我也對他笑了笑，點頭套交情道：「你供的地藏菩薩是個好菩薩。」光頭老和尚笑得越發慈祥。「這是自然，這是自然。」言罷，他一聲招呼也沒打，拿著剃刀便直接往我的頭髮上招呼。

我忙往後一躲，大喝。「呵！做甚！」我是石頭，三生石，全身上下最不容易長的就是頭髮，眼瞅著它長了千把年，終於有點起色，這老禿驢居然想拿剃刀剃我！

見我躲開了第一擊，老和尚手一舞，又欲來剃我頭！我當下一怒，反身一腳把他踹開，不料這和尚居然是個練家子，我這一腳被他輕而易舉地躲開。他臉上和善的笑變臉一般立馬收斂起來。

「施主這是何意？」

我感到奇怪。「禿驢你又是何意？」

他一聲冷哼。「我還道妳這妖物是想要來皈依我佛，以贖罪孽的，原來妳竟是來挑釁的！」

「妖？」我擺手，欲解釋：「你認錯了，我不是……」

「哼，妳身上的陰氣早在三里之外我便聞到了，休要狡辯！」

我左右嗅嗅，實在不覺得自己身上的陰氣有多重，忘川河中那些魚兒的陰氣比我重了何止百倍。那和尚卻不聽我解釋，又是一記剃刀向我招呼而來。我殺心一動，卻又恍然記起來人界之前，閻王對我千叮嚀、萬囑咐，絕對不可害人性命。

我收招，一扭頭，拔腿就跑。

和尚追著我整整翻了一座大山，我跑得筋疲力盡只想給那禿驢一拳，教他一睡不醒。

忽然，鼻尖飄過一陣異香，在冥府中我從未聞過如此美妙的香味，當下心神便被引了過去。越跑越近，一片疑似紅雲的花海在我眼前出現。

而今這個季節被人們叫做冬，那些覆蓋在紅色花瓣上的晶瑩物體被人們叫做雪。我不知這些紅花叫什麼名字，穿過這一片奇香的花海，我像是快要醉在其中，晃晃蕩蕩闖進花海深處，一座小院安靜地坐落其中。

我帶這一絲好奇，推開院門。才一踏進小院，陌溪在我手腕留下的金印忽然一閃，我心中一動，走進小院裡的主屋，忽聞一個女子溫婉的聲音。

「搖啊搖，搖啊搖。」

我輕輕地將門推開一條縫隙，悄悄往裡看去，一個少婦坐在床上，懷裡抱著個嬰孩。細細一打量，我笑了。這眉眼、這鼻脣，可不是陌溪的肉團版嗎？

這可真是得來全不費工夫！

但陌溪現在只是個肉團，忘卻了前生，又尚不能識人，我該如何勾搭他呢？我思量了半晌，決定，乾脆我就一直陪在他身邊，護著他長大好了。如此我既能從小將他的便宜占個乾淨，還能預防別的女子或是男子在他未明事理的時候將他強取豪奪了。

是個極好的買賣。

我正想著，身後突然傳來一聲大喝。

「妖孽哪裡逃！」

我駭了一跳，忙往前一撲，「砰」的撞開屋門，跌進屋裡。閃亮亮的剃刀自我額前劃過，我只見眼前一綹青絲悠然落下，半點也不給我挽留的機會。

頹然臥地，我目光空洞地望著那綹已挺屍於地的黑髮，神情呆滯。

「啊！」

女子的驚聲尖叫在我聽來是如此的遙遠，而閻王的千叮萬囑更是飄渺得像是浮雲。就像是這剃刀斷我頭髮一樣，我心裡那根名喚理智的弦「啵」的一聲，斷了。

我一躍而起，掌間靈力凝聚，帶著忘川千年的陰氣直向老和尚拍去。眼見著這一掌要將他拍得腦漿迸裂，一道嬰孩的號哭突然喚醒我的理智。

掌勢往旁一偏，擊在門梁上，整個木屋都為之震了三震，我一個空翻躍出屋外。

那禿驢似乎被我這一掌嚇得不清，緩了好一陣子才回過神來。他望了望我，又望了望肉團版的陌溪，突然對著那個一臉驚恐的女子道：「眉心硃砂，妳的孩子乃是不祥之人，生而招來此等妖孽，此後必定剋盡親近之人！」

此話一出，駭得那婦人面無人色，抱著孩子，不知該如何是好。

我大怒。「禿驢休要胡言！」人界的人都信得這些和尚、道士的預言，他如此一說，便真是毀了陌溪這一生。

「哼！妖孽，方才妳趁我不備偷襲於我，這次老衲定要將妳收了！」和尚手間的剃刀金光一閃，化作一柄禪杖，直向我殺來。這和尚的道行不高，倒是那禪杖上的佛光逼得我不敢直視。幽冥地府，最怕的便是那西方佛祖的聖光，我招架不住地連連敗退。

我怕與禿驢鬥法傷了陌溪，引著和尚便往遠處去了。

我本以為，我與這和尚的一架打不了多久，我是石頭，定性是最好的，待這和尚與我纏鬥得累了，自會退去，到時候我再回來陪著陌溪長大就好。不想這人界的和尚那錚光發亮的榆木腦袋卻比我更硬上三分！他將斬妖除魔視為畢生使命，興許我又是他此生遇到的最厲害的「妖怪」，所以他將我當作了他除魔衛道的生命中的終極任務！

我與他這一鬥，在人界整整鬥了九年。

九年！

最後卻不是他放棄了殺我，而是我服了軟，不再與他硬鬥，終於尋到一具石頭妖的屍體……

彼時我躲在深山中，藏得一身狼狽，一個吃雞被骨頭噎住的石頭女妖骨碌碌地從山坡上滾下來，一頭撞在我眼前的樹樁上，頭破血流，當場斃命。

我看著老朋友黑白無常來勾石頭女妖的魂魄，已變成一團白氣的石頭女鬼哭得悽慘無比，指著山坡上痛罵。

「老娘好不容易修成了妖啊！我那天殺的雙生石蠢哥哥唷！一巴掌把老娘拍下山坡了！你這哪兒是給老娘順氣啊！你這是要命啊！我死得冤！我死得冤啊！」

但任由她怎麼哭號，那具身體已經活不過來了。黑白無常吊著長舌頭跟我打了個招呼，接著便履行公務地將她魂魄勾走了。

我目送他們離開後，抱著那具屍體是當場喜極而泣啊！

這可不是老天替我奏響的福音嗎！石頭化妖本就不容易，千百年難碰上一個，除了這冤死的女妖，我還能上哪兒去撿這麼一具完美的屍體啊！

我當即便將她衣服扒了，換成我的，然後將一身陰氣順著她的口鼻，渡到她身體裡去。

眼看著一個「三生的屍體」便要被我做出來了，身後忽然傳來急切的腳步聲，好似連滾帶爬地衝下來。我頭也沒回，想著，反正不是那禿驢怎麼都好辦。

「妹妹！」

一聲渾厚而悲痛的呼喚自我身後傳來。

「妹妹！」一個壯碩的漢子從一旁撲上前來，其狀之痛猶如蛋碎。「妳這是怎麼了呀！」

他急切地要抱起女妖的屍身，我瞪他，大聲一喝：「做甚！」渡陰氣的最後關頭，可容不得別人搗亂。

雄壯的漢子被我吼得一愣，鼻涕、眼淚滿臉糊著地望我。「我……想搖一搖我妹妹……」

「搖什麼！氣都絕了。」

「死……死了？」壯漢一臉空茫，魁梧的身體往地上一坐，彷彿震得這片山都抖了幾下。「不……不就吃了隻雞嗎……不能啊。」

我實在無力告訴他，他妹妹是死於他的怪力，被他拍下山撞死於樹上，只拉著女妖的手，不停地灌入陰氣。

壯漢獨自傷感一會，但好在石頭這種東西生而情冷，性子寡淡，像我遇到陌溪這種情況實在少見。是以他沉痛了一會後，抬起頭來望我。「妳又是誰？妳在做甚？」

我看出這壯漢是個本分的人，於是沉吟半晌，也十分厚道地說：「我是鬼差，來渡你妹妹入輪迴的。現在做法事，緊要關頭，不可吵鬧。」

他聽得一愣一愣的，立馬捂住嘴，一雙眼珠子不停地在我與他妹妹之間轉動。

一身陰氣盡數過渡給了女妖屍體，我抹了一把額上冷汗，揉了揉她的臉，以法術將她臉捏成與我一樣的形狀。

壯漢怔怔地看我。「這又是在做甚？」

我仍舊很厚道：「我和冥府的人熟，替你妹妹捏一張我的臉，讓她路上好走些。」

「妳……」壯漢虎目含淚。「妳當真是個敬職敬業、心地善良的好鬼差！」

我面不改色地受了這聲誇獎，忽覺空中傳來一股熟悉的氣息，我心頭一緊，站起身來左右看了看，在十丈開外的地方有塊巨石，石下有個大縫。我估計了一下，自己應該能擠得進去，當下便奔過去，把自己塞進縫隙裡藏好，不動了。

壯漢感到奇怪地看我。「妳又在做甚？」

「有厲害和尚要來了，你若是不想被收，就快學我找個地方躲起來！」

他一驚，顯然是害怕厲害和尚的，左顧右盼找了許久，也沒瞅見哪個地方可以躲。最後他彷彿也感到頭上越來越近的氣息，急狠了，抱頭一縮，化了原形，蜷成一塊石頭，骨碌碌地滾到我這邊來，恰好堵住我這石頭縫。

他一身妖氣未斂，那禿驢不發現他才怪！我伸手想將他推開，可是外面清風一起，眨眼間，那個與我相殺多年的宿敵禿驢已經落在石頭女妖屍體旁邊。

登時，我屏息斂氣，沒了一點聲響。

從壯漢石頭露出來的縫隙，我看見那老和尚在女妖屍體邊站了一會，倏的一聲冷笑。「上蒼有眼，終是殺了妳這禍害人間的妖怪！」

天地良心！我到人界統共九年的時間，這九年裡一直被老禿驢你禍害，我上哪兒去禍害人間啊！

奈何形勢壓人，為了以後能不被他繼續禍害，這被冤枉的氣，我好脾氣地忍了。

禿驢說完那話也沒急著走，還在女妖屍體旁立著，忽然拿出他的禪杖，禪杖上佛光刺目，眼瞅著他一杖便要打下，將那屍體化成煙雲！

我身前的壯漢石頭忽然暴起，化了人形，氣勢洶洶地向老和尚撲殺而去，大喝。「休傷她屍身！」

這勇猛的氣勢將我駭了一跳，生怕老和尚看見躲在縫隙裡的我。

禿驢擋了壯漢石頭一擊，一聲大喊：「哼！我道是哪來的妖氣逼人！竟是這女妖的姦夫！」

壯漢大怒。「休得辱人！」

我亦是大怒，這禿驢竟如此貶低我的欣賞水準！千百年來，我在忘川河邊什麼樣的人物沒見過，唯獨只瞅見陌溪這一個合我心意的。眼前這壯漢與陌溪相比，簡直差了十萬八千里！我怎會讓他成為自己的姦夫！

這老禿驢實在是辱人太甚！

我下了決心，回頭到了地府，我託人、找關係，花上幾錢銀子也得讓人把這禿驢下一世轉到畜生道去！

然而此時我怒雖怒，形勢卻還是認得清楚，如今我好不容易讓這老禿驢以為我死了，以後不用再受他騷擾，斷不能因為這怒火而壞了大計。

於是我又好脾氣地忍了。

而那壯漢石頭妖怪卻是沒忍住，適時，他已與老和尚戰成一團，拚著一股蠻力，倒沒讓老和尚占到便宜去。

兩人打打退退，且行且遠，漸漸地消失蹤影。

我在石頭縫裡躲著繼續觀察了一陣子，確實察覺不到兩人的氣息了，這才呼哧呼哧地從石頭縫裡爬出來，跑到女屍旁邊，將自己一身陰氣收回來。我又在旁邊的地上扒了個坑，將她埋進去，劈了棵樹，立上一塊牌子，書了「女石妖之墓」五字，然後將自己九年未整理過的妝容好生整理一番。

我要去找陌溪。一別九年，不知當年的嬰兒如今已長成了什麼模樣，不知他有沒有被別人占了便宜，不知他願不願意被我勾搭……

第三章

我翻過了千叢山水，才又找到了當初遇見陌溪的那個小院。經過人世九年的熏陶，我已知道那奇香的紅花叫做梅；但是我卻不知，九年的時間竟能讓當初那般美麗的梅林變作一片枯萎的模樣。

我緩步靠近那個小院，手腕間的金印又閃了閃。我還未跨進院門，便見一個髒兮兮的孩子拿著一支比他高出很多的掃帚在打掃荒蕪的院子，「沙沙」的聲音聽起來甚是淒涼。

察覺到有人走進，小孩驀地回頭。

我看見一雙澄澈的眸子和眉心一點豔紅的硃砂，心中一緊，手抖了抖，買給陌溪的糖掉落在地上。

「妳是誰？」他走到我面前，清澈的眼眸裡映著我的身影。

我蹲下與他平視。「我叫三生，是來勾搭你的。」

他看著我，眉毛輕輕地皺了起來，一張稚氣的臉上有七分不解、三分怯懦。

「勾搭？」他顯然是不懂這兩字的意思。

這很正常，這般大小的人類孩子不該懂這些。但是他眼中隱隱藏著的害怕卻讓我有幾分難受。

怕什麼呢？我在人界躲了九年，這麼辛苦地尋到你，我怎捨得傷害你。

我心裡想著，帶著些許酸澀的心情，抬起手，想用衣袖替他擦擦臉上的灰。但是陌溪卻有點驚慌地往後退了兩步，一雙亮晶晶的眸子緊緊地盯著我，像是怕我傷害他。

這樣的表情無疑刺痛了我。

我放下手，委屈地看他。「我沒有傷害你的意思，我只是想幫你擦擦臉上的灰。」

他自己抬手抹了下臉，見確實有灰，有些怔然地抬起頭來望我，眼裡多了些許無措。「我……唔，不好意思……」

我蹲著向前湊了兩步，再次靠近他身前，抬手，拿衣袖將他臉上還沒擦乾淨的塵埃抹去。這次陌溪沒有躲了，一雙大眼睛撲閃撲閃地望著我。待我放下手，他有些不敢置信似地摸了摸臉，臉頰上慢慢暈染起兩團紅撲撲的雲。

「謝……謝謝。」他說得很小聲：「妳很溫柔……」

見他這麼軟的模樣，又聽見他這麼軟的聲音，我心裡的那點委屈像是瞬間蒸發，全部變成了滿滿的暖意，堆上我的嘴角。

可還不等我將笑意拉開，眼神不經意間瞥見了陌溪脖子上一條青紫的痕跡，我喉頭一梗，這才仔細將他一打量，看見他身上破破爛爛的衣服、脖子青紫的傷痕。我拉開他的袖子，看見他手臂上也有青一塊、紅一塊的痕跡，嘴角不由動了動。

「怎麼……會這樣？」

陌溪窘迫地想將袖子拉下來，他不說話。

我回憶起九年前他的母親，她看起來並不像是個窮困潦倒的人，怎地會將陌溪養成這樣？怎地會讓陌溪受這麼多傷！

「你娘呢？」我問。

「死了。」

他這直接坦然的回答倒弄得我怔了一怔，然而這心裡一怔之後，卻恍然了悟。陌溪沒了娘，孤苦無依，這些傷定是被別的小孩欺負來的吧，所以剛剛才那麼惶然，所以才躲我，他是被……欺負怕了。

我心裡登時酸澀得不成樣子。

我抓了他兩隻小小的手放在掌心裡，握住。「你方才問我勾搭是什麼意思，別人怎麼定義的我不知道，但就我來解釋的話，勾搭便是對人好的意思。我來勾搭你，便是我來對你好的意思。你可明白了？」

「對我好？」

我把那包掉在地上的糖撿起來，拍了拍灰，遞給他。「這是第一次對你好，以後三生還會很多次地對你好，你可願讓我來勾搭你？」

陌溪愣愣地看著我手裡的糖，然後抬眼望我。「不是。」他道：「這不是第一次。」他摸了摸自己的臉，有幾分害羞地告訴我。「剛才那是第一次。」

我心中霎時軟成一片，有些感嘆。陌溪啊陌溪，你怎生這麼小一點便如此會勾人了。

我握住他的手，把糖放在他的掌心。「好，方才那是第一次，這便是第二次，陌溪可還想要第三次、第四次？」

他紅著臉，點了點頭。

我眯眼笑，想了想，覺得這樣還不夠妥當，於是又道：「既然你娘已經過世，那你的事便全由自己做主了。你且記著，從今天開始我便算是勾搭上你了。」

他又乖巧地點頭。

我更是笑得心花怒放。這小陌溪當真比大陌溪要好占便宜許多，摸一把、給包糖，就乖乖地跟我走了，著實讓我覺得幸福來得太突然。

我繼續糊弄他。「那從今天開始，我就是你的娘子了，依著你們的規矩，我算是做了你的童養媳。今後你便是我的人了，可不許與別人跑了啊，不然我可就不對你好了。」

聽得這句威脅，陌溪有點慌，忙拉住我的手，賭咒發誓一樣地說：「不跑，我不跑。」

我心裡笑得開心，面上卻肅了下來。「其實身分這些東西並不重要，重要的是以後有我在，沒誰能欺負你。你記住，三生不會讓別人欺負你的。」

他眼眸微微一亮，我摸了摸他的頭。「那，現在你且叫聲娘子給我聽聽。」

默了一會。

「三生。」他如是喚道。

「是娘子。」

「三生。」

「三生。」

「娘子！」

「……好吧。」我敗下陣來。「那就叫三生吧。」

「三生。」

「嗯。」

我永遠記得，那一天他無數遍地喚著我的名字，每次非要得到我的回答才罷休。而到後來，我才知道，他這樣做的原因，是曾經有一天，他也這樣無數次地喚著他娘親的名字，而再沒得到過任何回答。

從那天起，我便開始養小陌溪，占小便宜，日子過得極是快樂平淡又充實，但多養了幾日，我便覺得有點不妥當。

我琢磨著陌溪原是天上的戰神，他現下雖下凡歷劫，做了一個凡人，但也應當作個溫文儒雅、舉止有禮的凡人，哪能這樣成天放著玩呢？回頭大了，大字不識一個，不是給戰神的身分抹黑嗎？於是我便尋思著送他去書院念書。

離我們住的地方不遠處有個小鎮，鎮上只有一座書院。書院中的夫子們知曉陌溪小時候曾被一個老和尚預言過，他會剋盡親近之人，所以都不大願意收他。

我讓陌溪抱著一錠金元寶圍著書院轉了一圈，最終夫子還是將他收了。

送他進書院那天，我替他綰了髮髻，他從銅鏡中望我，眸中帶著幾許忐忑。

我溫言道：「你要在這人世活上數十載，這時間本算不得長久，我自可護你一生平安，但我更希望你做一個有擔當的人，將這數十載過得風風光光的。讀書是必須的。進了書院聽夫子的話，他們雖算不得什麼聖人，但在學生面前好歹也裝得一副人模狗樣的驕傲姿態。好好學。」

陌溪點頭。

然而那天晚上我做好了飯菜，等了許久也未見陌溪回來，我心裡擔憂，便沿著他上學堂的路一路尋去，直到走到書院，才在院牆的一個角落裡找到陌溪。

他抱著膝蓋坐著，臉上帶著傷，紅一條、青一條的。

我問他：「被欺負了？」

他點頭。

「欺負回來沒？」

他搖頭。

我替他將傷口收拾一番，背對著他蹲在地上。「上來吧，咱們先回家。」

陌溪半天沒動靜，我轉頭去看他，他這才恍然回神，小心翼翼地爬到我背上，將我的脖子緊緊摟住，腦袋放在我的肩膀上，沉默不言。

沿著小路一直往家裡走，夕陽把我和他的影子拉得老長，從影子上看起來，我就像是一個駝著背的老太太。

「三生。」

「嗯。」

「謝……謝謝妳來接我回家。」

「陌溪，三生對你好，是不用言謝的。」

他在我背上靜靜趴著，沒再說話。

吃完晚餐，我拿藥酒替陌溪抹了傷口，然後問：「欺負你的人住哪兒？」

王小胖是小鎮裡一個土地主的兒子，他家底殷實，後院也大。我瞧著十分歡喜，一把鬼火點著他家柴房之後，正巧吹了一陣南風，讓這火燒得十分的旺，整個小鎮半邊天都燒紅了。

我覺得甚為壯觀，便領著陌溪去了一個好觀景的地方，指著王小胖家沖天的火光道：「使勁兒笑。」

陌溪默了默，他望我。「三生，夫子說要以德報怨。」

「陌溪，你要學會辨別。夫子這話明顯是在放屁誆你，聽聽就行了，當不得真。」

陌溪聽了我的話，訥訥地發出了「哈哈哈」的聲音。

人世的時間過得極快，轉眼又過了七年，陌溪滿了十六，個頭已經長起來了，竄得比我還高，五官也漸漸長出當年在地府看見他時的氣質。

他長大了，我既是歡喜又是憂愁。

喜的是離陌溪正經把我娶進門的日子又近了些，他的自身設備也更完善了些；而愁的是，不止我一人盯著「日漸完善」的陌溪。

是日，雪後晴天。

有人叩響門扉，我開門一看，是鎮上的孫媒婆，她一見我便笑得和花兒似的。

「三生姑娘好啊。哎唷，妳可真是越活越年輕呀，與上次見真是半點沒變。」

我不喜與鎮上的人打交道，因為害怕他們看出我多年不變的容顏，說我是妖怪，連累陌溪。是以孫媒婆今日便是笑得如牡丹一樣，我也面不改色地甩門要關上。

她像是知道我會這樣做一般，伸手撐住大門，也不寒暄了，直奔主題。「上次我給妳的那幾張女子畫像，妳可有給陌溪公子看呀？」

上次那幾張畫像她給我，我沒接，她便從院牆外扔進來。我悄悄打開看了看，便一把鬼火燒了這些畫像，自是沒機會給陌溪看。

我開口便道：「王家的姑娘個子太高，陌溪瞅著不喜歡。李家的丫頭脾氣太爆，陌溪覺得不喜歡。張家的閨女心眼太多，陌溪看著不喜歡。妳回吧。」

臉上有痦子還長毛的孫媒婆被我這一番嫌棄弄傻了眼，見我又要關門，這才回過神來，忙探了半個身子過來擋。她陪笑。「三生姑娘，三生姑娘！王家的姑娘那是苗條，顯得身長。李家的丫頭那是活潑，不算凶悍。張家的閨女那是琴棋書畫樣樣精通啊！怎麼能叫心眼太多呢！您看您家陌溪都這麼大了，雖說這男子不像姑娘，但早點說門親事，早點訂個好姑娘，也是好的。回頭等別人都將好姑娘要走了，陌溪公子可就得光棍啦！」

陌溪早就不是光棍了……這話我還沒說出口，陌溪已從屋子裡走出來，站在我身後對著孫媒婆禮貌地一行禮。

孫媒婆笑得眼睛都瞇起來了。「陌溪公子今日沒上學堂啊，正好、正好，你瞅瞅你三生姊姊捨不得你，不肯給你指親呢。你來給嬸子說說，你喜歡什麼模樣的姑娘，嬸子給你找去。」

陌溪一怔，客氣笑道：「嬸子好意，陌溪心領了。只是陌溪如今一心沉於聖賢書，無暇他顧，還是不勞嬸子費心了。」

孫媒婆還待說話，陌溪客客氣氣地扯了一堆大道理出來，只堵得孫媒婆面色怏怏地走了。

我亦面色怏怏地望著他。

陌溪關上門，回頭看我，他一怔。「三生，怎麼了？」

我憂傷道：「你如今一心只有聖賢書嗎？」

他微愣，尚還稚氣的臉上驀地染上兩團紅暈。「那……那只是推諉的話，三生當不得真，我心裡自是……」

他嘴角動了許久，愣是沒吐出我想聽的話。我眼睛亮著，著急地接過。「自是還有我的？對嗎？」

陌溪臉上紅暈更明顯，他轉過頭，有些不好意思地輕咳兩聲。

這些年越跟著鎮上的夫子念書，陌溪在言辭上便越是含蓄隱晦，鮮少如小時候那般說出惹得我心花怒放的話了。不過他如今羞澀的模樣倒是越發秀色可餐，同樣惹得我心花怒放，是以我也便懶得去尋夫子的麻煩了。

「你心裡既是有我的，那下次再有人來問你喜歡什麼樣的姑娘，你可不許用這些大道理糊弄過去。」

陌溪不解地看我，我抬起手，捧住他的臉，讓他明亮的眼眸裡映滿我的身影。「下次你記得這般答——」我清了清嗓子，一本正經地教他。「我喜歡三生這模樣的姑娘。」

他看著我，臉頰又慢慢紅了起來。他想別過頭去，卻被我掰著腦袋沒法躲避，他只好轉開眼珠，看著一旁的石桌子。

我也往旁邊瞅了瞅石桌子，覺得這桌子委實沒有我長得動人好看，於是便湊腦袋到他視線觸及的地方。陌溪避無可避，終是把目光再次落在我臉上。

「我方才說的話，你快來學著唸一遍，語調、語氣不對了，我現在便幫你糾正過來。」

他臉紅得不成樣子，聽了我這話，卻沒再繼續躲了，盯著我的眼睛，一字一句地慢慢道：「我喜歡三生這模樣的姑娘。」

一樣的字句，從陌溪嘴裡說出來，帶著讓我自己也驚訝的力量，溫暖了我的心腸。我覺得實在是受用極了，只知道瞇著眼睛笑。

陌溪見我如此，那一臉的羞澀也慢慢暈染出幾分笑意。

第四章

接下來的一段日子，我替陌溪打發了不少找上門來的媒人。這就像是打發小鬼，偶爾來幾個沒事，我當閒著一樣逗逗還能當個消遣，但次數一多，我便有些心煩起來。

可還沒煩幾次，突然間便沒人找來了！

我覺得稀奇，問了陌溪幾句，他顧左右而言他地糊弄過去，我心裡便知道定是陌溪做了什麼事。陌溪不說，我也懶得去問，只道這一世的陌溪終於是長大了，能擔起保護我的責任了。

我心中暗喜，越發期待在他弱冠之後的成親禮，更是萬分期待禮後的洞房花燭夜。有了肌膚之親後，那才能算是真正勾搭上他，圓了我的夢。

我日日在家裡盤算，回頭我要給他多少嫁妝，他又要給我多少聘禮，一門心思飛到了四年後，想著陌溪拉了一牛車的話本子給我，說：「三生，我念了書，能寫字了，妳愛看話本子，我便寫給妳看，日日都寫給妳……」

我嘴角拉出明媚的弧度。陌溪啊，你可知，你便是上天寫給我的最好看的話本子，把我的人生都變得像齣戲……

「砰！」一聲巨響，震得我臥榻一抖，矮几上的茶杯猛地掉在地上，清脆碎裂的聲音驚了我一晌美夢。

蓋在臉上的書落在一邊，我睜開眼，望著房梁，眨巴眨巴眼睛，倏地鼻尖嗅到一絲妖氣。

妖怪？

我翻身坐起，披了衣裳邁出門去。

院裡一片狼藉，地上被砸出一個大坑，塵土飛揚之間，我聽見有個渾厚的男聲在裡面不停咳嗽。

我左右看了看，撿了塊石頭對著那人砸了一下。「你是何人？」

被石頭砸中，那人卻哼也沒哼一聲，只是慢慢轉過頭來，塵埃落定，四目相接。

「啊……」他發出一聲驚嘆。「是妳！」

我上下打量著他。高大精壯的男子穿著一身破布條一般的衣服，臉頰和手臂皆掛了彩，看這血流不止的模樣，應當不是尋常兵器所傷。

我摸著下巴思量許久，忽而一撫掌。「哦！」

他面色一喜。「妳還記得我！」

「你在和我套交情。」我擺手。「沒用、沒用，老實交代！何方妖孽？」

他的大長腿一頓，有些無措地站在原地。「妳不記得我了？」他著急。「妳怎能不記得我了！」他撓頭搔耳地想了半天。「我是石大壯啊！那個……七年前啊！咱們見過的，在……在那荒郊野嶺……妳幫我妹妹去地府，還施法讓她好走點啊！」

我仔細一琢磨，恍然了悟。原來是他，拍死了那個石頭女妖的蠢哥哥！

見我點頭，他臉上急色漸褪，笑了起來。「那時候我本打算謝恩人妳的，但還沒來得及，我被寂生老和尚追走了。我後來回那個地方看了，妳還替我妹妹挖了墳，妳當真是好人。」

「我自是個好人。」我道：「但你砸壞了我的院子，也還是要賠的。」

他回頭一看，見我滿院狼藉，撓頭道：「我會賠妳的，只是我今日確實半點法力也沒了。可否等到明日，我恢復了力氣便把院子給妳打理好？」

他說得可憐，我一時好奇，問：「你怎地會變成這樣？」

提到這話，他的表情霎時變得一片黯淡。「寂生那和尚……」

一聽這老禿驢的名字，過去九年被追殺的日子便如走馬燈一樣在我眼前顯現，我眉頭一皺。「他還活著？」

石大壯一嘆。「一直都活著，從來未死去。」他萬分痛苦。「他對我誤會頗深，篤定我是個無惡不作的妖怪，將我生生追了七年！」

他說得哀傷，我聽得感同身受，暗暗竊喜。還好啊，這人世還有一個人吃了和我一樣的苦，真是令我甚是欣慰，備感舒爽啊。

「前幾日，寂生和尚身體好似有點不好了，但不知這老頭是出了什麼毛病，拖著一個殘破的身子來與我拚命。我與他鬥了三天三夜！最後他體力不支，我趁機跑了，急行一天一夜，跑到妳這裡，如今實在沒力氣再跑了，才從上面摔了下來。」

聽他這話，老禿驢應當是快要壽盡了，否則以他對除妖的執念，哪還容得這石頭跑了。這走了一天一夜，那和尚還沒追來，應當是追不上來了。

石大壯下垂著腦袋，一身狼狽，人不人、鬼不鬼的，看來這幾年過得實在悽慘。今日我見了他，便如見到過去的自己一般，讓我多少起了幾分同情。而且若計較起來，這石大壯也是因我才遭此大難。想到此處，我道：「你隨我來，我給你上點兒藥，然後找身衣服給你換上。」

他一愣，登時虎目含淚。「恩人！妳真是我的再生父母！」

我淡定地扶他。「我這人就是太容易心善。」

屋裡。

石大壯褪了上衣坐在凳子上，光著膀子拿了藥膏替自己擦藥。我在旁邊看著他，他逃了七年，倒是把這身肌肉練得更加結實起來，條理分明，精壯有力。若能將他留下來，不失為一個去鎮裡跑腿買菜的好幫手……

「那個……」我正打著小算盤，石大壯忽然微紅著臉把藥膏遞給我。「背上有一塊地方我搆不到。」

他肩背肌肉太多，手臂搆不到後面。我挑眉。「要我幫忙？」

他點頭。「本不敢勞煩恩人，但那傷口癢得厲害……」

我沉默了一瞬。「好吧，我幫你。」我挖了塊藥膏抹在他背上，斟酌了一下語句，道：「大壯，你看，幾年前我幫了你妹妹，現在又幫了你，你說你是不是要拿點兒什麼來回報我？」

石大壯一愣。「我……沒什麼東西可以給妳。」

抹勻了藥，我拍了拍他厚實的背。「有啊，你賣身給我吧。」

石大壯驚愕回頭望我，漸漸的，他臉上浮出一抹可疑的紅暈。「妳是說……妳是說以身相許嗎？」

我自是不知他臉紅什麼，點頭道：「約莫是這個意思吧。」

石大壯撓頭笑，他害羞極了地瞟我一眼，然後又轉過頭去，抓著腦袋繼續嘿嘿傻笑。「也……也可以……」

一個壯漢笑得跟花姑娘似的，我心裡寒得抖了抖，轉過神正想找張紙來讓他立下字據，忽聽屋門「吱呀」一聲推開。我回頭一看，見陌溪隻身站在門口，逆光讓他身影顯得有些單薄，他鼻腔裡呼出的白氣在空氣中繚繞出混亂的形狀。

「不可以。」

他這話說得突兀又極其冷硬。

「嗯？」我感到奇怪，走過去迎他。「你怎麼回來了？今日夫子學堂下得這麼早？」

他默了許久，悶聲解釋：「我見有什麼東西落在我們家，動靜挺大，便回來看看。」

他頭髮都亂了，該是一路跑回來的。知他擔心我，我摸了摸他腦袋。「三生沒事。來，我給你介紹一下，這個——」我指了指愣愣坐著的石頭妖。「他叫石大壯，以後是我們家的……唔……」

長工？奴役？護院？我正在糾結他的稱呼，陌溪卻倏地將我手一抓。

「不要！」他說得堅決。「不要他。」

我瞥了石大壯一眼，他見自己被陌溪嫌棄，倒也沒生氣，撓了撓頭，顯得有幾分尷尬。

我將陌溪拉出屋子，關上屋門之前囑咐石大壯道：「背後的藥都給你上好了，你自己把別的地方抹了。」

拽著陌溪到了院子，我還沒開口，他便皺著眉頭道：「三生，妳不該為他擦藥，不該和他待在一個屋子裡，不該……看著沒穿衣服的他……」

依著話本子裡的解釋，陌溪這表現應當是吃醋了。我想了想，「叭」的一口落在他臉頰上，本還氣鼓鼓要繼續說話的陌溪霎時便呆住了。

他捂著臉，愕然看我。

「陌溪，你還吃醋嗎？」

他臉紅得跟煮熟了一樣。

同樣是害羞，但陌溪的害羞看在我眼裡便過分的秀色可餐。可在害羞的同時，他還是拉著我的手不放開。「別把他留下。」

「陌溪。」我決定先與他說說留個長工的好處。「你看，我留下他，多一個人幫咱們跑腿買菜拎東西、修房補瓦做苦力的，這樣不划算嗎？」

「這些我也可以做。」

「現在你大了，又在書院裡讀書，那些人皆篤信君子不入庖廚的道理，雖然我覺得這規矩實在無理得莫名其妙，但你卻是要融入其中的，每日讓你拎著菜回來……」

「這些我沒關係！」陌溪忙表態。

「可三生怕你受委屈。」我道：「而且你看他那麼大塊頭，一身是肉又力氣大，不用多虧啊！」

陌溪沉默了半晌。「三生……看中的是他的肉？」

「當然是呀！」

「這個……」他極是失落地嘀咕：「我確實沒有……」

我摸了摸他的頭以示安慰。

於是，在陌溪的妥協下，石大壯留下來的事便暫時定了。

可也就是從那天開始，陌溪的生活習慣悄然改變。以前，他是卯時起床，刷牙洗臉完畢與我一起用了早餐才去學堂。相比於別的學生，他算是去得晚的，可陌溪聰明，樣樣都領先別人，所以夫子便也不大管他。

可這些天，陌溪日日寅時就起了，等我卯時做好了早餐，他從外面跑了一大圈回來。我問他這是做什麼，他只說早上去外面跑一圈，上學堂的時候精神一些。

我一聽，覺得是這個道理，第二天便也把石大壯早早地推起來，讓他跟著陌溪出去跑步。

石大壯沒睡醒，一臉的不願意。

陌溪黑著臉，聲色冰冷。「我不跟他一起。」

我小聲告訴陌溪。「他跑精神了，回來好挑水做飯。」我拍了拍石大壯的肩。「去吧，和陌溪一起。」

陌溪像是被什麼東西噎住了喉頭似的，看了石大壯一眼，咬咬牙，倒也沒再說什麼。

這天陌溪跑了步，回來破天荒地沒有要去學堂的意思，他說天冷不想動。這麼多年，頭一次聽陌溪找藉口不上學，這倒是難得。不去便不去吧，左右是他的人生，除了討媳婦，別的事還是得他自己做主才是。

我如往常一般窩在屋子裡看話本，石大壯把院子的地補好了，進屋來告訴我時，附帶小聲嘀咕一句。「妳弟弟好像不喜歡我。」

此時我話本子裡的公子和小姐正是誤會陡升、互搧巴掌的激情階段，我也沒把石大壯的話聽進耳朵裡，只「嗯嗯」了兩聲，當作應付。

他訕訕地出了門去。

等到肚子咕咕叫起來，我一本話本子也將將看完。公子、小姐互相哭著捅死了對方，相愛相殺，圓滿得很。我暢快地舒了口氣，起身想去做點東西餵飽自己，門剛拉開一條縫，外面略微寒涼的風帶著石大壯一句悠悠然的話，吹進了我耳朵裡。

「我挺喜歡你姊姊的。」

我開門的手一頓，從門縫裡看見外面的場景。石大壯在井邊打水，像是聞話家常一般背對陌溪說著。陌溪把書本放在一旁的石桌上，神色薄涼地望著石大壯的背影。

唔，人生處處是齣戲呀，話本子誠不欺我。

「她為人直爽又善良，先前她讓我以身相許，可真是高興壞我了。」石大壯拎了桶水，轉頭對陌溪憨厚一笑。「你也別老不和我說話了，遲早都是一家人，你就試試先開口叫我一聲姊夫吧。」

陌溪臉色是我從未見過的難看，放在書本上的拳頭攥得死緊。他似在用力忍耐著什麼，但最終還是沒忍住，他一拍桌子站起來。

我心道陌溪如今可是打不過石頭妖怪，對上了定是要吃虧的，忙將門一推，走了出去。「哎呀，天氣真好！」

一陣妖風劈頭蓋臉地甩過來，亂了我三千青絲。黑雲層層，一看便是要下雪的天氣。

我呵呵乾笑兩聲，胡亂扒了兩爪頭髮，卻越抓越亂，繞成一團，把手也纏住了。我心疼這一頭來之不易的毛，不敢使勁拽，正著急之際，身前光線一暗，是陌溪站在我身前。

他現在比我高了，我微微仰頭望他，他卻沒看我，專注而輕柔地將我的頭髮解開。他身上傳來的氣息有點陰鬱，我剛要說話，他聲色微涼道：「我進屋去念書。」

無聲的逃避、沉默的抗議，陌溪頭一次用這種半冷不熱的語氣和我說話，顯然是不想再與我和石大壯待在一起了。他這是……

吃醋得怒了。

我暗自琢磨一下，覺得如今他怕是不太好哄了，於是在陌溪進屋之後，我轉了目光，看向有些呆怔的石大壯。

石大壯回神。「他怎麼……你們怎麼……感覺有點……」

我指著他，打斷他的話。「你，跟我來。」

我領著石大壯走出院子，直到離小院有好些距離才停下。我也不拐彎抹角，逕自道：「我喜歡陌溪，我是他的童養媳。我不喜歡你，咱們沒戲，你放棄吧。」

我說一句，頓一下；我頓一下，他退一步。等我說完，石大壯好似已千瘡百孔了一般望著我。

「妳……妳……可是妳是陰間的鬼差啊！」

七年前，原來我是這麼騙他的嗎……

我點頭，沒解釋其他的。「那又怎樣？」

「你們人鬼殊途！」

我不解。「可我現在能陪在他身邊啊，殊途同歸了。」

「這個成語不是這麼用的！」石大壯好像有點接受不了。「我……我一直以為他只是妳心善領養的人類孩子，他……他還比妳小那麼多！妳怎麼可以！」

我更是不解。「他這不是在長大嗎？」想了想，我又補充道：「我又不會老！」頓了頓，又繼續補充：「這事又與你何干？」越說越氣憤，我手隨便往一個方向一指。「無法繼續溝通了，你還是走吧！」

我話音剛落，天上的黑雲轉得更快，梅林之間風聲越厲，我眉頭一皺。這風裡的氣息……

「妖孽哪裡走！」

但聞這熟悉的蒼老聲音，我「呵」地倒抽一口冷氣，旁邊的石大壯也與我一起「呵」地梗住了喉。我手指的那個方向，在重重黑雲之後，一道佛光破空而來。

這種場面我實在不能再熟悉。

「禿驢你命大！」我大罵，抱了腦袋便往旁邊竄。

他追了我九年，追了石大壯七年！陌溪都十六了，這老和尚還這麼精悍！簡直不應該！

閻王你個混蛋又偷肉吃、倦怠公務了吧！

第五章

佛光襲來，打在雪地上，照得我眼睛生疼。

多年不見，這老和尚竟然功力見長？我愕然回頭望他，只見從天而降的老和尚放了第一擊之後，就撐著膝蓋、弓著腰，一個勁地喘大氣，聲嘶力竭的，像下一瞬間就要暈過去一樣。

好嘛，原來是拚著老命殺來的……

佛說：放下屠刀，立地成佛啊！這老禿驢怎生一輩子就沒開竅呢……

石大壯在四、五丈外喊我：「三生！妳愣著做甚！快跑啊！」

多年未過逃命的日子，我的反應卻是比石大壯要慢了許多，我忙點頭，轉身要跑，卻覺背後一股巨大的吸力襲來。

老和尚在後面嘶啞地喊著：「你們誰都跑不掉！小妖竟詐死騙我如此多年，和尚我定要在歸西之前，將你們這對作惡多端的妖物拿下！」

已來不及去埋怨這老和尚的固執與偏見，我回頭，只見他手裡的金缽散發著刺目金光，光芒中好似有一股極大的力量拽著我往金缽裡面去。西天佛光天生便是冥府靈物的剋星，越是靠近，我背上越是像燒起來一般灼痛。

疼得我簡直想滿地打滾。

開玩笑，我那麼不容易才勾搭上了這一世的陌溪，明明前途一片大好，豈能在這個節骨眼上踏黃泉路而去啊！若是我現在死了，還在家裡吃醋生氣的陌溪豈不是認為我和那熊一樣的石頭妖私奔了嗎！這對我來說可是天大的冤枉！

一想到他會紅著眼睛，委屈難受地看我，我登時忍不了了。

「禿驢當真欺人太甚！」我一聲大喝，掌中凝了一記凌厲的陰氣，反手對他揮去，陰冷的氣息暫時阻斷佛光照耀。

我姿勢不雅地爬到一邊，心裡正在琢磨和尚的法力不怎樣，可他手裡的法器委實厲害得很，僅憑我一個人的力量是鬥不過他的，只有和石大壯賭上命，聯手一搏……

我這方還未想完，那邊禿驢陡然大抽三口涼氣。

「小妖……呼……呼……」

他這三口氣抽得極為怪異，我側頭看他，只見他捂住心口，往地上一倒，「呼呼」地又抽了幾口氣，接著雙腿一蹬，兩眼翻白，偏過腦袋去，便沒了聲息。

我驚疑不定地看著他，石大壯更是趴在一邊沒敢動。

場面默了許久。

「什麼情況？」石大壯問我。

「大概是……殺著殺著，命絕了吧？」我這話說得不確定，就怕老和尚詐死唬我。畢竟這種招數在那鬥智鬥勇的九年當中，他也不是沒對我用過……

半空中突然飄來一股我極是熟悉的陰氣，我抬頭一望，黑白無常兩位大哥吊著長舌頭，晃晃悠悠地從黃泉路那頭走過來。

一見他倆，我跟見了親人似的，喜極而泣地撲上前去，將他倆的長舌頭一抱，狠狠泣道：「你們終於來了！這些年你們都去哪兒了啊！你們可知三生等了你們多久啊！你們這兩個死鬼啊！」

黑無常聞言，如被我塞了牛糞一樣，把他的舌頭捲起來不讓我抱。「妳又看什麼話本子了，不要亂學亂用……」

白無常面無表情地撕開我。「起開，妨礙公務。」

石大壯在背後怯怯地問我：「三生……妳看見什麼了？」

陽間的人和妖是看不見陰間鬼的，我抹了把淚，欣慰道：「這禿驢終於是死透了。」

我話音一落，禿驢的魂魄便被黑白無常從他的屍身裡勾出來。禿驢的魂魄回頭看我，還像生前那樣對我張牙舞爪地叫著：「我要收了妳！我要收了妳！」

我抹乾淨淚，正經地告訴他：「就算你這樣賭咒發誓地要收了我，我也是不屑於去做你的姨太太的。」見禿驢被我氣得面色鐵青，這十數年的怨氣終於可以一吐為快了，我告訴黑白無常：「一定要告訴孟婆，多給他舀點兒湯啊！讓他下輩子痴傻呆愣，一生淒苦！回頭三生下去定重謝孟婆。」

送走了黑白無常，我看著地上老和尚的屍體，想著這畢竟是我與陌溪住的地方，周遭偶爾也有人路過，要是被別人看見老和尚挺屍荒野也不大雅觀，於是便拉著石大壯在一旁刨了個坑，將這十來年的恩怨一併埋了。

石大壯將墳頭堆起來，在上面拿破木棍一插，算是立了個簡陋的碑。他回頭看我，倏地一怔。「三生，妳臉色怎生如此慘白？」

「啊？」我摸了摸臉。「是嗎……可能是剛才背上被佛光照到了吧。」我努力把脖子往後擰，但還是看不見自己的背部。「約莫沒什麼大礙，雖然腦袋有點暈，但我身子沒覺得疼。」說著，我伸手往後背一摸，觸手一片黏膩。「這是什麼？」我看見一手的血肉模糊，有點不理解。

石大壯繞到我身後一看，卻是白了臉。「妳……妳受了這麼重的傷，怎麼還說沒事啊！妳別動啊，我背妳去找大夫！」

我被自己一手鮮血淋漓的陣勢嚇呆了，腦袋裡的眩暈感更甚，但聽石大壯這話，我伸手將他拽住。「不找大夫。」

凡人的大夫哪能治療我的傷啊。我隱約緩過神來，估計著是剛才老和尚的佛光太厲害，將我皮肉灼傷了。我感覺不到痛，估計是先前那會兒痛過了……麻木了，腦袋暈應當是血流多了。

「這傷應當是沒傷到內裡，帶我回去抹點兒止血的藥便好。」

人界的大夫一個比一個金貴，我這一顆石頭心千百年跳也不跳一下，大夫見我睜眼喘氣卻摸不到脈，還不得給生生嚇得背過氣去。我還想下一世繼續勾搭陌溪呢，可不能第一世就出岔子，造了殺孽。

「背我回家。」

約莫是我背後的傷太嚇人了，石大壯也沒了主見，我說什麼他就點頭應什麼，連忙將我背起來往小院跑。

石大壯一腳踹開小院的門，我努力撐著眼皮不讓自己睡著，看見陌溪從屋裡走出來。

我對他咧嘴一笑，但估計是笑得太磣人了，陌溪渾身一顫，怔了一瞬，接著將手上的書一扔，疾步邁了過來。「怎麼了？這是怎麼了？」他眼睛急得通紅，似怒似痛。「這才出去多久，怎麼會這樣……」

石大壯一邊把我背進屋，一邊道：「被一個和尚害了！」

「和尚怎麼會害三生！」陌溪急得聲調都變了，一路跟至屋中。

石大壯將我放下，陌溪便立即蹲下來，湊到我腦袋邊看我。見我還在眨巴眼睛，他這才敢挪了目光往我後背看，這一看，臉上血色便「刷」地褪了下去。

「三生、三生……」陌溪顫著聲音問我：「妳痛不痛？妳痛不痛？」

我努力抬起手在他臉上摸了摸。「我不痛的。」我戳他眉心那顆硃砂痣，努力想把他皺緊的眉頭抹平。「你別露出這副表情……」

這一摸一戳，在他臉上處處留下血跡，我捏了袖子幫他擦，卻反而糊得他滿臉的鮮血。看到陌溪這樣，我陡然記起了冥府之中，我對陌溪神君那鮮血淋漓的三叩頭。唔……換個角度看，我才知道當初的自己原來竟是慘絕人寰得如此嚇人。

當真是難為那時的陌溪還能笑出來……

「我先替妳找傷藥。」陌溪拚命按捺住所有情緒，掛著一張和我一樣白的臉，在屋裡的櫃子一陣亂翻。

待他找到藥，石大壯恰好從外面端了盆水進來，他大嗓門地道：「傷口要先洗洗，不然待會兒都和衣服爛在一起了。你先和她說會兒話吧，這麼重的傷也不知道救不救得了，別待會兒你們連遺言也沒交代上幾句……」

我恨得咬牙切齒。這石頭妖嘴太臭……

陌溪猛地瞪他。「你閉嘴！」他幾乎是將石大壯打出門去。「我會照顧她，你給我滾！」

我從沒見陌溪跟誰急紅過眼，即便是偶爾在書院與人有所爭執，也是翩翩君子、行止有禮，像今天這樣……大概是心裡全然亂了吧。

陌溪甩上門，回到床榻邊，他擰了棉布輕輕擦我背上的傷。我不覺得疼，但他好似疼極了，顫著手，動作輕柔得不可思議。

他一點點揭開與我背上皮肉黏在一起的衣服，清洗，然後往傷口上灑上藥粉。

「陌溪。」我只覺睡意層層襲來，閉上眼，我輕聲道：「陌溪，三生不會有事的。」我感覺到他的惶然。「你別害怕也別慌張，你相信我，我會一直陪著你的……」我拽住他的衣襬，讓他感覺到我的存在。「三生會一直陪著你……」

在黑暗徹底襲來之前，我感覺有一滴滴溫熱的水珠落在我的臉頰上，攜帶著苦澀、心疼和依戀，澆得我這顆堅硬的石頭心，寸寸化為了繞指柔。

此刻，我方認命地覺得，路過地府的那個白鬍子老頭誠然沒有欺我，這便是——

情劫啊。

我再醒來時，陌溪正坐在床榻邊看書。冬日的窗戶緊閉，外面投進來的光經過紙窗的過濾變得有些昏暗，但這並不妨礙我欣賞陌溪的側臉。陌溪五官漸開，他是一日比一日更有氣勢了。不過想來也是，陌溪神君身為戰神，下界歷劫，豈能默默無名地過一生呢？只是不知他這一生劫數如何，也不知我能不能幫他擋過去……

我想得入神，陌溪看書也看得入神，當他翻書時，眼神不經意地一轉與我目光相接，我們倆都措手不及地打了個照面，那一瞬間他眼中特有的清冷讓我一怔。

待瞳孔深處映進了我的身影，陌溪才忙放下書，俯下身子來看我。「三生醒了？可有哪裡不適？」

我輕輕搖了搖腦袋，還不等我說話，他又忙去倒了杯水過來放在我旁邊。「先喝點水？」

「你別緊張。」我道：「三生皮厚，比你想的結實多了。」

哪想我這安慰的話一出，陌溪眼眶又是一紅，他沉默地轉身放下水杯，忍了許久，才道：「妳背上沒一塊地方是好的……」他道：「這算什麼皮厚？真當自己是鐵打的嗎？妳便是這樣照顧自己的？」他一頓，喉頭一梗。「妳可知我有多怕……」

「陌溪別怕。」我忙摸著他的手背安撫他。「這當真只是皮外傷，只須得四、五天我便能好了。」待見他還要說話，我忙將包袱丟給別人，我佯怒，恨恨道：「都怪老禿驢太頑固，下了狠手來害我。你瞅瞅，我當時已經抱頭竄了，卻還是被他傷成這樣！」

陌溪一默，聲色陡然一冷：「這些自詡為方外之士的和尚與道士，皆是滿嘴混話、欺人害命的傢伙。」

陌溪自小被老禿驢定了「剋盡親近之人」的命數，為此受了不少苦楚，他對僧侶及修道之人的厭惡平日雖未曾言表，但在此時卻毫不掩飾地暴露在我眼前。

我琢磨了一下，覺得萬事得有個度，特別是陌溪現在在成長的重要階段，有的事若是入了偏執，以後怕是害他一生。是以，雖不情願，我還是輕聲道：「這禿驢是可惡至極，但卻不是所有的禿驢都這般可惡的，真正得大成者，確實值得人尊敬。」

也不知陌溪有沒有將我這話聽進耳裡，他只問：「如今這老和尚在哪兒？」

「死了。」

他沒再應聲，素來清澈的眸子裡有了幾許我看不懂的情緒。

我不喜歡太嚴肅的他，於是招了招手，讓陌溪矮下身子與我平視。我伸手摸了摸他的眼睛，他有些愣神，我道：「陌溪，你的眼睛裡天生帶有寒光。」

他微怔，不明白我為何突然說這話。

「不管對誰，你都能對人家溫和地笑，但眼裡卻是疏離的。」我道：「可你對我卻是好得不能再好了。若是有一天，你再像對外人一樣對我，我只怕自己會接受不了。」

陌溪愣了一瞬，卻倏地笑了，他捉住我的手，放在他唇邊，像孩子一樣依賴，又像大人一樣鄭重地許諾。「不會的，我會一直對三生好。」

他嘴裡的熱氣呼在我手上，我心底一暖，正想說兩句貼心的話回贈他，忽聽「叩叩」兩聲門響。

石大壯在外面弱弱道：「院子我掃完了，柴也劈完了……」

陌溪放下我的手，輕聲對我道：「三生先安心躺一會，我待會兒拿話本子給妳看。」

言罷，他走了出去，我隱約聽見屋外陌溪在與石大壯說些什麼，卻一句也聽不真切，索性懶得管了。

不一會，陌溪拿著我的話本子進來，我揮了揮手中的書，是他方才留在我床榻上的，我道：「陌溪何時對兵法感興趣？」

他輕笑，把兵法拿過去，將話本子遞給我。「一直有所涉獵，最近打算仔細研究一下。」

我一邊翻話本子一邊閒閒地問他：「為何？想去打仗？」

「不。」他聲音很輕。「只是學學，制敵致勝之法。」

我的注意力皆轉進了話本子裡，點了點頭算是應了他的話，便沒開口問什麼。

翌日，石大壯卻拚死衝進我屋裡，一臉鼻涕眼淚地亂甩。「三生！我不賣身給妳了！我要走，妳放我走好不好！」

我一愣，轉頭看了看在一旁好似什麼也沒聽到的陌溪。

「為何？」

石大壯聲淚俱下。「我不敢喜歡妳了，喜歡妳要為妳付出好多啊！我不想在這個天跳進湖裡去抓魚給妳熬湯喝！也不想天天掃完院子、劈完柴還要給妳縫被子，我縫不來被子！十根指頭都扎得漏水了！我也沒法唸話本子討妳開心，我不識字啊！我不敢喜歡妳了！妳放我走吧！妳愛和陌溪怎樣就怎樣吧，求求妳放過我！」

我側目，眼神微妙地打量陌溪。

他別過頭去看書，拒絕與我目光相接。

我一撇嘴。「好吧，你走吧。我素來都是大度的人。」

石大壯抬頭看我，用力在地上磕了個頭。「妳當真是個好人！回頭我一定找機會來報答妳！但別再讓我以身相許了！」言罷，他連滾帶爬地跑了。

一室沉默。

我扣了話本子，語調微揚，輕問陌溪：「制敵致勝之法？」

陌溪輕咳。「我承認，現今這計使得有些拙劣。不過我只是為了證明……」

他湊過來，正色看我。「三生，很多時候，腦子比身子好用。」

我對陌溪勾了勾手，他聽話地俯下身子，我「叭」的一口親在他臉上。陌溪一呆，臉頰燒一般紅了起來。我正色教他。「可陌溪，這種時候往往都是身子比較管用的。」

他捂著臉，咬牙想了一會。「明日……我還是早起去跑步吧。」

我瞇眼笑。「好啊，可是你今日得唸話本子討我開心。」我道：「這個天跳湖裡去抓魚我捨不得，讓你縫被子扎得滿手的洞我也捨不得，所以你便來給我唸話本子吧。石大壯不識字，你可是識得不少的。」

我將話本子拿給陌溪。「唔，你瞅，我正巧看到這兒了——她對他說：『討厭，不要老是欺負人家嘛！』他邪魅一笑，擁她入懷：『妳這磨人的小妖精，我偏要欺負妳一輩子』、『啊、啊嗯、哈哈哈』。」

我正直地將話本子遞給陌溪，陌溪一臉通紅，不忍接過。他這羞答答的模樣讓我看得心花怒放、心情愉悅，於是我學著話本子裡的模樣笑了。

「陌溪，你怎麼還不習慣我欺負你呢，我可是要如此欺負你一輩子的哦。」

他臉紅得要滴血，但偏偏就是在這極度的羞澀當中，陌溪輕聲道：「若三生願意，陌溪便讓妳欺負。」

那麼小聲，那麼認真。

我笑得比吃了蜜還甜。

陌溪啊陌溪，你可知我真想永遠都這麼和你走下去。不只是你許我的這三生，還有更多的三生，都這樣，一直走下去。

第六章

四年後。

在我精心的教養下，陌溪不出意料地長成了一個溫潤如玉的君子。他的容貌、身形與我在冥府見到他時半分不差，這樣的天人之姿在人世極是少見，加之陌溪又聰慧非常，在小鎮一帶竟成了一個遠近聞名的人。

然而，人怕出名豬怕壯，這俗話能流傳得這麼久，自是有它的道理。

在一個風和日麗的早晨，我正斜臥在榻上看著新出的話本子，那是一齣才子佳人歷盡磨難之後的愛情動作戲。我正看到動情處，陌溪自門外走進，他替我將隨手扔在地上的披風和襖子撿起來放好，又倒了杯茶給我。

「老在屋裡躺著也不行，三生還是得出去晒晒太陽的。」

我接過杯子，眼睛卻沒離開話本子，敷衍道：「太陽對我來說更像是毒藥，對我的身體沒甚好處。」

他卻不信我的話。「今早下過雪了，院子外的梅花開得正好，且去看看吧。」

我望他，見他眸中點點閃亮的期冀，我放下正嗯啊得開心的話本子。「好吧，陪你走走。」

他淺淺一笑，很是欣喜。

我牽住他的手出了小院，一步一步在紅梅林裡閒逛著。他倒沒誆我，今日這梅花開得當真好，香氣襲人，我嗅得心情大好。忽而轉過一條小道，道邊空地上有個石桌，我興致一起，對陌溪道：「咱們像話本子裡的才子佳人那般來晴雪對弈一番如何？」

陌溪自是點頭答應，他回屋拿來了棋盤、棋子，我在一方端坐好，我執黑子，他持白子，一顆一顆地下了起來。

我的棋藝不好，今日不過是興致來了，與陌溪擺擺樣式過過癮，哪能是他的對手。沒有半炷香的時間，我便苦惱地在桌子邊撓頭搔耳的沉吟。我放下手中棋子，愁道：「不成，這不是才子佳人的對弈，這是才子對佳人的屠殺，你看佳人已輸得衣冠不整了。」

陌溪輕笑。「怎麼能讓三生衣冠不整呢。」他從棋盤另一端探過手來，將我的手腕握住，引著我將黑子落在右方一角，棋盤上的形勢奇蹟般地扭轉。

「我來教三生怎麼重新整裝待發。」

我驚嘆地眨了眨眼睛。「陌溪你的棋藝當真好，這得贏了三生多少條街了。」不等陌溪答話，我又自顧自地得意道：「不過沒關係，陌溪棋藝是贏了，可人心輸了。你看，你都不幫自己下棋了，可見在心裡，是三生贏了你。」

陌溪眉眼一彎，淺笑看我。「這是自然，在心裡，陌溪是怎麼也贏不了三生的。」他道：「不過這命我認，輸給三生，陌溪心甘情願。」

我笑得瞇起了眼。「下了一會棋，這都坐冷了，咱們繼續走走吧。」

陌溪應了，放下一盤未完的棋盤不管，繼續往梅林深處走。

「陌溪，你素來知道我最喜歡這紅梅暗香、晴雪晶瑩的景色，但你可知為何？」

他想了想。「大概是因為三生妳的脾氣與這梅很是相似吧。」

我頓住腳步，盯著他的眼，搖了搖頭，但笑不語。

他雖不明所以，也任我看著，漸漸的眉眼也彎了起來。「三生喜歡看我？」

「喜歡。」我用手比了比他的頭頂與我的距離，他已比我高出了整整一個頭，我偏頭想了想。「陌溪，叫聲娘子來聽聽。」

他耳根驀地紅了。

我道：「你也快弱冠了，我尋思著我這童養媳做了這麼多年，也該扶正了。乾脆你瞅個時日將我娶了吧。」

他耳根的紅蔓延到臉頰，喉結動了動，半晌後，眼中又浮現出幾許懊惱。「三生，妳、妳總是……」

這話還未說完，我忽聞梅林之外有人聲響動。

自陌溪小有名氣之後，時常有人會來找他。素日我並不會說些什麼，但是今日他們打斷了我期盼已久的談婚論嫁之事，我臉色垮了垮，極是不高興。

來者說話的聲音越發大了，陌溪也聽到了些許。「三生，好似有人來了，咱們先回屋吧。」

我「嗯」了一聲，轉身回了自己的屋，接著看話本子。

陌溪自去大廳接待客人。

快到午時，陌溪終是送走客人，又到了我屋裡。他坐著不說話，我便也斜倚著不說話。我的耐性素來不差，他終是沒能磨得過我。

「三生。」

「嗯。」

「今日來的是巡撫大人。」

「嗯。」

「他……他說讓我去京城做官。」

「嗯。」

許是我的冷淡讓陌溪有些無所適從，他小心地打量一番我的神色，似下定了什麼決心一般。「我想去。」

我靜靜地將書最後一頁翻完了，才轉頭看向陌溪，只見他一雙透亮的眼睛直勾勾地盯著我，我嘆了口氣道：「男兒志在四方，你要去做官，又不是要去打劫……唔，雖然這兩者的性質是差不了多少。但是朝堂之上也是一個施展抱負的地方，我一直望你能做個頂天立地的男子漢。如今你有這才幹和機會了，大膽去做就是，望著我做甚？」

陌溪搖了搖頭。「我做官卻並不是為了什麼抱負……」他臉頰微紅。「而且如妳所說，我已經快弱冠了，我、我也一直在尋思找個日子跟妳提成親這回事……」

我捧著茶杯呆住。

他頗為無奈地笑。「可是，三生，妳卻總是快我那麼一步。」他說：「我想與妳成一個家，但是我一個男子，卻斷然不能一生都這樣讓妳養著。我想憑自己的能力許妳一世美滿幸福。而且我一直記著，幼時妳曾與我說過，要我做個有擔當的人，要我這一生過得風風光光的。」他輕笑。「我總不能讓妳失望。」

「三生，妳願意等我兩年嗎？待我功成之日，便回來娶妳。」

我說不出「不行」。

那一刻，我真甘願做一個平凡的女子，甘願獨自守著空房等他回來，盼著他在門口淺淺喚我一聲「三生」。

我讓陌溪走了，讓他去追逐他的前程與風光。我以為我是想得開的，我以為我是耐性極好的，畢竟一條死氣沉沉的忘川河，我都能守上千年……但我未曾想，原來等待也能如此磨人。陌溪走後的每一個日夜，時間都像是停止流動那般過得緩慢。

而這樣的緩慢還要過兩年……

我這耐性極好的石頭此次卻如何也等不住了。

一個輾轉反側的夜晚，我驀地自床上坐起。

「陌溪。」我心知他不在，卻還是想喚喚他的名字，彷彿這樣喚，他便會出現在我面前一般。

「陌溪。」

我如是喚了他三聲，除了屋外的簌簌風聲我什麼也沒聽見。我再無法睡著，索性翻身下床，什麼東西也沒收拾，穿著一身白色的裡衣便出了門，直接上京尋我的夫婿。

京城我並不陌生。我曾被老和尚追著，繞城跑了三個多月，該去的地方大都去過了，也沒甚稀奇的。

我著急尋陌溪，又不想讓他知道我這般捨不得他，便一直不敢搞出大動作來正大光明地尋。

他才被舉薦上來做官，一開始定是辛苦非常，且不大出名的，就算我上街詢問，人家也不會知道。我幾次想去皇宮裡面尋，可是皇家周圍瀰漫的浩然龍氣壓得我喘不過氣來，只得作罷。

左右尋思一番，我決定白天在街上撞大運，晚上便去各個朝堂高官家中探尋陌溪的蹤跡，順道做做劫富濟貧的好事。

我本以為親自努力去找會比撞大運尋到陌溪的機率要大些，而不料我這運氣還真是一等一的好。

那日京城陽光明媚，我正一邊拿著大蔥抽打嗯啊話本子，一邊閒散地逛街。忽聞前方一陣騷亂，有群眾陸陸續續地圍過去。我一時好奇，將話本子一揣，大蔥一扔，便也湊過去看熱鬧了。

這一看倒是看得精采，竟是一齣落花有意、流水無情的薄情戲碼。

這無情的流水恰恰是我的夫婿陌溪，而那有意的落花，若是我認得沒錯，那應當是當朝大將軍最寵愛的小女兒，施倩倩。

我為什麼會知道？唔，大致是因為她閨房中的首飾相當不錯，我這幾天賣了那麼多首飾，就數她的賣了最多的錢。

那施倩倩正委頓在地，似乎扭了腳，一雙含淚桃花目戚戚然地望著陌溪。陌溪無動於衷地掃了她一眼，轉身便走。

施倩倩往前一撲欲抓住陌溪的衣襬，不料陌溪閃得快，讓她撲了滿面的灰。圍觀的人群一陣唏噓，施倩倩一臉狼狽地趴著，卻倔強地咬著唇，眼眶赤紅，嬌弱不已，當真是我見猶憐。

而陌溪卻冷著臉，連眼角都沒斜一下，快步走遠。

唔，我摸了摸下巴想，自我收養陌溪後，在我記憶裡，他幾乎從未對我擺出過這般神色。我素來知道他在外面見誰都是溫溫和和的，但觸碰到底線的時候卻很有些脾氣，而沒想到他對貌美的姑娘竟也是這般有脾氣。

我咧著嘴傻笑，覺得他這個脾氣倒是個好脾氣。

小姑娘倔得很，陌溪走了，旁人來扶她，她也不讓，偏要自己站起來。我想，看中陌溪的女子定然是個心地美好、知人善辨的女子，於是便略施小法，治了她腳上的傷。也不管她驚異的表情，轉身跟著我的陌溪去了。

陌溪走得太快而周邊行人太多，我有幾分跟不上他，轉了幾個街角，陌溪的身影就不見了。在人群中尋覓他之時，我這雙看話本子看尖了的眼睛，不經意間又捕捉到一場落花與流水的戲。

恰好，演這齣戲的男主角我又認得，而這女主角嘛，我咂舌搖頭。「這紅線到底要怎麼亂牽，才能把這麼兩個人攪和在一起啊，月老可真是個為老不尊的壞蛋。」

「妳別跟著我了，我說了我不喜歡妳這樣的女子。」

我摸著下巴想，一別經年，石大壯說話的聲音倒是威風了許多，可這語氣背後的憨直還是一點也沒變。

「大道是你掃出來的嗎！我有說我在跟著你嗎？這條街就許你走，不許我走呀，我就在你後面走，你怎麼著！而且你喜不喜歡我關我什麼事，我有要你喜歡我嗎？我喜歡你不就成了。」

這朵比施倩倩要犀利許多的落花，正是當今天朝大國師的妹妹——夏衣。

要說我又如何識得她，這便不得不說說夏衣的哥哥——夏辰。

夏辰當初僅弱冠之年便當上了一國大國師，當算是個修道的天才，若有機緣得到仙人點撥，他日飛升上仙也未可知。當年我被老和尚窮追至京城的時候，老和尚與夏辰聯起手來，沒少折騰過我。

彼時大國師妹妹夏衣僅有六、七歲，在與老和尚和她哥哥鬥智鬥勇的過程中，我也見過她幾次，是個流了鼻涕直接吸進嘴裡吃掉的爽朗姑娘。

這麼多年未見，這姑娘的爽朗真是不減當年哪！

她的話嗆得石大壯一臉難堪，石大壯嘴脣抖了半天，只會乾巴巴地反駁。

「妳……怎會有妳這樣的，不知羞！」

「我在大街上走路怎麼就不知羞了？你霸著道不讓我走才不知羞呢！」

兩句話，石大壯敗下陣來，他轉身欲走，一扭頭卻正好與我打了個照面。

他一怔，我笑著與他打了個招呼：「石大壯，多年不見，近來可還安好？」

他回過神，倏地左右一望，像是害怕我身邊有什麼人一樣，待確認完後，他幾大步跨過來，張開粗壯有力的手臂猛地將我一抱。「三生！我終於又見到妳了！」

他抱得有點突然，我沒躲得開，待他說完這話，我一腳踩在他腳趾頭上，冷聲道：「你不撒手我就把你腳趾頭碾碎。」

他吃痛卻不叫，放我出了他的懷抱，卻還有一隻手攬在我肩上，粗聲粗氣地對那邊怔愣的夏衣說：「這才是我一直傾慕喜歡的姑娘，妳快離我遠點兒。」

夏衣眯著眼打量我一番，而後道：「你胡說！之前從沒聽過你有什麼喜歡的姑娘。」

石大壯是老實人，他無助又著急地看了我一眼，撓了撓頭，不知該怎麼編下去。

我看著夏衣，心裡覺得，碰見別人這種事，照理說我應站在中間人的角度如實以告，不去摻和；但石大壯也算是在老禿驢手上救過我兩次，一個是算半個恩人，另一個則是半個仇人的妹妹。

我向來恩怨分明得很，當下拍開石大壯的手，正色告訴夏衣。「他著實是喜歡過我的，不過被我毫不猶豫地拒絕了。」我轉頭看石大壯。「不想當年一別，你竟傷情如此深，連提及我的名字都如此避諱，是我的罪過，但這也沒辦法，我始終是不喜歡你的。」

石大壯愣著眨了眨眼睛，不過這幾年他倒還是有點長進，沒有一頭傻到底，當即應了我道：「哦哦！對，妳……妳不喜歡我，那也沒辦法……」他頓了頓，繼續道：「喜歡這種東西不能建立在強迫上，別人沒意願就得撒手，不能造成別人的困擾！」

夏衣目光涼了下來，在我身上轉了一圈，又落在石大壯身上。「我造成了你的困擾嗎？」她問著這話，聲音後藏著顫抖，像是石大壯若答了「是」，她就會哭出來一般。

我有幾分不忍心，正欲開口說兩句，石大壯倏地一拍掌，大聲道：「哎呀！妳難道一直都沒意識到妳給我帶來多大的困擾嗎！如今妳可算是知道了，可喜可賀！」

夏衣臉色一白。

我用打量奇葩的眼神打量石大壯，覺得他不愧為我石頭家族一員，這鐵石心腸得真讓人覺得有趣……

夏衣兀自在那方孤立了一陣子，卻始終沒有哭出來。「你不喜歡我，所以你困擾。等你喜歡我了，你就不困擾了。問題出在你身上，你得改！」

她把這番理論說得理直氣壯，我聽著竟覺得確實是這個道理，於是便也一同望著石大壯。

石大壯同樣也愣了好久，才反應過來。「改不了，我就喜歡她，誰也不喜歡。」

夏衣咬牙。「她哪裡比我好！」她說著，狠瞪了我一眼。

我張嘴想替自己辯解，說我覺得我哪裡都比她好，但話未出口，鼻尖忽然嗅到一絲略熟悉的氣息。我神色一凜，拽了石大壯的手就往旁邊看熱鬧的人群裡面跑。

夏衣在後面氣得大叫：「妳把他帶去哪兒！站住！」

我也不管，只頭也不回地往人群裡面鑽，耳朵聽見追了幾步的夏衣停住腳步，有個男人的聲音略帶沙啞地喚了聲她的名字。

「夏衣，過來。」

「哥哥……」

後面的話我聽不大真切了，只在人群中跑出一些距離後回頭一看，那方地勢稍高，正巧能看見夏衣和她哥哥夏辰的腦袋。許是察覺到什麼氣息，夏辰漆黑的眼淡淡一轉，落向我這方。四目相接，他眉頭微皺，我拽了石大壯轉過一條小巷，趕快跑離他的視線。

第七章

行至一條小酒巷中，我往後探了探，沒見夏辰追上來，方才舒了一口氣。轉頭看石大壯，他顯然比我更怕一些，一口氣嘆得老長。

我好奇。「多年不見，你如今還是過著被人追殺的生活？」

「可不是嗎？」石大壯愁眉苦臉。「本以為老禿驢死了，我就能過上安生日子了，想著京城熱鬧便來看看，可這才逍遙幾天啊，就被那夏辰盯上了。」他說著，不由得悲從中來。「我到底是做了什麼孽啊。」

「你被夏辰追殺，可他妹妹怎麼會喜歡你？她可知道你是妖怪？」

「自是知道的。」說到這個，石大壯好似有嘆不完的氣。「我來京城的那天，路過城郊，看見有小妖怪在欺負一個女孩，便好心將她救下了，那小女孩正是夏衣。我不知她是否被那些妖怪欺負，壞了腦子，就那樣纏上我，連帶著讓她哥也纏上我。」

我撇嘴。「京城頂多就比別的地方繁華些，我覺得江州那地方也不錯，論繁華不比京城差。如今既出了這種岔子，你何不索性離開京城，到別處玩去。反正那夏辰職位在身，是不能離京的。」

石大壯苦悶地看我，然後擼起袖子，把他胳膊上的一個黑色印記給我看。

「妳瞅，她哥給我種的。」

我挑眉。「情蠱？」

他嘴角一抽。「妳正經一點！」他拉下袖子。「這是地縛咒。第一次與她哥過招時便被他種上了。那次夏辰要殺我，被夏衣打斷，夏辰情急之下給我種了這個咒，把我束縛在京城地界，哪兒也去不了，讓我等著以後被他殺……」

「好歹毒的手段！」我感慨，這便是不動手，也能活活將妖憋屈死……

石大壯無可奈何地一嘆，末了抬頭看我。「話說，三生妳怎麼到京城來了？若無他事，趕快跑吧。妳看我這下場，我可不想連累妳。」

「你已經連累我了。」不過以前石大壯被老禿驢追殺也是被我連累的，算是禮尚往來吧，我便沒與他計較，只撇嘴道：「我才剛來京城，暫時還不打算離開，我得在這裡陪著陌溪。」

石大壯瞬間繃直了身體，左右一望。「陌、陌溪也隨妳來京城了？」

「並非他隨我，而是我隨他來的。他如今已在京城做了好幾月的官了，我來陪陪他。剛才在街上看見他，正跟著尋過來，不料陌溪沒找到，倒將你碰見了。」

石大壯嚥了口口水。「他在這附近？」

「約莫在吧。」

「青山不改，綠水長流，三生走好，我先告辭了！」言罷，他竟路也不走，就地施了個遁地術，一股煙一冒，瞬間消失了蹤影。

陌溪……當年到底是怎麼欺負石大壯了……怎麼讓這老實人怕成這樣？

我嘀咕著從飄著酒香的小巷子裡走到另外一條大街上，路過一個小酒館時，我不經意地抬頭一望，恰巧在二樓的斜欄上看見了端坐著的我家陌溪。

翩翩公子如美玉。

我在酒館樓下的一棵柳樹邊站著，靜靜地看著他，看他舉手投足間自成幾分氣勢。

我本想進門上樓去找他，但此刻的酒館我卻不能靠近一分。因為這小酒館今日變成了一個不太普通的酒館，它正散發著與皇宮一樣的浩然之氣。二樓，與陌溪同坐的還有一個身著青衣的男子，他正斜倚欄杆，微酌小酒，比起陌溪的端坐之姿，他顯然要放鬆許多。

皇帝。

這個人間的皇帝相當英明，而今四海昇平、國泰民安，是個不錯的時代。只可惜大將軍重權在握，讓年輕的皇帝寢食難安，而今正想著要如何架空將軍的兵權吧。

陌溪才來京城不久便能與皇帝私會，想來，定是他想了個極好的法子能幫皇帝除了這個心頭大患。我正在道陌溪聰明，剛才經過的酒館旁小巷突然走出來一個身穿道袍的人。

大國師夏辰。

竟然……追上來了……

看他這表情，這是要收我的節奏啊……我不由得感嘆此生命苦，心道，我得趕快選個地方跑了再說，免得與他打起來，驚動了陌溪和皇帝。彼時陌溪肯定是要來幫我的，讓皇帝看見，這可對他仕途不利。

哪想我還沒動，那夏辰冷冷地看了我兩眼，竟轉身走了。我正不明所以，忽聽酒館二樓傳來一聲低呼——

「三生！」

是陌溪看見了我。躲不過，我仰頭對他招了招手，笑著大聲道：「陌溪！我在家裡時時盼著見你，耐不住長夜寂寞，便來尋你了。咱們還是早些將親事辦了得好。」

此話一出，大街上寂靜許久。陌溪便在這長久的寂靜中燒紅了臉。

「哈哈哈。」他旁邊傳來皇帝爽朗的笑聲：「真是個膽大的佳人。陌溪，你豔福不淺啊！好了，今日事也談得差不多，我便回去了。」皇帝指了指我。「且將你娘子快些領回去，這麼在街上站著讓人看，你可是吃了大虧。」言罷，皇帝起身離去，陌溪在他身後跟上。

下了樓，皇帝對我擺了擺手當作別過。

我直勾勾地盯著皇帝身後的陌溪，他疾步走來，我笑咪咪地看著他。

他上上下下地將我打量一番，才極力壓抑著喜悅，彎著眉眼問我：「怎麼這麼快就尋來了？我本以為三生妳再怎麼也得等上半年才是。妳可是獨自一人來的？路上辛苦嗎？有沒有遇到過什麼麻煩？現在餓不餓？想休息不？」

我只是望著他笑。

他見我如此，心緒稍稍平靜下來，也展顏笑道：「是我多慮了，三生向來都不會讓自己吃虧的。妳怎麼找到我的？」

「方才走在街上的時候恰好碰見一大堆人在看熱鬧，我一時好奇便也湊了上去，然後瞅見了你。」

陌溪笑容微微一僵，忙向我解釋：「三生，那是……」

「嗯，喜歡你的姑娘。」

他小心地觀察我的表情。我道：「模樣挺不錯，就是個子矮了些，脾氣也委實窩囊了點兒，不如我這般配你。」

「這是自然。」陌溪聽了我這話又笑開了。「除了三生，誰都與我不配。」

我拍了拍他的肩，甚為欣慰。「明白就好。」

「妳來京城多久了？可有找到住宿的地方？」

「也沒來幾天，我全然不知道你的消息，所以白日就在大街上晃蕩，沒想到還真這樣將你找到了。」我牽住陌溪的手。「所以我與你是鐵打的緣分，怎麼都拉不斷的。」

陌溪淺笑，將我的手握得更緊了些。「我這便接妳回去休息。」

「嗯。」

原來陌溪沒有住在皇宮中，也沒有寄住在哪個大臣的家中，而是自己買了間清幽的小屋。這屋子的大小布局，與我和他一起住的那個梅苑差不多。

吃過晚餐，我拉著陌溪在小院子裡溜躂。

「京城與我們住的小鎮大不相同，你之前一個人在這兒可有不習慣？」

「倒沒什麼不習慣，只是早起不見妳為我擺的碗筷，晚歸不見妳為我留盞燭燈。思及妳一人在家，不知妳將自己照顧得如何，略有些悵然。」

我心中一陣欣喜地暗笑，牽著他的手，看著頭頂的星光，一步一搖慢悠悠地晃蕩。「陌溪。」

「嗯。」

「陌溪。」

「嗯？」

「陌溪。」

「何事？」

「就是想叫叫而已。」我道：「每一次喚你的名字，都能聽到你的回答。我突然覺得，這是一件難得的幸福之事。」

陌溪也淺笑。我繼續道：「到京城來做官可還辛苦？」

陌溪沉默了一會道：「能用自己的權力幫助需要幫助的人，能靠自己的雙手來成全我的憐憫之心，有人因我的作為而變得快樂。朝堂之上雖然勾心鬥角甚是心煩，但是我獲得的這些權力若都能為百姓所用……三生，妳明白這樣的滿足嗎？」

我心頭不由得一顫，抬頭望他，他的眸中是我這些年從未見過的璀璨。而這一瞬間，我彷彿又見到了那個冥府之中踏著光華而來的九天戰神。這樣的陌溪，才是真正的陌溪，是完整的他。我突然想起小鬼乙多年前對我說過的一句話。

「陌溪神君身司九天戰神一職，上天入地，無所不能，可是他卻只心繫天下。胸中有蒼生的人，哪還裝得下兒女私情呢？」

當初我並沒怎麼把這話放在心上，而今日見著了陌溪眼中的神態，我才知道，小鬼乙，當真是一個觀人入微的預言帝。

陌溪果真是心繫蒼生的，不管他變成了什麼模樣……

「我其實不大明白你的滿足，不過你想做的事，我都會支持。」我摸了摸他的頭。「陌溪的願望是造福蒼生，三生的願望是造福陌溪。」

陌溪垂下頭，眸中的溫柔像是要溢出來一樣。「陌溪也是願意造福三生的。」他這話太溫柔甜蜜，讓我不得不動了心。「陌溪。」我拽了他的衣裳，一本正經道：「我們今晚洞房了吧。」

陌溪渾身一震，表情有一瞬間的僵硬，而後，紅色從他的頸項一路蔓延到腦門。

我接著道：「都說小別勝新婚，我們如今雖沒有新婚，但以後遲早是會新婚的；而今又正是小別之後，你不知三生有多想你。左右這事以後都是要辦的，趕早不趕晚，咱們洞房了吧。」

「三……三生妳……這樣不合規矩。」陌溪臉紅得不成樣子，他拿手微微擋著臉，輕咳一聲，扭過頭去，無奈極了。「妳又看什麼話本子了……」

「這樣不好嗎？」我道：「很多話本子裡都說洞房之後才有真愛。」

陌溪一聲嘆息。「這……得在成親之後才行。」他輕聲道：「三生，妳且等等，不會有多久的，待我能給妳更好的生活後……」

我有點委屈。「那在這之前，三生都不是你的真愛……」

他臉上還隱隱透著紅暈，透亮的眼眸卻那麼清晰地映著我的影子，他一字一句地說著：「三生，妳是陌溪的相依為命。」

他說得那麼鄭重，如同立誓，讓我覺得，再如何厚重的真愛，都重不過陌溪如此四字。

相依為命……

我才發現，原來有一個人可以這麼輕易地讓我妥協。

翌日，陌溪去了宮裡。我在屋裡看了一會話本子，覺得無聊便揣了話本遊蕩去了茶館聽戲。

臺上的戲子咿咿呀呀地唱著，我坐在二樓吃著茶果跟著嗚嗚嗚地哼，忽然，一把長劍拍在桌子上，震得我茶碗一抖。我嚼著花生仰頭一看，夏衣一臉不友好地在我桌子對面坐下。

我左右打量一番，卻聽夏衣道：「別看了，我哥沒來。」

我放下了心，便也不管她了。

夏衣給自己倒了茶，嘀咕道：「和石大壯見了我是一個德行，就怕我哥把他抓走。」她說完，喝了口茶斜眼看我。「妳又是哪裡的妖怪？」

我哼著戲曲，抽空答了一句：「我不是妖怪。」

「胡說！妳若不是妖怪，昨日我哥為何要追著妳走？」

「你哥愛慕我美貌，仰慕我氣質，傾慕我舉手投足間絕代的風華，他要跟著我走，我也沒辦法。」我隨口道：「下次妳再見著他追我，盡力將他攔著點兒，沒辦法回報他的愛意，我其實挺愧疚的。」

夏衣聽得張口結舌，末了又喝了口茶壓下驚詫，喘了口氣道：「嘴皮子可真俐落。」

我不理她了，由得她在旁邊坐了一會。她琢磨良久，終是清了清嗓子，重新開口問：「石大壯……妳是什麼時候和石大壯認識的？」

「十一年前。」

夏衣一驚，隨即低頭喃喃自語：「竟然……都已認識這麼久了……」她自顧自地得出結論：「他竟然喜歡妳這麼多年，他竟能將一個人藏在心裡這麼久……」她聲音越來越低，好像傷心極了。

我側目瞥了她一眼，見小姑娘將腦袋搭著，一副心灰意冷的模樣。我心一軟，安慰道：「妳放心，我如何也不會喜歡他的，我心裡自有一人，誰也替代不了。」

「妳這樣……他卻還那般將妳放在心上。」

我的安慰讓她更為失落，見她這副傷情的模樣，我心裡不由得犯嘀咕。這小姑娘模樣生得俊俏，性子也活潑，要找個什麼樣子的男子沒有，她到底是怎麼看上那憨直的石大壯？我一失神，沒注意便將這話唸叨出來。夏衣聞言，將桌子上的劍握得緊了些。

她沉默了很久，才靜靜道：「他救了我。」她說：「我不記得他那天是如何將那些妖怪趕走的，但是我記得很清楚，他拉我起來，幫我把掉得老遠的劍撿回來，然後笨拙地安慰我，讓我不要哭。他像一個英雄……」末了，她情不自禁地吐出了句子：「雖然他笨了點兒，但我知道，如果他要對一個人好，那就會一直對她好。因為他笨，不會三心二意，不會招花惹草，只會對我一個人好。」

我挑眉，沒想到這還是個有遠見的姑娘。我讚道：「沒錯，如果在這世間找不到一個正常人一心一意地對自己好，那就找個傻子一心一意對自己好，如此，著實是個不錯的法子。」

夏衣一愣。「不是，我不是因為這個才喜歡他的……」

我了然地點了點頭。「我明白、我明白。」

「說了我不是！」

「我懂得、我懂得。」

「妳！」夏衣一踢凳子便站了起來，手中的劍出鞘半分，可沒等她將劍完全拔出來，斜裡一隻手忽然伸出來將她手腕擒住。

「妳不能傷三生！」

石大壯竟不知什麼時候跑過來，他怒氣沖沖地對夏衣道：「就知道妳是個不好相與的！妳纏著我便也罷了，如今卻還想欺負三生嗎！妳要做什麼衝我來，她是我的恩人，我斷不能讓妳傷了她去！」

石大壯委實是個知恩圖報的好妖，只是他這嗓門太大，吼得一茶館的人包括那臺上唱戲的戲子都停住動作，全部轉頭望向我們這方。

我覺得演戲給人家看丟人得很，遂將石大壯的衣袖輕輕一拉。「少安勿躁，此地人多，咱們都出去說吧。」

我話音方落，夏衣眼淚忽然就落了下來。

我看得愣神，石大壯也是一愣。

他火氣像是霎時被澆熄了似的，有些手忙腳亂起來。「我……呃……我又沒打妳，妳莫要哭了。」

夏衣哭得像個孩子似的。「你那麼著緊她……你那麼著緊……」她抽噎著。

「你可知，她心裡根本就沒有你，你為什麼就那麼喜歡她呢？嗚嗚。」

我了悟，原來她在這種情況下，竟還是在為石大壯心疼，為他「喜歡了一個不喜歡他的人」而心疼。

這姑娘心地是如此的好。我感慨，一顆石頭心也跟著她的哭泣酸了酸，一如看見話本中的佳人被負心才子拋棄了一般酸澀。

「我為什麼，就那麼喜歡你呢？我怎麼就那麼喜歡你呢……」她抱頭痛哭，嚎著便轉身走了。

石大壯呆若木雞地杵在我跟前。我使勁戳了一下他的脊梁骨。「你這下子心底可是有點疼了？還不去將佳人抓回來，抱在懷裡好好蹂躪，明日早上掀開紗帳，你們還是極好的一對。」

「三生妳在說什麼呀……」石大壯撓了撓頭。「我只是被她七竅流水的模樣嚇住了，第一次看見有人在我面前哭成這樣……」

我嘴角一抽，頓時覺得此人榆木腦袋，當真沒救。

「我送妳回去吧，省得待會兒她又來找妳麻煩。」

「那姑娘今日倒是沒給我找什麼麻煩。」戲看不下去了，我捲了話本子走人，一邊走一邊道：「不過倒是你，怎生會在這裡出現？」

石大壯一嘆。「這可不是為了躲她嗎？」

「躲她？」

「對啊，左右我出不了京城，夏衣日日都在滿城地找我，我藏在哪兒都覺得好像下一刻便會被她找出來一樣，所以與其提心吊膽地躲著，我想不如反過來跟著夏衣，這樣我就能一直知道她在哪兒，也能一直不讓她找到我了。」

我其實挺嫌棄他這種做法的，但又覺得一個腦子不大好的人能想出這種辦法已是極為不錯，於是讚揚道：「這法子與你的人一樣憨直樸實。」

石大壯撓頭，羞澀地笑。

一路說說聊聊地走回了家。適時已是黃昏，到了小院門口，沒等我說話，石大壯便主動告辭要走，模樣急切，像是生怕我將他留下來似的。

我也不為難他，正要擺手與他道別，忽聽大門裡傳出一聲怒叱。

「你一個新晉文官，不要太給臉不要臉！」

聽這聲音是個極為霸道蠻橫的主，而這句話一聽便是罵陌溪的，我當即臉一沉，推門進去。

院子裡站著三人，一方是陌溪，還有一方是一個主子和兩個侍從。兩個侍從看起來倒是威風，只是這主子骯髒得緊。

我淡淡瞥了他一眼，然後選擇性地將他們無視掉，只對陌溪道：「在門外便聽見有狗吠了，又是哪家的畜生沒拴好鍊子？」

其實我是認得這一隻的。早幾天在去將軍府裡拿首飾賣的時候，無意間見過此人，他正是大將軍的第三個膿包兒子，是施倩倩嫡親的哥哥，施榮。憑著他老爹的關係，在朝廷裡混了個空閒武職當著，是個不折不扣的膿包。

我雖不知他來找陌溪做什麼，但我的陌溪卻不是來讓人欺負的，即便是言語上的也不行。

陌溪聽聞我這話，神色間有些無奈。他向我走了兩步，將我的手握住，輕聲說著：「三生先回屋，這裡我來處理便可。」

可他話音未落，那施榮忽而難聽地笑了起來。「我道是有什麼原因不肯受咱們將軍府這門親事呢，原來竟是已經藏了嬌啊。」

他的聲音像是一隻被人捏住脖子的鴨子，聽得我耳朵難受極了，只想施個法，讓他三天三夜說不了話。

「哼，不過你這女人，模樣看著行，脾氣未免太臭，哪及得上我妹妹溫柔賢淑。且將你這刁婦休離了，受了我將軍府的親事，他日保你榮華富貴不斷。至於你這下堂妻，小爺便勉為其難地幫你收了馴服馴服。」

來這人間十數年，我雖然遇見過不少奇葩的事、聽過奇葩的話，但如此奇葩的人我倒還是第一次瞅見。這荒唐的語言已經將我撩撥到「憤怒」之外的境界去了，我決定好好打量一下這朵完整的奇葩，別等以後的日子想見到這種人都不行，只能空餘遺憾了。

然而在我觀賞奇葩物種的過程中，陌溪倏地開口了——

「少將軍，你將貴府千金說得再如何好，在卑職看來也是比不上內子的。貴府千金性子淑靜，卑職偏喜愛刁橫的；貴府千金能予人榮華富貴，卑職卻偏愛與內子共食粗茶淡飯。在卑職眼裡，內子舉手投足，無論是做什麼都比貴千金來得動人。望少將軍休要再與卑職提這門親事，以免卑職說出更多有辱貴府千金身分的話來。」

他這一席話說得施榮瞠目結舌，也聽得我心裡跟開花似的。他這一聲聲「內子」喚得，多自然哪！

陌溪話音不停，繼續道：「至於少將軍對內子抱有的非分之想，卑職只能說遺憾。朝堂內外，誰人不知少將軍你膿包無用，如今這身分也是大將軍想盡辦法將你推上去的。你在其位卻不思其職，依舊是一派膿包的作風。即便是前有大將軍為你鋪路，後有一干的大臣替你護航，但你卻還是三年未升一職。皇上聖明，洞察細微，能善用人，但凡稍有成績之人皆可得到善用，可見少將軍著實沒什麼本事值得讓皇上提拔。內子聰慧敏智，卑職相信她心中自有判斷。」

施榮像是被陌溪的唇槍舌劍扎得千瘡百孔，怔怔地立在那方，全然忘了反駁。他身後兩名侍從各自轉頭看向別的地方，瞅著模樣似乎在忍著笑，看來平時他們心裡也沒少罵過施榮。

「你……你……你膽敢辱我！」

「卑職只是心直口快向少將軍諫言而已，良藥總是苦口，少將軍若聽得不舒爽了，卑職也沒辦法。或者少將軍覺得卑職說得不對，大可至皇上面前參卑職一本。彼時，卑職自會在朝堂上向皇上以及各大臣轉述今日對少將軍的諫言，正好也可讓百官與皇上一同評評，卑職這話說的到底是有理無理。」

「你……你……」

施榮氣得說不出話來。

我笑咪咪地招來門邊愣愣看戲的石大壯，石大壯走進來，一身壯實的肉看得施榮身後的侍從都有些發虛。

我道：「我覺得事情應該談得差不多了，大壯，幫咱們送一下客吧。」

石大壯一點頭，倒是十分通我心意地將我的意思直白表達出來。「哎，趕你們走了。」

施榮聞言，怒上心頭，長得好似鞋拔子的臉瞬間漲成一個快要爛掉的豬腰子，他怒喝。「大膽！放肆！一個不知名的奴才竟敢如此與小爺說話！」

石大壯無奈地看我。「他們不走。」

我做了個手勢。「拎出去。」

於是，這三人毫無反抗之力地被拎了出去……

我轉頭拍了拍陌溪的肩，正想誇他兩句，卻見陌溪皺著眉還盯著大門方向。我順著他的目光看去，石大壯將那三人拎走了又回來，正在關門。

石大壯一轉身，目光與陌溪相接。石大壯倏地往後一退，「啪」地貼在剛合上的大門上。

陌溪眉頭散開，但眼神卻沒從石大壯身上挪開，剛才戰膿包的鬥氣又一點一滴地在小院裡蔓延開來。「石兄一別經年，可別來無恙啊？」

語至末尾，聲調微揚，連我都聽出其中幾分危險的意味。

石大壯嚥了口唾沫，喉結滾動的弧度我隔了老遠都看清楚了。

他沒說話。

陌溪上前一步還待言語，我將他拽住。我心裡覺得，石大壯如今心裡是切切記著我的「恩惠」，當真對我好呢。這麼個老實人，我也總不能由著陌溪欺負他。我便對陌溪道：「今日我在路上遇見點兒麻煩，他幫了我，這便與我一道回來了。」

陌溪轉頭看他，石大壯忙不迭地點頭。「是偶遇、是偶遇的！我對三生當真沒想法了！」

陌溪沒搭理他，轉頭看我。「何人找三生麻煩？」

我一張嘴，本想老實回答，但又覺不對，如果老實答了，那不是就說明我剛才說謊了嗎？我眼珠子轉了一圈，笑道：「沒什麼，只是看戲時與人起了點兒口角。」我搶在陌溪問下一句話之前將他手掌一抓，笑眯了眼看他。「陌溪這可是吃醋了？」

陌溪一怔，扭頭輕咳一聲。

「我不會跟人跑了的。」我道：「我只喜歡陌溪。」

一千多年，我只遇到一個陌溪，只傾心陌溪。

不管我這話說再多次，陌溪的臉頰也都還是會紅。他神色柔和下來，眉宇間的鬥氣與殺氣盡數消散。

天色已晚，肚子已餓，我牽著陌溪道：「咱們吃飯吧。」我一轉頭看石大壯。「要一起來嗎？」

石大壯鼻子動了動，盯著我的眼睛幾乎要發光了，但在最後決定的那一瞬，他卻看了陌溪一眼，於是他腦袋一搭，連忙拒絕。「不不不不不！絕不！」他拉開門，夾著尾巴就灰溜溜地跑了。

我轉頭看了陌溪一眼。「陌溪，你這樣趕走一個餓肚子的人，好狠心啊。」

陌溪沉默了一會。「可如果讓他留下來，便是陌溪對自己狠心。三生希望，陌溪對誰狠一點。」

我果斷牽了陌溪的手。「讓他自己哭一會吧。」

第八章

晚上吃飯的時候，我將陌溪好好誇了一通：「陌溪說話一直都能暖我心窩子，可近來說話尤其暖我心窩子。」我往他碗裡夾了隻雞腿作為獎勵。「特別是今日對膿包榮說的那番話，是我近來最喜歡聽的話。」

陌溪一邊將雞腿上的肉剔下來給我，一邊道：「我尚記得幼時，但凡我受了欺負，三生總會為我出氣；如今三生被欺負了，我自然也得為妳出氣。若以後還有這種事，我也定會好好地保護妳。」他一頓。「只是我願三生永遠不會受欺負。」

我因他的話而微微愣神，倏地笑道：「陌溪，我本來想說，我今日喜歡的不是你罵了膿包榮，而是喜歡你稱我內子。」他聞言一怔，我笑道：「我本來便是你內子，打小訂好了的，可卻一直不曾聽你對外人提起過，如今你這樣提起，我很高興。」搶在陌溪解釋之前，我又道：「可方才你說的話，卻比稱呼我為內子更讓我高興。」

我埋頭吃肉。「你會保護我，我也會保護你的。」

翌日，陌溪如此前一樣，早早地便去上朝了。

我窩在房間裡燒著炭、看話本子。我前日走在大街上都撞見了夏辰，昨天去個茶樓也能被夏衣撞上，我琢磨這幾日當真是不宜出行的日子，今日便打算在屋裡躲懶，老老實實等陌溪歸家。

我看話本子看得正起勁，忽聽院子外面一陣嘈雜。我眨巴了兩下眼，思緒慢悠悠地從故事裡脫出來，只道京城當真是個不祥之地，不出門也能有事找上門來。

我一嘆，合上書，理了理衣裳打算主動出去「找麻煩」，但耳朵仔細一聽，那些嘈雜聲音漸近，卻是極為規整輕細的腳步聲。

官兵？

自打我有靈識以來，便是一個守規矩的靈。我被鬼抓過，被閻王爺罵過，被和尚追過，被道士打過，卻還從來沒被官家的飯桶圍攻過。

此乃人生第一次經歷，讓我有些許激動。

我出了房門，立在院子裡，一直盼著他們破門而入，一湧而上將我團團圍住，讓我瞅瞅官家到底有什麼陣勢。不料等了半天卻等到一陣規規矩矩的敲門聲，我甚是失望，便也只好規矩地去開了門。

官兵大概是藏起來了，門口只站著一個清秀的小姑娘。我瞅了她半天才認出，這可不是前日被陌溪扔在大街上的施倩倩嗎？

她見我開門，頓時一陣被雷劈了的表情，喃喃自語著：「當真有個女人，哥哥竟沒騙我……他當真帶了個女人回家。」

聯想到昨日施榮上門強求陌溪娶施倩倩一事，我心裡隱隱有了個譜，她這是打算來親自探探陌溪的底呢。

我心道，喜歡是一回事，讓旁人上門當說客是一回事，自己親自上門糾纏又是一回事。我如今日日盼著陌溪娶我，可不能到這當頭了，讓這姑娘糾纏得陌溪娶不了我。

我將雙手在胸前一抱，斜倚在門邊，挑眉道：「不錯，我當真是他的女人，自小便與他睡作一堆。妳有何指教？」

小姑娘始終見識少了些，被我這話轟得外焦裡嫩，往後踉蹌了兩步，險些摔在地上。看著她慘白慘白的臉，我心道這姑娘實在是太軟了些，莫說比上我，便是比夏衣也落了幾個檔次。

適時，一個中年婦人突然從旁邊蹦出來，扶住施倩倩，指著我喝罵道：「休得欺負我家小姐！別讓妳這些汙言穢語損了我們小姐的耳朵！」

我十分無辜。「她問，我答，句句屬實，哪裡汙穢了？」

施倩倩的臉色更白了一分。婦人罵道：「大膽妖婦！竟敢對小姐無禮！來人呀，拿下！」

我無奈地揉了揉額頭，分明是這婦人無理取鬧才是。我還想與她講講理，旁邊眨眼間便竄出一群青衣官兵。

終於被我等到了！這群飯桶圍了過來！

我眼睛一亮，興奮地「喔」了一聲。那婦人卻是一陣大喝：「她要耍暗器！保護小姐！」

剎那間，錚錚的拔劍出鞘之聲聽得我寒毛微立。

我張了張嘴，「和為貴」三字還沒起頭，一把大刀便向我頭上砍來。經過人世的磨礪，我的脾氣已比初來之時要收斂許多，但也不是這麼讓人欺負的，頓時我眼眸一厲，狠狠瞪向第一個向我衝過來的士兵。

沒修過法術的凡人被我這陰煞煞的一瞪，登時腿軟，「撲通」一聲跪下給我行了個大禮。

後面的人卻沒有學乖，一窩蜂地向我撲來。

我捻了一個訣，手臂輕輕一揮，圍攻過來的士兵們全部被拍飛。我嘆氣道：「做人應當注意觀察，審時度勢。」

施倩倩與那位婦人都被陰氣掃到，跌坐在地上，怔愣地望著我。我上前，伸手欲將那婦人拉起來，她大叫一聲「妖怪」，連滾帶爬地跑了。我只有轉而去扶施倩倩。

她倒是乖乖地任我拉起來，我替她擦了擦臉上的灰，道：「再是喜歡一個人，也應當有自己的尊嚴。這樣上門找碴的事以後別做了，失了身分不說，還費力不討好。唔，還有，陌溪的這三輩子都已經被我定了。妳若是真心想勾搭他，三輩子以後再來吧。」

我這話說的是事實，卻沒想過聽在她耳朵裡是另外一番味道。她眼眶一紅，泫然欲泣地扭頭跑了。

我將門口好好清掃一番，便又淡定地回去翻我的話本子了。我猶記得方才看到才子佳人初見面，佳人強吻了才子那一齣，應當是齣不俗的戲才是。

傍晚，陌溪急匆匆地回來。

我倚在榻上，斜睨了他一眼又繼續看我的話本子。

他在門口站了一陣子，目光似在我身上來來回回地打量許久。他默默走進屋，在榻邊坐下，斟酌了幾番才道：「我聽聞，今日有官兵來過。」

「嗯。」

「可有受傷？」

「沒。」

兩句話答完，陌溪沉默下來。我將話本子扔到一邊，起身坐好，直直望著他。「你想問什麼？」

他張了張嘴，還是沒有說話。我道：「官兵是我打跑的，施倩倩也是我趕走的。」

他看了我一會，竟頗為無奈地笑了出來。

我挑眉道：「怎麼？原來你是想娶那個將軍女兒的。唔，倒是我不對，毀了你這樁姻緣。你既如此不捨，我去把那姑娘找回來就是，我看她對你用情還是挺深的。」說著我便往外面走去。

他拉住我，臉頰有些泛紅。「三生，妳明知我並非此意。妳……妳能為我吃這番醋，我心裡其實是開心的。只是……」

「只是？」

「那些士兵說妳是妖怪……」

我搖頭。「我不是妖怪。」

陌溪盯著我，眼神深處藏著些許無奈。

見他這表情，我恍然了悟。「陌溪，你也覺得我是妖怪？」我話音微頓：「還是，你一直便把我當作妖怪？」

陌溪蹙眉。

我自顧自地點了點頭，喃喃自語：「沒錯，我與你一同生活了這麼多年，容貌沒有半分改變。想生火的時候便能生火，想吹風的時候便能起風，你認為我是妖怪也是理所當然的。」我喉頭一梗，心裡覺得有幾分委屈和心寒。我盯著他的眼睛，問：「你如今可是怕了我？可是嫌棄我？」

話音一落，陌溪臉色變了幾變，對我素來溫和的面容難得顯出幾分怒色。「我為何要怕妳！為何要嫌棄妳！妳是妖怪又如何，我只知道我的三生並不曾害過我。陌溪並不是一個無心的人，這世間誰怎樣對我，我都有所感。且不說三生妳並不是一個作惡多端的妖怪，即便妳是那樣的妖怪，我此生就是喜歡上了妳這樣的妖怪！」

「喜歡」二字讓我嘴角忍不住翹起來，那些委屈霎時化作飛煙。我靜靜地看了他一會。我知陌溪的脾氣一直很好，對我更是溫和得沒話說，難得見他發這麼大的火，我覺得很是稀奇。「那你在怕什麼？」

他臉色一僵，被我一語道破心境讓他有些難堪，他沉默了一會，一聲輕嘆：「三生，我怕妳被欺負。」

我聽了覺得好笑。「你可還記得王小胖家的後院？」

他斜了我一眼。「一根草也不剩。」

我滿意地點了點頭。「被欺負沒事，只要欺負回來就好了。你娘子我什麼都能吃，就是吃不得虧的。你倒還替我擔心起這個來了。」

陌溪被我逗笑了，沒再說什麼。

晚間刷牙洗臉的時候，我看見他衣袖上破了一個不大不小的口子，感到奇怪道：「這是怎麼了？」

陌溪將衣袖藏了藏。「無妨，不過是今日與幾個士兵發生口角，刮到了他們的甲冑而已。」

我伸手。「把袍子給我，我幫你縫縫。」

點著蠟燭，我將那口子一針一線地補起，陌溪坐在旁邊偏著腦袋看我幫他縫衣服，唇角的笑意就沒散過，似乎這是一件令人滿足的事。

「好了。」我將衣服遞給他，見他臉上滿滿的溫暖笑意，我突然問：「這當朝的皇帝可是個好皇帝？」

陌溪將衣服收起來，答：「當是聖君。」

我點了點頭。「那個兵權在握的大將軍，可是個好將軍？」

陌溪皺眉。「若論帶兵打仗，確實是個人才，但安穩天下、治理國家卻不需要他那份沙場血氣。」

我又點了點頭。「除掉他，民生可會更好？」

「少了大將軍的制約，皇上能放手改革，民生自然會更好。」陌溪感到奇怪地看我一眼。「三生何時對這些事感興趣了？」

我沒回答他，繼續問：「你若幫百姓除了大將軍，你可會開心？」

陌溪的眼睛亮了一番，隨即又垂眸掩住那絲光芒。「自是開心的。」

我還是點頭。「夜深了，你明日還要忙，快去睡吧。」

當陌溪房間的燭火熄滅後，我依舊坐在床沿，睜著眼望著窗外的月色。

陌溪怎麼會無故與別人發生口角。我將今天的事情連著想了想，心中明白了，定是他聽見了有人說我是妖怪，一時沒忍住脾氣與人起了爭執。

陌溪向來是個隱忍的人，而今他又才做官不久，雖得皇帝寵信，但是皇帝卻連座宅子也沒賜他一座，可見他如今的位置在朝中當是十分難堪。

而今天早上，我與將軍府的那一堆人動手，更是將陌溪推上風口浪尖。

我確實與旁人不一樣，大國師夏辰已發現我在京城，以他那能與當年的老禿驢成忘年交的脾性來說，他定是不會放任我不管的。回頭待他聽說了我與將軍府的人動手一事，指不定得用什麼法子來折騰我，更指不定他會在皇帝面前說些什麼去折騰陌溪。陌溪本就根基不穩，再被夏辰一指責，朝中那些愚蠢的人類不知得怎麼排擠他。

我想起陌溪提到他理想時那璀璨的眼神，隨手捻了一個隱身訣，穿入陌溪的屋子中。我輕輕摸了摸熟睡的他的臉頰，一如從前無數次做的那樣。我看著他眉心下意識地蹙起，不知他是在夢中夢見什麼為難的事，我有些心疼，忍不住俯下身去在他眉心輕輕一吻。

「陌溪。」我輕輕貼著他的臉頰。「三生不會做你的拖累的。」

我本以為事情會變得糟糕起來，已經做好了一個準備，但沒想到那日之後，所有的人和事好像突然間都消停下來。施倩倩和施榮沒再來過，夏衣、夏辰兩兄妹也沒再出現在我的視線裡，連石大壯也不見了。

陌溪每日早起上朝、傍晚歸家，一切彷彿又回到了我與他住在小鎮郊外的模樣，安靜而祥和。

可我知道，這或許就是傳說中的，暴風雨前的平靜。

是日，連著下了幾天雪的天終於放晴了，我這冥界的靈物雖不大適宜照太陽，可還是將搖椅搬到院子裡，打算晒晒這一身懶筋。可太陽還沒晒多久，忽然有人翻牆而入。

我懶懶地抬眼一看，是多日未見的夏衣。

她怎生找到這裡來了？

「我已幾日沒見到石大壯了，他不在我這兒。」我擺了擺手，打發她離開。

夏衣卻看著我沒動，隔了許久才道：「大將軍已把請帖送至我哥哥手中，邀他明日去將軍府一敘，這一敘若敘出點兒線索，妳是無論如何也跑不掉的。」

她這一番話說得莫名其妙，我聽得一頭霧水，轉頭看她。「妳哥哥這是……」我猜測。「是與大將軍生出了點兒什麼不該有的情愫？」

夏衣聞言，本沉重至極的面容忽然一抽。「妳正經點！」

我自是相當正經的。「那是妳哥哥與大將軍的事情，與我有何關係？我不喜歡大將軍也不喜歡妳哥，沒必要跑。」

夏衣眉頭一皺。「妳還不打算承認？」

我越發困惑了。「承認什麼？」

「大將軍府近來鬧鬼，將軍府上三公子與小姐都患了邪病，說是見了些不乾淨的東西。」夏衣沉著臉看我。「近來他們都見過妳，且侍衛都佐證妳著實會妖法，不是妳，難道是別人搞的鬼？」

我恍悟，竟是膿包榮與施倩倩不好了。我解釋：「這幾日我只在小院裡走動，沒有去欺負他們，妳還是先去別處看看吧。」

夏衣沉默地看了我一會。「不管是不是妳，他們現在認定了妳，只要妳在京城活著，他們便心裡不會舒坦。我哥的性子妳想來是聽過的，但凡是妖，他絕不會手下留情，妳只有今日可以逃。」夏衣默了一瞬。「我可以幫妳，只要妳答應我一件事。」

我心裡雖厭煩被人追殺這事，可卻不是當真怕了那夏辰，若動真格，只有區區十數年法力的凡人怎鬥得過忘川千年累積起來的陰氣？是以夏衣表情雖嚴肅，語調雖沉重，我卻並未覺得是件多大的事。

左右，不過是又被追殺一場罷了。

我對她的要求更感興趣，便示意她說下去。

夏衣垂眸道：「我要妳和石大壯一起走，要和他好好地在一起……」

這話倒是讓我更為驚訝。「妳不是喜歡他嗎？」

「我是喜歡他。」夏衣磊落地承認，可眸光卻有幾分暗淡。「但他那麼喜歡妳……一直被我纏著讓他很不開心，我想讓他開心，算是我……最後對他做點兒好事。」

姑娘，這可不是什麼好事。我若向石大壯提出要與他私奔，不知他得被嚇成什麼樣。我擺了擺手。「妳走吧，我不用妳幫，這事我自己搞定。」

夏衣蹙眉。「妳不怕我哥哥收了妳？」

我搖頭說「不怕」，夏衣沉不住氣道：「好，就算妳不在乎自己，那妳便捨得讓妳喜歡的人在朝堂中因妳而受盡排擠與委屈？」

我手指不由得僵住。

「我知道，新晉文官陌溪。他如今日日在朝堂上被人指責窩藏妖姬，為禍京城，若不是皇上一力保他，他在朝中哪還有立錐之地。三生姑娘，妳便不心疼他嗎？」

心疼啊。

我伸手摸了摸陌溪留在我手腕上的金印。夏衣姑娘，妳不知道，我有多心疼。

第九章

下午，我上街買菜，幾日不出門，一出門卻發現大街小巷皆在熱議大將軍府上鬧鬼的事，還有京城藏了一個女妖怪的事。十步一個版本，講得比茶樓的說書先生更精采。我閒得仔細聽了兩、三個，眼見天色漸晚，我算好了時間，拎了菜回家。

傍晚時分，陌溪歸家。

他如往常一般洗了手便來吃飯，我夾了菜給他，端著碗，細細地打量他臉上的每一個細節。沒有掙扎，沒有焦急，沒有生氣，陌溪幾乎從不把他的負面情緒在我面前展現。我心尖像是被什麼東西撩撥一下似的，又酸又軟，我忙埋頭扒了口飯。

「陌溪。」我道：「大將軍府的事我知道了。」

陌溪身形有一瞬的僵硬，他抬起頭來，卻是對我微微一笑。「在街上有無聊者嘴碎嗎？三生不用憂心，陌溪一定好好護著妳。」

我眨眼看他。「你相信不是我做的？」

「自然不是三生做的。」

「若是我做的呢？」我輕聲問他。

陌溪微微一怔，他抬起頭，清澈的黑眸裡清晰地映著我的影子。

「那我更要護著妳。」

活了千年，我頭一次因一句輕飄飄的話而眼眶微熱。「陌溪。」我道：「不是我做的。」

「嗯。」

「若當真恨他們，我會燒了他家後院。」

陌溪失笑。「是啊。」他說：「不管喜歡還是報復，三生都最是直接的。」

這日夜裡，我在屋裡坐了大半夜，但聞陌溪房裡的聲音漸漸靜下來，他的呼吸變得勻長之後，我捻了個訣，瞬息行至大將軍府。

之前在尋陌溪的時候，我到施倩倩屋裡拿過一些首飾賣錢，對路還是比較熟的，轉過幾個小院，走到了施倩倩院前。她這兒院門緊閉，大門上貼著兩個門神，門縫中間貼了一溜兒道符。我揭了一張符下來看了看，這硃砂畫得比閻王的字還醜，上面那點兒微末的法力怕是連小鬼都打發不了。

我將它貼回去，手指順著硃砂印記畫了個符，鮮紅的硃砂一亮，好似一道紅光激射而出，將小院罩了起來。

將軍府的人毫無察覺，大家仍在睡夢當中。

我耳朵一動，聽見兩個極小的喳喳聲。

對這聲音我再熟悉不過，是早夭小孩的魂魄貪玩不肯投胎，逗留人界而化的小鬼；特別是在這種達官顯貴的家裡，極容易生小鬼。每年鬼差甲、乙都會捉好幾百個小鬼回去投胎，他們喳喳地在黃泉路上吵一路，有些特別調皮的還會在我的真身前尿上一尿，是一群不折不扣的熊孩子。

想來施倩倩與膿包榮便是被這幾個熊孩子的惡作劇嚇壞了。

我穿牆而入，一眼便瞅見了在院子裡急得團團轉的兩隻小鬼。我在門口的道符上加了法力，將小院圈起來，他們出去不了，本就慌了陣腳，這下子一見我更是嚇得不行。兩個瘦得跟皮包骨頭似的孩子抱成一堆，瑟瑟發抖。

「我本不喜歡管這種事的。」我道：「可你們倆這次惡作劇可坑苦了我。」

兩小鬼腿一軟，一起摔坐在地上。

我瞇眼看他們，一如看著在我真身上尿尿的小鬼，當時我是那樣唬他們的——

「你們是打算自己拿水來洗乾淨，還是想以後再也撒不出尿？」

當時唬小鬼的效果極好，於是我便用上了同樣的句式：「你們是打算自己去投胎，還是要我讓你們再也投不了胎？」

兩小鬼連忙爬起來，憑著鬼自身的直覺，在空中尋了個冥府入口，連滾帶爬地跳進去。

我一揮手，扯掉了設在小院周圍的結界，正打算在門上刻上「妖已除」三字，忽然院門猛地被推開。我忙向後一躍，退出三丈遠，只見穿著國師道袍的夏辰手執桃木劍跨進門來。

他面色冷漠地盯我。「果然是妳。妳膽子倒大，殺了空塵大師之後竟還入京城來為非作歹。」

大國師見我的第一句話便是這個，我呆怔了好半晌，才想起他口中的空塵大師便是那個追了我整整九年的和尚。

「不對，是他來殺我的時候，自己殺著殺著累死了的，與我半分關係也沒有。我不是妖怪，更殺不了人。」

「哼！胡言亂語！」夏辰長袖一振，桃木劍上的符文隱隱發亮。「妳身上陰氣逼人，與此處氣息一模一樣，還想狡辯不是妳害了此間主人？」

小鬼法力微末，身上沒多少氣息，有也只有點兒陰氣，而我身上恰恰全是陰氣，也難怪夏辰將我和小鬼的氣息混為一談。

我解釋：「你若得空，去黃泉路上看看，那裡處處皆是這樣的氣息。」

「放肆！」夏辰眉頭緊蹙，厲聲喝斥。「區區小妖膽敢口出狂言！」

我左右琢磨，實在不知自己哪句是狂言。

那夏辰卻在這時一啟脣，竟開始唸起了咒語。

我心道這國師果真和那老禿驢一樣，臭味都投到一堆去了，皆是不聽人說話的主，心思也不單純，我說的句句話他們都能想出點兒歧義來。

若以往碰見這種場面，我一般都是一走了之，跑了算了。但我如今卻是不能跑的，若一跑，豈不是顯得我作賊心虛？

我心中念頭剛落，打算再與夏辰好好說理，忽覺腳下一緊。

我心中一驚，垂頭一看，竟見石大壯的腦袋從土裡伸出來，我下意識地拿另一隻腳對著他的臉狠狠一踩。「做甚！」

他也沒喊痛，拽著我的腳踝，一聲大喝：「走！」

「妖孽休走！」

「不不！」我拒絕的話尚未說完，他一個遁地術，拉著我便到了地下，不過轉瞬的時間，再一睜眼，看見的便是重重枯木樹影，四周尚有白雪沉積。

石大壯在我身邊坐下，捂著胸口喘氣。「可算逃開了。」

我氣得恨不能把他臉踩進雪裡。「你將我拖出來做甚！」

他不解地看我。「三生，那是夏辰啊！是大國師！他剛才是動了真格了，我怎能不救妳！」

「他動了真格，未必我就鬥不過他。你不該救我，我還得找他說理去。」

石大壯忙將我攔住。「不成、不成，妳現在回去，將軍府的人肯定都醒了，他們定會將妳圍住的，妳要與他們說理更是說不清楚了。」

石大壯這話倒是點醒了我。夏辰來的時候，我布的結界已經撤了；石大壯來了，鬧出的這點兒動靜定是驚醒了將軍府的人，這下子再回去，他們定是嚴陣以待。若我平空出現，豈不得將我「妖女」的名號坐實了。

我一時有些苦惱地坐下來，不由得輕聲一嘆。我一嘆，石大壯也在旁邊一嘆。

我轉頭看他。「你又愁什麼？」

「夏辰看見了是我救妳，心裡定是又將我記恨了一筆，回頭不知又要怎麼折騰我。」

聽聞這話，我又想起別的事。「你是怎麼在施倩倩的院子裡的？」

「今日我還是像之前那樣一直跟著夏衣，我見她進了妳的院子，本以為她又去找妳麻煩了，但在院外卻聽見了她與妳說的那番話。」石大壯眉目微沉，有點與平時不同的沉著。「後來她出門的時候看見了我，說一直知道我在後面跟著她；但是她說她也知道，若是將她已察覺我氣息的事告訴我，我定會又跑掉，所以她便一直裝作不知，讓我跟著。」

石大壯說得沒有感情，但是我能想像到每日夏衣走在前面，石大壯跟在後面，一個沾沾自喜以為自己騙過了前面的人，一人卻寧願縱容他的逃避也想離他更近一點。

我嘆息。多痴心的姑娘，多傷情的舉動。

「她說覺得妳那模樣像是要幹什麼事，所以讓我看著妳一點，順道還把夏辰下在我手上的印取了，讓我看情況不對就帶著妳跑。所以我下午到現在便一直看著妳來著。」

我聽得愣神。

沒想到夏衣竟當真捨得讓石大壯走。

我轉頭看他。「大壯，所謂患難見真情，你瞅夏衣都為你把自己犧牲到如此地步了，多好一姑娘，你怎生就不喜歡她呢？」

石大壯道：「我被她哥追殺著呢……」

我默了一會，拍了拍他的肩。「你不用說了，我明白。」我站起身，拍了拍屁股。「這是京城郊外吧，咱們現在往回走，再過不久，陌溪就該去上早朝了，我得趕快回去。」

我轉身要走，石大壯卻坐在雪地上一時沒起身。

我回頭看他，他盯著雪地，表情困惑極了。「三生，妳說，妳會用生命去喜歡一個人嗎？」

他是在問他和夏衣，但是我卻不得不想到了我和陌溪，我點頭答：「自是會的。」

因為我的生命和他們有點不一樣。就像是作弊似的。

回到自家小院，我悄悄推開自己的房門，忽聽陌溪屋裡傳來一聲輕喚。「三生？」

他推開房門，披了一件單衣便走出來。他將我細細打量一番。「妳外出了？」

我眼珠子一轉，心裡在編排理由。院裡的雪將他眼底映得一片透亮，陌溪熟知我每一個動作，若是今日我騙他，他便是知道也不會說什麼，但是一想到這一點，我便再也無法騙他。

我道：「我去大將軍府捉鬼了。」他一怔。我接著說：「鬼是捉了，可後來遇見了大國師。」

陌溪忙走上前來將我手臂捏住，上上下下地打量，聲色微急。「他可有傷妳？妳可有哪裡不適？」

「這倒是無妨，只是後來石大壯將我帶走了。我沒能將冤屈洗刷乾淨，怕是還讓他們加深了誤會。」我一嘆。「陌溪，看來，我今晚是給你找麻煩了。」

陌溪沉默地看了我許久，沉聲道：「於陌溪而言，唯有三生出事了，才是真麻煩。」

我仰頭看他。他學著我小時候對他那樣，安撫似地摸了摸我的頭，然後把我輕輕抱進懷裡。「我知三生一直都這樣，為了我願涉足危險之中，願裹身泥沼險潭。其實三生不知，有暗香白雪，還有三生，陌溪此生便已無憾了。」

我想告訴他，此生無憾的，是我，但是我卻說不出這話。

在和陌溪相處的歲月中，我素來是主動的一個，像今日這般換他主動，著實難得。他的胸膛已經變得足夠寬闊，肩膀也足夠有力，手掌也足夠溫暖。他已經長得足夠大了，足以娶我，足以保護我。

但是……

我輕輕擁住他。「陌溪，如果你可以一直抱著我多好。」

「如果三生願意，陌溪以後便常常抱著妳，可好？」

「嗯。」

陌溪早朝前，來了個宦官，傳來一道急旨將陌溪召進宮。隨宦官離開前，他在我額上輕輕烙下一個吻。「三生，今日妳莫要外出，在家裡看看話本子吧。妳床頭，我給妳放了幾本新的。晚上隨便吃點兒就行，不用每天都費神做那麼多菜。」

我瞇眼笑。「那今晚我就只給你熬米粥。」

「三生熬什麼我都吃。」

我揮手送他離開，看他隨著宦官拎著的燈籠一步步走遠，我心裡竟是那般不捨。

但是……

陌溪，我看見過你提及蒼生家國時眼底的光彩，我知道你心中的抱負有多大。我喜歡你，想來勾搭你，是因為我喜歡的就是那樣的一個陌溪。

我不該成為你的拖累。

陌溪走得很遠了，可不知為何，他卻又倏地轉過身來，見我還站在院門口的燈籠下，他衝我揮揮手，示意我進屋去。

我笑著對他揮了揮手，如同小時送他去學堂一般。

關門進屋，我背抵住門，一聲輕嘆，看口中吐出的白氣在寒冷的空氣中繚繞出蒼白弧度。

說到底，這三生終究也是你許我的。我想，用一生來替你擋劫也沒什麼大不了。更何況今生我還是你娘子呢，相公要做什麼事，我自然得全力支持著才是。

第十章

快至晌午之時，我替陌溪煲的粥已經好得差不多了。我滅了火，舀了一碗來嘗嘗，剛喝了一口，忽聽院門「砰」的一聲被推開。穿得頗有仙人姿態的夏辰邁步進屋，他身後跟了兩個侍童，顯得有些緊張。

我端著粥走出去，將嘴裡的東西嚥下去，然後舔了舔嘴脣，問：「入門皆是客，要來一碗嗎？」

似沒想到我會以如此日常的態度迎接他們，一個大人、兩個小孩都有些怔神。

場景靜默了一會，夏辰一甩手中拂塵，指著我道：「妖孽！昨晚讓妳逃了，今日我絕不會再放過妳。」

我一嘆。「你們這些道士、和尚當真比石頭還頑固，我不是妖怪，說得老天爺都信了，你們卻打死不信。你們這麼固執，你們三清和佛祖知道嗎？」

夏辰一聲冷哼。「滿身陰氣，若不是妖，妳可說說妳是何物？」

我若說我是忘川河邊石頭化的靈，他只怕又得說我是鬼怪。我琢磨了一會道：「你又怎麼確定我是妖怪？」

「是與不是，我的三昧真火驗過便知。」

我想了想，點頭同意。「可以，但是你必須在人多的地方，將我架在臺子上燒，讓民眾都看見。最後若是燒出來，證明我不是妖怪，你必須用你大國師的身分向天下宣告，你殺錯了人。」

他被我這番話震得呆住，愣了半晌才道：「休要耍陰謀詭計！」

「哎，你一個修道之人，心思怎地如此不純。罷了、罷了，我也正趕時間呢，就現在吧，你速速將我拖去燒了。」我隨手把碗放在他身邊一個侍童手上。「幫我洗一下，謝謝。」

我快步走出門外，反倒是他與侍童們怔在屋中。我感到奇怪地皺了皺眉，又回去將他胳膊一拉。「怎地跟個娘兒們似的，上次你陪著那老和尚殺我的時候，下手可沒這麼猶豫。」

待走到菜市口，已有軍士將臺子搭好。我瞧著有幾個士兵很是面熟，好似是那日陪著施倩倩來找麻煩的人。這裡應當都是將軍府的人，看來大將軍是很想置我於死地啊。

軍士們見到我毫髮無傷地拖著大國師來到這裡，一時間都傻了。我翻身一躍跳到臺子上，身形飄逸輕靈，看得圍觀群眾一陣讚嘆。

我用繩子將自己草草綁了綁，衝下方的夏辰招手喚道：「哎，好了、好了！」

夏辰此時卻沒有動手，他緊蹙著眉頭望著我。我也乾望著他。

突然，旁邊衝出一個婦人，是那日陪著施倩倩上門來挑釁的女人。

她看見我便大吼大叫起來：「就是她！她是妖怪！她魅惑了尚書郎的神志，又對我家小姐與少將軍施以毒手，以至於我家小姐與少將軍至今不醒。國師，大國師，您一定得幫我們將此妖除了，以絕後患啊！」

她拉住夏辰的袖袍一陣哭號，這哭得當真是聽者流淚、聞者傷心。若她指著鼻子罵的人不是我，我怕是也會與她一起同仇敵愾一番。

夏辰眸色冷了冷，揮袖拂開她，冷聲問我：「可有何辯解？」

我嘆氣。「我真不是妖怪。」

一個雞蛋砸在我的衣裙上，穿著富貴的小孩自人群中鑽出來，舉手又砸了我一個。「妳欺負阿姊！妳是壞人！妳搶了我阿姊喜歡的人！陌溪哥哥明明是喜歡我阿姊的，都是妳！」

看著衣裙上的兩個雞蛋，我眉頭不由得皺了皺，而更撩撥我心弦的則是他那兩句話。我一聲冷笑，指尖一動，那小子便被我隔空舉了起來。「小子，你姊喜歡他，可是他喜歡的是我。」

他在空中掙扎著。那中年婦人哭號聲越發大了，一直叫著：「妖女休要傷害我家小少爺！」

周圍的群眾也是一陣吵嚷。

「休得傷人！」夏辰一聲冷喝。

我只覺身上捆綁的繩索一緊，指尖無力，小子自空中落下，被婦人接住。

緊接著渾身一灼，一把火自我的腳底燃起。

三昧真火。

這凡人還真的修得了三昧真火，著實不易啊。

其實我是怕火的，冥界的靈物沒有幾個不怕火。只是若要驗出妖怪與靈物的區別，用火煉一煉確實是個好辦法。因為妖怪被火燒過，會留下內丹；而靈物或是人類被火燒了之後，則什麼都不會留下。

我並不怕死，因為從每種角度來說，我從來都沒活過。黃泉路，忘川河，是我的故鄉。

我本就生在已殤之地。

火灼燒得我渾身劇痛，恍惚之中，我又好似看見了人群之中著急撓頭的石大壯。他鬥不過夏辰，更是沒辦法澆熄這三昧真火，他急得直轉，而他的動作卻引起了夏辰的注意。

夏辰手一揮，石大壯的腳邊立時閃出一道火焰。石大壯駭得不輕，他周遭的人也立時跑了個乾淨。

待得夏辰還要再出手時，夏衣不知從哪裡擠出來，將夏辰的手抱住。「哥！

哥！你放了他們吧！你放了他們！小衣以後都聽你的話，你讓我嫁誰都行！我都聽你的！」

夏辰揮手甩開她。「荒唐！還不回去！」

夏衣又撲上去將夏辰拽住，手中不知捻了個什麼訣，制住了夏辰一瞬。夏衣大喊：「還不跑！」

石大壯一咬牙，施遁地術不見了蹤影。

當真是一齣苦情極了的戲碼……

而便是在這齣戲當中，我的五感漸漸飄離，下面的人臉開始變得朦朧，嘈雜的聲音變成了我耳邊的嗡嗚。

我仰頭，看見了我的老熟人，他們正在半空中看著我被火焰包裹灼燒。我想與他們打招呼，卻痛得什麼都做不了。

不知過了多久，我身上的灼痛漸漸輕了，黑白無常手一轉，我便到了他們身邊，身子是久違的輕盈。

「哈哈！」黑無常大笑著拍了拍我的肩。「見過這麼多死法，三生，妳這浴火的模樣看得我哥倆都被震撼了幾番啊。」

他臉上的表情是如此欣慰，讓我不知該說什麼的好，唯有拱手與他們客套了幾句。我轉頭往下一望，周圍的群眾和那個婦人都欣喜不已，歡呼著大國師的名字，唯有夏衣一臉蒼白地頹然坐於地。

而夏辰卻獨自走上高臺，雙眼在一堆灰燼中尋了一番，臉色漸漸變得蒼白。

黑無常喚我：「走吧，回頭和哥倆說說，妳這一生過得如何。」

「等等，你們且在這裡等我一等，我……我還有點兒事未完。」

他倆對視一眼，白無常道：「戰神？」

我點頭。

「速回。」

皇家龍氣依舊浩然，好在我現在已成了靈體，進去要容易多了。

我看見陌溪時，他正站在皇帝的書案對面。

他躬身道：「願皇上能保我妻平安。」

皇帝品了口茶道：「女子終歸只是女子。」

「皇上，三生乃是臣命魂所繫。」

我心中一蕩，溫暖滿滿地溢出，落在他身邊，從他身後圈住了他。「陌溪，遇見你，三生有幸。」

陌溪身子微微一僵，他輕輕向後轉過頭。他自是看不見我的，卻不知怎地，好似有點愣神。

書案後的皇帝放下手中茶杯，重新開口：「昨夜裡，大國師上急書求見，他與我說大將軍府近來的動靜當真是你那妻子的動作，大國師總是不會看錯的。

你才華橫溢，日後定為朕所重用，若再惹百官非議怕是不妥，那些妖物還是別再接觸了……」

「三生並非妖物。」陌溪抬頭看皇帝。

皇帝身邊的太監立即高喝：「大膽！」

皇帝擺了擺手。「昨夜我已下令，著大國師今日親自捉妖，並將其除於菜市口……」

陌溪像是被什麼力道推了一把，他驀地退了一步。沒等皇帝將話說完，陌溪倏地轉身，不顧皇帝的厲聲喝斥，他穿過我的身體，疾步走出大殿，而後腳步越來越快、越來越快，最後逕直在莊嚴宮廷的道路上疾奔起來。

他跑得那麼快，好似恨不得能飛一樣。

我一路跟著他。

他奔向菜市口，然而走得越近，看見周圍的人越多，他臉色越是蒼白，腳步越是踉蹌，就像是快走不了路，喘不了氣。

終是到了夏辰將我燒死的地方，彼時夏辰正站在高臺上，手握一把白灰，神情凝肅而晦暗道：「我以大國師之名，為此女三生澄清，她並非妖怪。」

人群猛地寂靜。

此時，所有關於人間的嘈雜都在我耳邊隱去，我只見陌溪眸中一空，往後退了兩步。

我想上前扶住他，而手卻穿過他的身體。

我一聲嘆息。

「三生……」他輕呼我的姓名，帶著無法訴說的悲愴。

我答：「嗯。」卻恍然想起，他現在已聽不到我的聲音，看不見我的身影。

「三生。」

「我在。」

而在他眼中，我已不在。

陌溪的此生，三生已不在了。

他遙遙地望著在夏辰手中飛揚的白灰，追著灰燼飄散的方向，失神地挪了兩步，伸出了空蕩蕩的手掌去承接隨風落下來的白灰。我忍不住走到他跟前，輕輕將他的手握住。飛灰落下，穿過我透明的手落在他的掌心，灰燼好似還帶著火焰的溫度，將他灼痛。陌溪指尖一顫，身形變得那麼僵硬。

白灰紛紛揚揚如雪散下，披灑在陌溪肩頭身上。他握緊拳頭，置於胸口，俯首輕問：「這便是妳說的一輩子？」聲色藏著我數不清的隱痛。「這便是妳說的一輩子？」

他身體微微晃動，像是站不穩了一樣。「妳騙我，三生……妳騙我……」

好似被剝奪所有力量，陌溪像是稻草人一樣直挺挺地倒下，地上塵土騰起、旋轉、落下，和著漫天的飛灰，像是要把他掩埋一樣。

我蹲下身去想扶他，但白無常卻在我身後冷聲道：「該走了。」

我看著陌溪，在心裡默默地將我能看到的他這一世最後模樣刻下。

「走吧。」我轉身，踏上黃泉路。「我們走慢點兒吧。」

讓我再多貪婪地呼吸一口與他同在的這世間空氣，哪怕只多一瞬。

再踏入冥府的那一瞬間，我脖子後微微熱了一下。是閻王留給我的三個印消失了一個，這表示陌溪許我的三生已完結一個輪迴。

回冥府後，我不再喜歡沿著忘川河獨自散步了。因為再如何走，也只是一人。我日日倚在石頭邊等著陌溪再入輪迴，然後我就和他一同去人間歷劫。

在冥界的時間總是過得飛快。

其間我遇見了夏衣，她好似在人界過得不太好，只對我笑了笑便去投胎了，我甚至都沒來得及問一句她和石大壯後來怎樣。

當我又等了許久，又看見一個算是熟人的身影之時，我方知人界已經過了數十載。

我笑吟吟地望著他，他也看見我，怔愣了一瞬。「妳？」

「夏辰，好久不見。你的容貌倒是沒多大變化。」

他並不理會我的打趣，眉頭微皺。「為何還不入輪迴？」

「我等人。」

我這話說得理所當然，倒是讓他又是一愣。默半晌，他嘆道：「是我害得你們天人永隔……」

我擺了擺手，正要說這一切都是天命劫數，他又道：「妳在地府等了他一生，他在人間為妳守了一世，斷了你們今生的緣，是我過錯。」他頓了一頓，似乎想到什麼，堅定道：「因果輪迴，此生我欠你們的，下一世定會將它還回來。」

「不用、不用。」我忙道：「這是我與陌溪之間的事，犯不著將你這外人扯進來。」

他擺了擺衣袖，搖頭嘆氣，翩然而去。

我想，在這人世間活得夠久，總是免不了有用自己的觀點去揣度並且確定別人心思這個毛病。

他今世再是個道法高深的大國師，一碗孟婆湯下肚，一座奈何橋跨過，一口輪迴井躍下，前塵往事皆忘得乾乾淨淨。

下一生永遠彌補不了上一世的過錯。

夏辰投胎之後，我琢磨著陌溪也該到冥府來了，便每日照著忘川河梳洗打扮，將自己弄得整潔得幾乎與陰森的地府有點不搭調。無事的時候，便在石頭下學著凡人的模樣，撿根棍子，畫著圈圈，嘴裡喃喃：「陌溪快下來，陌溪快下來。」

許是我的誠意終於感動上天，那日我正將自己裝扮好，剛在石頭上擺了個姿勢，陌溪踐踏著黃泉路的彼岸花，怒氣沖沖而來。

是的，他怒氣沖沖。

我還在怔然，一團明晃晃的火焰夾雜著灼熱砸到我腳邊，我駭了一跳，連忙躲開。

周圍看熱鬧的靈物和小鬼們一見到火立即便消失了身影。

我不明所以地望向陌溪，此時他的相貌一如我第一次見到他一般——天人之姿。

只是這天人發起火來著實讓人莫名其妙。

我心中有點委屈，等了這麼久將他盼來了，一見面話都未說一句，他便直接對我動手，真是甚傷我心，甚傷我心！

他欺身過來，動手便要扣我的手腕，我護著命門往旁邊一躲，險險避開他的爪子。

他冷哼一聲：「這倒是知道躲，這倒是知道害怕了，妳怎地不由著我抓，由著我燒了？知道自己這條命得來不易，捨不得丟了？」

我琢磨了一下他這話的意思。「陌溪，你是在氣我？」

「氣？」他一聲冷哼。「我何氣之有。妳護我一生，又以身做盾，替我擋劫，我謝妳都來不及，哪敢有氣。」
我張了張嘴，想說我確實不知你有什麼好氣的，然後想戳破他這個言行不搭的表現。但是看見他眉間怒火，我還是閉嘴忍了下來，心中的委屈更甚。
見我一臉委屈，淚眼矇矓地望著他，他的面色僵了僵，生硬道：「不許哭。」
我依舊波光瀲灩地望著他。
他額頭青筋跳了幾下，扶額忍了許久，終是長嘆一口氣。「罷了。」他眼神一軟，伸手拍了拍我的頭頂，無奈笑道：「說到底，其實是我的過錯……」緊接著，他面色狠狠一沉。「妳身上的陰氣怎麼如此重？」
我嬌羞地掩面。「因為想著你快來了，所以我日日用河水梳洗，你瞧我如今這模樣，可喜歡？」
陌溪沉默半晌。
我道：「我日日都將東西好好收拾著，就盼著你下來。陌溪，你什麼時候去投胎，我同你一起去。」
他緊蹙眉頭。「一起？」
「當然。」
他手腕翻轉，一道金印打在我身上。「五十年內，妳不得出冥府。」
我大驚。「為何！你說過許我在人世活三生的。」
「沒錯，不過是讓妳五十年後再去罷了。」

「可是你也答應過讓我勾搭的。」

「五十年後妳自可去勾搭。」

「可那時你應當是個行將就木的老頭子了，我找到你後，與你一起的時間會變得很少！」

「如此，便別找了。」

言罷，他邁步跨向奈何橋。我氣得抓了一把泥直接砸到他的後腦杓上。

他背著我，我不知道他是怎樣的表情，只見孟婆突然跪了下去，俯首磕頭，恭敬道：「神君恕罪。」

我這才想起，冥界黃泉路上的泥土被萬鬼踐踏，當是這三界中極骯髒之物，我將這泥砸到他頭上，對於天上的神君來說，是天大的侮辱。

他側過臉來，嗓音微冷：「我不想讓妳成為我的劫數。」

這話說得莫名其妙，我一時理解不了，只見他頭也不回地喝了孟婆湯，入輪迴去了。

他定是嫌我多管閒事，不想與我在一起了。這麼一想，我頓時覺得無比心酸，一頭撞進石頭中，好生地泣了一番。

別人若是欺負我，我定會十倍地還回來，可是陌溪欺負我……他欺負我，我便只能讓他欺負著，既打不贏，又放棄不了。

不知哭了多久，石頭外傳來呼喚聲。

「三生姑娘，哎唷，我的三生姑奶奶，別哭了，別哭了。」

我自石頭中探了個腦袋出去，眼紅腫地望著來人。「甲，何事？」

小鬼甲摸著額頭，搖頭嘆道：「這幾日從妳石頭裡淌出來的水都能讓忘川河升上幾尺了。一塊石頭泣成這樣實在不像話，過奈何橋的魂魄們被嚇得魂都快沒了，閻王特讓我來傳妳，想給妳疏通疏通心理。」

我點了點頭，頹廢不堪地隨著小鬼甲去了閻王殿。

這任的閻王長得精瘦卻是個吃貨。見到閻王的時候，他正在吃肉，握著一塊豬蹄啃得好不歡樂。

我對他點了點頭。「閻王。」

「唔，三生來了。」他一揮手，旁邊的小鬼送上了一個豬腿給我，油膩得讓我反胃，便擺了擺手讓小鬼退了。

閻王瞅了我一眼道：「聽聞妳這幾日正為陌溪神君傷情。」

聽到陌溪的名字，我鼻頭一酸，又是一副泫然欲泣的模樣。

「別，別，別！」他連聲阻止我。「今日我找妳來，便是要替妳解這心結的，妳若是再哭下去，忘川水只怕真得氾濫一次了。」

閻王抹了把嘴道：「三生，妳可知陌溪神君此次下界是要歷哪三劫？」

我搖頭說「不知」。

「愛別離、怨憎會、求不得，此三劫乃是佛家八苦中的三苦。神君上一世歷的是愛別離這一劫。司命星君的命格本上寫的是，陌溪神君與大將軍之女施倩相互喜歡，卻礙於陣營不對，一生生離，是愛別離之苦，但是他的命格卻被妳的出現打破了。他本是孤苦一生，卻因為遇見了妳，與妳相守多年，暗生情愫。妳想替他擋劫，以死替他鋪平了前方的路。他一生與妳死別也是愛別離之苦。妳陰差陽錯地也算成就了他的劫數。」

閻王頓了一頓，嘆氣道：「妳未在前世鏡中看過陌溪神君在人間的模樣，嘖嘖，本是那麼寡淡隨和的一個人，卻為了妳，狠下手逼得皇帝斬了大將軍的九族。他應當是對妳用情至深，一生未娶。回到冥界之後，前塵往事皆憶起，照理說他是天上神君，清心寡欲之人，本不該執著於過往，但是他卻依舊對妳那番表現，唔……可見餘情未了啊。如今神君將妳鎖在地府五十年，無非是想將妳去人世的時間與他錯開。他不想讓妳再變作他的劫數。」

閻王道：「他是在護妳啊。」

我聽得怔住。

「天上的神仙們大都瞧不起咱們冥界的人，三生妳好好幹，把這陌溪神君勾搭住，咱們冥府……啊哈哈哈哈，妳懂的！」

閻王猖狂的笑聲在我耳邊變得遙遠，我腦海中只有一句話飄過去、飄過來。

「他是在護妳啊！」

忘川劫

怨憎會

第十一章

我從不知道有一個五十年叫做「如此難熬」。

終於滿了這刑期之後，我向閻王打了個招呼便投胎了。

我尋思著，這一生不去找陌溪，他下一次輪迴回地府之後，若是再給我下個五十年的印該如何是好。索性我便依著他所想，就在他垂垂老矣的時候去勾搭他。聽說這種年歲的男人才是最容易出軌的，事業有了，家庭有了，該享受的享受過了，生命就缺少一點刺激。

我便去輕輕刺激他，勾搭什麼的自然不在話下了。

我想得美好，但萬事總是有些意外的。

在冥界合計待了百年的時間，我身上的陰氣比我第一次來人世時輕不了多少；而且我剛出來，陰氣還很新鮮，不一會便如腐肉引來蒼蠅一般，我引起了一群小道士的圍攻。

這當真是一個太喜歡除魔衛道、道術昌盛的年代。這群小道士的年齡加起來乘以十，只怕都比我小上幾歲。他們的表情皆凝重沉穩，我最不擅長應付這樣嚴肅的孩子，便學著閻王的腔調威脅他們。
「兔崽子們滾開，否則我就燉了你們吃掉！」
「大膽妖孽竟敢口出狂言！」為首的一個孩子用劍比著我道：「我今日非讓妳灰飛煙滅不可！」
我挑眉看著這小子。年紀輕輕，殺氣卻這麼重，這品行著實沒教好。我搖頭嘆氣地將他師父埋怨一番，正想使個詐脫身逃掉，遠方突然傳來一聲女子的清喝。
「長武速速退開。」
那人身著白衣，絲帶翩飛，翩然而來，宛若天女降臨。
我看得一陣讚嘆，沒想到這俗世中竟還能養出這麼輕靈的人兒來。可我還未讚完，她手中突然祭出一條白絲帶，順風射來，將我死死裹住。
我掙扎了一會，發現這東西的材質好得讓人詫異。
周圍的孩子們齊齊向那女子跪下道：「師祖。」
師祖……
女子輕輕點頭，叫他們起了，上前來將我好生打量一陣子。「倒是個水靈的妖物。」
我笑。「妳也是個水靈的道姑。」
她冷冷扯了扯唇角。「我雖看不出妳的來歷，但是被我的縛魂絲鎖住，妳就是有天大的本事也逃不了。」

我暗自與這什麼絲較了較勁，覺得，我沒有天大的本事，這東西也確實是個綁人的好東西，但是若要搏一搏的話，這玩意還是綁不住我的，這姑娘說的話著實太沒見識了些。

「將她送回流波山，交由門派長老處置。」她對小童們如是吩咐。「我聽人說，此處西邊百里處尚有一妖，我且去將其除之，便不陪你們回去了。這妖物雖已被我綁住，但她的妖力我無法預估，需得謹慎對待，萬不可讓她尋到什麼可乘之機。」

眾童子恭敬答了聲「是」。

我琢磨著，現今我才來這世間，要尋陌溪也沒什麼頭緒，不如與他們同路，少了其他道士的騷擾不說，還能順道探探陌溪的消息。

不是個虧本買賣。

嚴肅的小老頭們將我「押解」上路。看到他們這個樣子，我總是無比想念上一世的陌溪。這群孩子之間，只有一個還尚有點兒人味。他道號叫長安，是個文文靜靜，愛害羞不愛說話的孩子。

他的模樣與上一世的小陌溪有點相似。

我喜歡看他，但每每我盯著他的時候，他總是嚇得面色青白。我不明所以，左右打聽了一番才知道，這孩子是怕我哪天掙脫了束縛，將他抓去採陽補陰。

我頓時汗顏，且不說我是個靈物，不用做這些害羞的幹活，也不說這個孩子有什麼陽可以採，我即便是要採……我便是要採，也得先採了陌溪不是。

自那之後，我便克制著自己不用那麼赤裸裸的眼光去看他了。

在路上，我聽小道士們說，而今這天朝皇帝喜歡與道士論法講道，連帶著民間的道術也興盛不少，許多達官貴人也願意把自己的孩子送去修道。我們如今要去的這個流波山，比起普通道觀還要高級上許多。

它是修仙的。

小孩說這話的時候，滿臉的驕傲，好似做了流波山的弟子是幾百年修來的福分。可我卻涼涼地想，凡人飛升這事不是沒有，只是千百年來就只有那麼一、兩個人成功。上一世遇見的大國師夏辰，當真算是個道術天才了，可最後還是沒能修成仙人，可見這機率著實小得可憐。

我將這話與他們一說，小道士們不滿了，嘟嘟囔囔地說他們家仙尊便已經快到飛升的時候了，說那重華尊者是這世間最厲害的道士。我聽得不以為然，也懶得與他們爭，便沒再談論這個話題；而心裡卻是將這個重華尊者記下了，只道此道士別像上一世的老禿驢與夏辰一樣榆木腦袋才好。

小道士們看著麵疙瘩那麼大點兒，但是腳程卻很快，不出幾日便到了流波山。

一路上沒怎麼探到陌溪的消息，我甚是沮喪，正想趁著他們還沒入山前找個機會撕了這什麼絲逃掉，不料我手腕上的金印卻有了反應。

它就這麼微微一熱，我「咦」了一聲，尾音都還沒落，只覺一股強大的氣息自頭頂掃過，捲得我滿頭的毛飛舞得好不歡樂。

待我撥開覆了滿臉的毛，卻見周圍的小道士們對著一個方向齊齊跪下，齊聲喊：「仙尊！」

嚯，這貨竟是流波山的老大。

我定睛一看，瞬間便樂傻了。當真是踏破那什麼鞋，得來全不費什麼啊！

這可不是陌溪嗎！

但他如今看起來，不過二、三十來歲的模樣，半點沒有年老衰敗的樣子，哪像是一個在人世活了五十年的人！

我轉念一想，也對，他今生做了個修仙的，修的是仙家道法，雖然談不上長生不老、飛升為神，但是駐顏應當是不在話下的。我不由得在心中偷笑。陌溪啊陌溪，你想了法子躲我，卻不料上天比你安排得更巧妙，這下子，我看你要如何躲我。

我嘴角剛咧出一個笑容，三柄長劍「刷」地射到我身邊，劍上凌厲的殺氣駭得我虎軀一震，斂了笑，傻傻地望著陌溪。

這三柄劍卻不是他發的，而是尾隨他來的另外三位白眉長鬍子的仙人扔過來的。那三人皆皺眉凝神，無比嚴肅地盯著我。

陌溪冷冷道：「何物如此重的陰氣。」

我只是將他看傻了去，他這樣的眼神……這樣的眼神……上一世，他看施倩倩便是這樣的眼神。

不知為何，我心中竟有些怕。我從不喜歡解釋，但此刻卻不由自主地解釋：「我身上的陰氣雖重，可的確不是妖怪。我是石頭化的靈，我叫三生。」

三位白鬍子道士相互看了看，顯然是不大明白我說的話。

陌溪眉目一冷。「非我族類，其心必異。當殺。」

他這話說得決絕，我傷心之餘又起了一撮怒火，不明白陌溪這一生怎麼投作了這麼一個榆木腦袋。我尚未來得及說些什麼，立在我周身的劍光猛地暴漲，纏住我的白絲帶也倏地縮緊，勒得我生疼。

我心中怒火更甚，我活了千餘年，除了有時自己抽風找虐，還沒有誰敢這麼對我的，當下便運起靈力，動了真格與他較量。

他若是戰神陌溪，此刻我便只有乖乖等死的分，但現在他只是修仙的陌溪，身體裡了不起有四十來年的法力，即便他道術再是高深，天賦再如何的好，與我硬碰硬也是討不了好處去的。

我們對峙了不過半刻鐘的時間，陌溪臉色便有些泛白。我琢磨著是不是不該仗著活了千多年的歲數來欺負一個歷劫的上神，正想撤手，陌溪嘴裡猛地噴出一口黑血。

我嚇了一大跳，忙抽回靈力。

這……這，難不成我的靈力已經強到我無法控制的地步了？

我深感詫異。

那三位白鬍子老道驚呼一聲「重華尊者」，便立即將陌溪扶住，替他診脈。周圍一圈流波山弟子也呼啦啦地圍上去。

我倒不擔心他死掉，即便他死掉，我或許也是不大擔心的。他「怨憎會」的一劫怕是還沒有過，沒有歷過劫，他是不能再入輪迴的。

那邊的孩子們擔憂地圍了一會，其中一個突然站起來。我識得他，他便是那個殺氣很重的長武。

果不其然，他立時拔劍出鞘，指著我，惡狠狠道：「妖女竟趁著我仙尊重傷在身，對他下毒手！實在該誅！」

他這一吼，頓時群情激憤，小道士們紛紛拔劍出鞘，怒氣沖沖地指著我，連素來怯懦的長安也是一臉怒紅，同聲吼著要斬了我除魔衛道。

我最受不了的便是小孩子圍著我唧唧喳喳地要糖，而今這狀況雖與要糖差了許多，但在我看來卻也是差不多的。

我立即投降。「好好好！隨你們處置，隨你們處置！」

話一出口，那群孩子們左看看、右看看，沒誰敢出來拿主意。

最後還是一位老道士抽空吼了一句：「將她關入靈湖千鎖塔！」

流波山中有一深潭，面積不大，下面卻深得可怕。此湖中靈氣四溢，流波山弟子將其稱為靈湖，道士們花費好幾百年的時間在湖底建了一座千鎖塔，專用來關為害世人的大妖怪。

我站在湖邊看著，下面的塔在水波蕩漾中若隱若現。我摸著下巴想，這貨確實是個關妖怪的好地方，一則靈力四溢，可以抑制和淨化妖怪的妖氣；二來，這貨是在水下啊！不能呼吸，再是強大的妖怪，憋個百八十年照樣得翻著白眼浮屍。

但是對於我等靈物卻不一樣，天地純正的靈氣正好有利於我的身心，是個方便我修行的好地方。當下我也沒掙扎什麼，由著童子們替我戴了百斤沉的鐵石腳鍊，又施了閉水術將我帶去湖底。

湖中風光很不錯，我涼涼地想。

被關進千鎖塔後，童子隔著鐵門對我吼什麼塔中有符，強行闖出會死得很難看之類的話。我不甚在意地將柱子上的符紙隨手撕下一張把玩。

這是關妖怪的地方，什麼布置都是對付妖怪的。都說了好幾千遍我不是妖怪了，這些人類怎生得如此迂腐蠢笨！

連陌溪也如此……

想到這個，我氣得有些委屈，鼻頭酸了一陣子還是壓了下去。閒閒在塔底逛了一圈，我找到一個樓梯的入口。那裡閃著夜明珠的光往上延伸而去，直至塔頂。塔頂上似乎有個東西，隔得太遠，光線又不好，我看不真切。好奇一起，我想反正現在也無事，便順著樓梯慢慢向上爬去。

待看清塔頂的東西時……唔，應當說是那個東西中關著的人時，我突然很想笑。司命天君當真是個喜歡狗血緣分的天君，這人可不是上一世的大國師夏辰嗎？

雖然他現在眼睛是綠的，發著幽幽的寒光；雖然他現在頭髮是白的，妖異詭譎；雖然他這模樣怎麼瞅怎麼是個危險的妖。他被鐵索纏住手腳，拉扯在半空中掛著，外面還罩著一個密實的鐵籠，處處貼著符紙，捆得結結實實。

想來，當初他被抓來時應當是個叱吒風雲的大妖怪。

我心裡想著，前世的陌溪恨極了道貌岸然的道士、和尚，這一世自己卻成了跟老禿驢一樣恨妖至極的修仙者；而前世以斬妖除魔為己任的大國師，此生卻成了一個被關在流波山湖底的大妖怪。這倒是個成全因果的安排。

「唷！好久不見！」我擺手衝他打招呼。

「妳是誰？」他聲音沙啞，吐詞僵硬，想來是在這裡被關了許久了。

我笑。「我是三生。」

他皺眉。「我們認識？」

我摸著腦門想了想。「不算認識吧。」

接下來便沒了話，沉默得無趣。我左右打量了一眼這千鎖塔的頂層，上方比下面要亮堂許多，因為在塔頂上開了一個洞。

我覺得奇怪，把這妖怪綁得這麼結實，卻把這個洞開在他眼前，就不怕他找到機會跑了嗎？又或者是流波山的道士們都自信得以為這個千鎖塔真的能將所有妖怪都鎖死在裡面？給他開個洞，讓他眼羨一番外面的世界，日日沉鬱，鬱悶至死？

我咂舌，這些道士當真毒辣，毒辣至斯！

我這方還未幻想完，他輕輕開口：「妳讓開。」

我一時不明白他說這話的意圖，但也順著他的心意乖乖退到黑暗處。

不一會，只見塔外湖水幾許美不勝收的變化，一抹陽光透過塔頂的洞射了進來，恰巧打在他的臉上。光線太強，襯出他的面色蒼白得可怕。

那雙綠幽幽的眸子幾許變化，慢慢浮現出一縷痛色。

我驚駭地看見他的皮膚如被灼燒一般慢慢紅腫起來，陽光越來越盛，他皮膚上的紅腫起了水泡，有的甚至破開，流出了膿水。

他的表情卻只在開始的那一瞬出現疼痛外，越發沉寂下來。

在冥府中看過那麼多刑法，可是這一幕依舊讓我胃中翻騰。我實在是看不下去，將外裳一脫，扔過去覆住塔頂的那個洞，陽光被衣服這麼一擋，頓時弱了不少。

又過了半個多時辰，太陽才慢慢從塔頂上挪開。

我恍然想起，方才是正午時分，如此說來，這人每天都會被陽光如此灼燒一遍？

「多管閒事。」

他對我的行為做出如此評價。

我大度地不與他計較。「你在這裡被關了多久了？」

他沉默了一會，冷冷笑道：「興許是十年，又或是二十年，誰知道呢？」

我嘆了口氣，覺得他很可憐，但是心中卻對他此生的命運甚是好奇。「為什麼會被關進來？誰把你關進來的？」

他沉默著沒再理我。我想，每個生物的心中難免都有一些小破事不願與人道出，於是便沒有再問他，而是轉了話題道：「你想出去嗎？」

「想又如何，不過是妄想。」

我得意一笑。「如果我有辦法救你出去呢？」

他抬頭看我，綠幽幽的眼眸閃得好不光亮。

「唔，我見你不是一個很壞的傢伙，畢竟方才那太陽射進來的時候，你還好心地叫我躲開了。我雖不知你是為何被困在這裡，但是被困了那麼久，什麼懲罰都夠了。說起來，你我算是有點淵源的熟人，我便好心救你一救；但我這也不是白救的，你今日承我一恩，他日一定要報答回來。」

「妳想要什麼報答？」

「最近有幾個小屁孩甚是招我討厭，奈何我是個心善的姑娘，對他們下不去手，你出去之後便好好替我打打他們的屁股，不要多了，一月下不了床就是。」

我想了想。「對了，其中一個要特別照顧一下，讓他三月下不了床才好。我來細細與你說一下……」

第十二章

大國師夏辰此生的名字喚作呼遺，是個狼妖。

我上竄下跳地替他將貼了一身的符撕乾淨，呼遺望向我的眼神越發的驚異，最後竟隱隱透出些許畏懼來。

「妳到底是何人？」他如是問。

我抓了抓頭髮，隨手一揮，斷了數千條粗鐵鍊，有點苦惱道：「我也真心不是人。」

鐵條斷作數截，沉在千鎖塔的底下。呼遺臨空浮著，白髮飄散，綠幽幽的眼眸泛著一絲冷光。

我對他心中到底是有多麼欣喜並不感興趣，打了個響指道：「幫我做完這事，你就完全自由了，走吧！」

呼遺卻默了半晌，道：「流波山千鎖塔，只能進不能出。」

「不能出？」我好笑地看了他一眼。「我在人世上混的時間不算太久，但好歹也知道不能強買強賣的道理。只讓進不讓出，就像是商品有問題卻不讓退貨一樣橫蠻，流波山的道士著實沒理了些。」
「他們便是橫蠻又如何，這世道本就是強者說了算。」
「這話倒是合我心意。」我笑道：「那麼，現在咱們便毀了這塔吧。」
他訝異地望我。
我眯眼笑得開心。「強者說了算嘛。」
很久很久之後，當閻王與我說起這樁事的時候，依舊是一副感慨的表情。
「當真是個石頭的脾氣，這靈湖、靈塔，妳說毀就毀了，攪得一湖水跟忘川河一樣陰氣沉沉的。妳可知陌溪神君暗自裡替妳背了多少責罰，也就是因為如此，所以他下一世的劫才會那麼難渡啊。」
現在的我卻不知以後會有怎樣的後果，全憑著自己的情緒，手一揮，亂了一池春水。
當天晚上，整座流波山都為之一震，所有流波山弟子皆從睡夢中被驚醒，而後……流波山孩子們被打得哭號了一夜。
那是一個此起彼伏的哭聲啊。
呼遺在前面動手，我就在後面捂著嘴偷笑。當找到長武時，我拍了拍呼遺的肩膀。「三個月！三個月！」
呼遺會意，身形一閃，行至長武身邊，當眾扒了他的褲子，「啪啪」兩巴掌落實了，長武的臀也狠狠地腫了起來。小孩平時再如何狠戾，此時也被嚇傻了，等感覺到疼痛時，眼淚已嘩嘩地流了下來，號啕大哭。

我看著甚是歡喜，但心裡也覺得有些不忍，便上去踩了他紅腫的屁股兩腳，揮手叫呼遺把他放了。

呼遺皺眉。

我問：「怎麼？」

「如此他便有半年不能下床了。」

「哎呀！」我驚訝地捂嘴。「我下腳很重嗎？」

他轉頭看我。「妳說呢？」

我摸頭，傻笑不語。

呼遺看著縮在院子角落的最後一個沒被打哭的孩子，轉身便要去抓他。我忙將呼遺拉住。「這小孩就……」別收拾了。

話還沒說完，空中突然劈下一道驚雷。我與呼遺躍身躲開，齊齊望向空中。其實僅憑著手腕上微熱的印記，我便感知出來者。

陌溪，這世的重華尊者。

他見了趴在地上抱著屁股哭了一院子的孩子們，眉頭一皺，目光流轉，在我身上繞了個圈，最後落在呼遺身上。兩人目光交接，一時讓我莫名地覺得有些寒涼。

陌溪身後急急閃過來數十道人影，是流波山的長老和師父們趕到了。長輩心疼小輩得很，聽聞一院子的孩子們號哭，個個都氣得臉色鐵青。轉眼看見了我和呼遺，他們面色又是一變，場面一時間雜亂起來。

他們嘈嘈嚷嚷地鬧作一堆，我甚是心煩地掏了掏耳朵，對呼遺道：「唔，我說到做到，你幫我出了氣，我助你找回自由。我看你這表情就知道你不喜歡待在這裡，愛去哪兒去哪兒吧。」

呼遺還沒答話，那方一個白鬍子老頭站出來，指著我們喝罵道：「流波山豈是說來就來、說走就走的地方！妖物呼遺！我尊者念在往日情分饒你不死，而今你做出此等辱我流波山之事，是何用意？」

我細細品味了這番話，倒品出個一二來。其一，呼遺從前與此生的陌溪是認識的；其二，呼遺或許正是被陌溪封印在千鎖塔中的；其三……依著現今陌溪如此討厭妖物的性子來看，他竟沒有殺了呼遺，有內情啊！

我抱起胳膊，在一旁閒閒看起戲來，只可惜現下沒地方可坐，也沒有餵嘴的零食讓我嗑一嗑，少了些樂趣。

呼遺扯著嘴角冷冷一笑，道：「我並未求你們尊者放過我，永世囚禁，倒不如讓我去地府重新投胎，省得活受罪。」

我頗為贊同地點頭。

「不知感恩的妖物！」說著，白鬍子老頭拔劍出鞘，閃身過來，作勢要殺呼遺。

我將呼遺往身後一拉，反手接了那老頭的招數。拎住呼遺的衣領，也不等他再說什麼，將他往空中一扔。「走！」

陰氣打在他後背，瞬間將他推出去，去到那不知何方的地方……

有幾個模樣看起來很厲害的人轉身便要追，我凝氣低喝，一波狠戾的陰氣蕩了出去，壓得那幾人捂頭呻吟。我道：「你們要抓他就改日吧，今天我既然和他做了買賣，就應當是筆誠信的買賣，要保他全身而退才是。」

「妖女休要口出狂言！」

我盯著這多話的老頭，露出得意的笑。「是不是狂言，你來試試呀。」我的表情將這個死板又較真的老頭氣得一抽一抽的，握著劍便要向我劈來。

此時，遠方突然傳來一聲倉皇的呼喚。

「師父！師父！」一個流波山弟子急急地御風而來，落地時腳一軟，一個沒站穩，撲騰了一番，連著滾了好幾個跟頭，終於栽到了這老頭面前。

「仙尊！師父！千、千鎖塔……千鎖塔毀了！」

眾人驚得一怔。

我淡定地挑了挑眉，目光在這群道士們變幻得幾近詭異的面容中掃了一圈，但見他們最後都將驚駭的眼神挪到我身上。我眨巴眨巴眼睛，聳肩道：「唔，我不承想那什麼塔這麼不禁收拾，輕輕地鼓搗了幾下……」他們越發詫然的眼神看得我心慌，最後只得摸著頭傻笑。「哈哈，它就變成一團團粉，在湖中漂散開了，啊哈哈哈哈……」

他們一個氣得比一個厲害，但卻不見我動，連要逃跑的意思也沒有，這群老頭不由得犯了難。他們不知該如何處置我，關也關不住，打也打不過，愁得直跺腳。

其實我一直沒有逃離流波山的打算，即使是放了狼妖，毀了千鎖塔，連帶揍哭他們這一群小道士，我也沒打算逃的。

我想，即便這一世的陌溪不那麼討我的喜歡，但我也斷不能讓他落到別人的手裡。至少要讓我守著他的清白，守完這一生；或者是讓我在這一生裡毀了他的清白，演一齣聰慧痴情女強取豪奪、禁欲清修男的虐戀故事。

我這邊正在腦裡把故事補得繪聲繪色，那方的我家陌溪終是在一番斟酌之後，非常有魄力地說了一句。

「關至我寢殿之後。由我親自看管。」

在眾人猶疑不定時，我第一個點頭說好，惹得陌溪劍眉一蹙，目帶懷疑地又將我上上下下打量一遍。

我一想到此後能與他住進同一間院子裡，便大度地不想與他計較他此時的態度。

流波山是當今修道界的聖地，而重華尊者又是流波山的頭，他的寢殿自然是不會差到哪裡去的。

但是當我被帶到他的寢殿之時，將他寢殿後的這一方小院一打量，登時眼眶一紅，感動得險些落下淚來。

他雄偉的寢殿之後，竟然是一塊與整個流波山有些格格不入的清幽梅園。此時人界正值初夏，是萬物茂盛生長的時節，但是在陌溪這梅園之中卻仍舊覆滿白雪，紅梅開得正豔，香氣溢了十里，一看便是被人施了術的。

「這……這花……」我聲音微微顫抖。

重華的寢殿是不允許閒雜人等進來的，所以此時便只剩我與他兩人。

他見了滿園的梅，神色比早前柔軟許多，心情頗好地回答我：「為數不多的喜愛之物罷了。」

我眨巴眨巴眼睛，散掉眼中的水氣。

陌溪，陌溪，你即便是喝過了孟婆湯，也沒忘了晴雪暗香，也還記得幽靜梅苑嗎……

你心裡是……記得我的啊。

此梅苑被重華施圈禁之術，圈禁了此方地界的時間、空間，保得梅花永遠都停留在冬日裡最美的那一刻，也讓踏入的人無法再出去。這是一個牢籠，一步踏入，便是他的籠中之物。

但是被陌溪圈禁，三生心甘情願。

見我踏入他的法術中，重華沒再多言，淡漠地轉身離開。我望著他的背影，伸手輕輕觸碰著紅梅上的白雪，冰涼的雪卻灼熱了我的心房，讓我不得不再一次確定了這當真是情劫。

三生石，石頭的情劫……

被圈禁了幾日，我的日子過得甚是無聊，再美麗的一片景色，看個兩、三天也足夠我膩味的了。我琢磨著央陌溪送點兒話本子進來，供我消遣消遣，但是連著在結界邊徘徊了幾天也沒見到陌溪的影子，我心失望至極，至極失望。

每天便趴在結界邊，畫著圈圈，要死不活地喚著陌溪的名字，自然，我此時喚的是這個叫做「重華」的名字。

但是，任由我鍥而不捨地聲聲呼喚，他仍是沒有出現在我的視野中。

倒是在我放棄呼喚他後，沒有幾日，他卻出現了。

彼時我正在學著古人融雪泡茶，自然，我這裡是沒什麼茶的，所以我砍了一樹梅花，用樹枝當柴，將梅花煮了，看看這麼多梅花能不能熬出鍋粥來。

我正在琢磨著要不要再砍一株梅花時，重華一臉青黑地出現了。

我燦爛一笑，對他揮了揮手。

他疾步跨至我身邊，掃了眼被我連根拔掉的那株梅樹道：「煮梅？」

我眨著眼，歡樂一笑。「尊者可覺得這是雅事一樁？」

他冷哼。「焚琴煮鶴在妳眼中也是雅事？」

我正色道：「這得看那琴用的是什麼木，好的木頭烤出來的肉自然是香的。這鶴也不能太老，老了，殺起來也不大雅觀。」

他嘴角一動，冷漠的臉有一角似已崩塌。他穩住情緒，聲色比先前更冷三分：「不許再動我的梅。」

我搖頭，理直氣壯道：「不行。」見他臉色難看得要發怒，我解釋：「若不是我閒，實在是閒得無聊透頂了，我怎會來砍你的梅？所以殺死你梅花的最終凶手是我的無聊，若是我不無聊了，自然不會理會你的梅花；而且先前我在那結界邊嚎了如此多日，你都不曾理會我，逼我做出今日之舉的是你。你若不想我動你的梅……」

「妳待如何？」

「你得給我話本。最新的話本，還有瓜子和清茶。」

「流波山從不伺候人。」撂下話，他轉身就走。

我涼涼道：「這梅花不肯長，能成這副規模得長了不少年吧，得來不易啊。我會盡量替你節約一點的，一天砍一棵，保證棵棵都物盡其用，絕不浪費。」

那邊離開的身影微微一頓。

翌日，我一覺醒來，地上便扔了不少話本。

我翻著這些故事，捂著嘴偷笑。陌溪啊陌溪，今生你就是個傲嬌！

有了話本的陪伴，我的日子要好過多了，左右在地府也是過這樣頹廢糜爛的日子。我還不如在這裡一邊守著陌溪，一邊伴著晴雪暗香，樂得自在逍遙。

可這逍遙的日子裡，總是難免混進一點奇怪的東西。

是日，天氣不大好，我在小院裡溜了一圈，擾了重華幾聲，如往常一樣沒人搭理。我正打算回房躺著，忽見結界外西邊的天上飛過來一個人，我細細一打量，這可不正是前些日子遇到的漂亮道姑嗎？她這可是除妖回來了？

我尚未猜完，便見那道姑去勢一改，逕自向我這處梅林撞來。

陌溪這圈禁之術可沒有分辨妖魔鬼怪的功能，但凡不經主人允許私自闖來的，除非是法力強大得能將這結界撞毀，否則必定被擋在結界外面。以道姑這速度摔下來，無異於一頭栽到青石板路上，必定當場摔成肉醬。

我忙拍著結界大喊：「哎！你流波山的道姑要摔死了！哎！陌溪！」

我這後兩字剛一出口，忽見主殿內一道白光如箭一般直直衝向天際，將那道姑一接，身姿瀟灑地落了下來。

看樣子是落在結界裡的，目測應當離我那小屋挺近。我小步跑了過去，還沒靠近便聽見那道姑嘔血的聲音。我探近了一看，只見道姑緊緊拽著重華的袖子，而重華一邊替道姑把脈，一邊冷聲問：「青靈，何人傷妳？」

青靈道姑只艱難地吐出「靈玉山」三字，而後便一口血湧出來，堵住她的嘴。她沒喘上氣，被自己的血嗆暈了過去。

重華忙扣住她的手腕，將體內仙氣源源不斷地往青靈身體裡送。然而越送，他的臉色便越是蒼白，青靈嘔的血也越多。

我閒閒道：「你再不撒手，便當真要害死她了。」

重華也察覺到異樣，我話音剛落，他的氣息便收了回去。

他前段時間才受了傷，估計不大能禁得住折騰，這一會工夫已讓他額上生了冷汗。我貼心地將青靈身上尚還算乾淨的衣服撕下來一塊遞給他。「擦擦汗。」

重華調整一番內息，睜眼瞥了我一眼，一句話也沒說，將青靈打橫抱起便要往外走。我也不追，只坐在雪地上道：「她受的傷，你們道士治不了的。」

重華腳步一頓，回頭看我。「妳如何知道？」

「看你方才為她治傷便知道啦。」我招了招手。「你將她放下，我能治她的傷。唔，或者說，我能解她的毒和咒。」

重華蹙眉，仍舊放不下心中對我這「其心必異」的傢伙的戒備。對於他這樣的態度，我雖不大高興，但因著是陌溪，這些不高興我便也統統忍了下去。

「我之前見過這道姑一次，膚白貌美、氣色紅潤、身體極佳，這三點她雖及不上我，但在這人世間也算是個佼佼者了。可她如今印堂發黑、雙頰凹陷、膚色暗黃泛烏，這一看便是體內有毒的徵兆；再者，你助她調理內息時，自身亦受到影響，可見她這傷是會過渡到他人身上的。」

「法力這種東西，一旦傷了誰，是斷不會從一人身上過渡去傷害第二人的，所以唯一的可能便是毒了。最後，我瞧她呼吸紊亂，吐出白氣寒且陰冷，嘔出的血略帶黑點，以我所見，這當是陰瘴之毒。」

重華眸中的戒備稍稍隱去了些許，想來是信了幾分我的話。我拍了拍身前的雪地，讓重華將青靈放下。「你說，這來自幽冥地府的毒，你們流波山道士能解嗎？」

其實滿地府都是這陰瘴之毒，空氣裡飄著，忘川河裡淌著，只不過到地府的不是鬼魂便是神仙，這些瘴毒對他們都沒什麼影響。常年生活其中的靈物、鬼差更是練就了一副在陰氣、瘴氣中提高修為的本事，對我來說，這實在是再熟悉不過的氣息了。

是以，這道姑一落下來我便看出其中端倪，說這麼一大堆話給重華聽，不過是想顯擺顯擺自己的學識淵博，以讓他對我刮目相看，繼而傾心以待罷了。

「另外你瞅瞅她的額頭，那看起來像是被蚊子叮了個包的紅點裡，可是有咒印呀？若我沒看錯，這應當是讓人記憶混亂的咒術。這個妖怪，看來不想讓別人知道道姑經歷的事呢。」

重華將青靈的額頭細細一看。「妳還識得咒術？」

「前些天你抱給我的那堆話本子裡，恰巧有一本關於咒術的書。我閒來無事，便翻來一同看了，奈何我領悟力是一等一的好，將那裡面的東西學了個大半。」

這後半句自然也是自誇。我先前在冥府便學過一點咒術基礎，只是沒常用，該忘的都忘得差不多了。前些天在重華抱來的那堆話本子裡翻出一本關於咒術的書，通篇看了看，只能算是溫習了一遍舊知識，若真要論「學了個大半」，只怕還差那麼一點……

不過好在這個道姑現在中的只是較低級的咒術，以我之能，大概還是能解的……吧？

重華皺眉問我：「妳知曉如何替她解咒驅毒？」

「自是知曉的。」我感到奇怪。「你身為流波山仙尊，卻未學咒術？」

他皺眉。「我修習的是仙家心法劍術。」

言下之意卻是有點看不起咒術的樣子。我撇嘴，不以為然，沒再接他的話。

場景一時靜默。

青靈在我倆之間抽搐著四肢，不停地嘔著黑血。

重華約莫是在等著我自覺自願地去治療青靈，但我為何要自覺自願地去救她呢？我希望這一世的陌溪能放下他的姿態來拜託我。

終於，在刺鼻的血腥味下，重華眉頭皺得死緊，主動開口與我談條件了。

「妳要如何才肯治她？」

這句話當真是問得太好了。

「我要你成為我的人呀。」

重華眉頭一蹙，厲聲喝道：「荒唐！」

唔，果然這個要求還是太激進了嗎？我沉思了一會，忍痛退了一步。「那，你就親親我吧。」

重華唇角一動，我見他臉色越來越黑，一副要撕破和平談判的模樣，於是我又忙退了一步。

「好吧、好吧，那這事今日便緩緩，你且記著你欠我一件事便成。我先幫她將毒解了，這樣吐下去，怕是得把五臟六腑都吐出來。」

我將掌心貼在青靈額頭，她身上那點兒陰瘴之氣還不夠我拿來玩，一轉手便將她身體裡的毒氣全吸了出來，自己消化掉了。「好了。」

重華略感詫異地望我。「這便好了？」

我點頭。「好了，毒好解，可這咒現在解不了。」

「為何？」

我解釋：「解咒講究，得需要施術者身上一物，作為引子方可進行。咱們還得一起去她方才說的那什麼靈玉山，找到施術者才行。」

重華眉頭一皺。「一起？」

這語調與他當初入地府，給我下「五十年不得出冥府」的禁令時一樣嫌棄。

「我去便是。」言罷，他將青靈打橫抱起，抬腳便往結界外走。

我連忙跟上。「為何不讓我去？」

他不回答我的問題，只冷冷道：「圈禁之術不會因我不在而減弱，流波山弟子也並非無能之輩，妳若想趁此逃——」

「我不逃，我與你一同去收妖。」我逕直打斷他的話，賣力推薦自己。「你瞅，這道姑又中毒又中咒的，可見傷她那人極是厲害，你帶上我，我能解毒又會解咒，簡直是收妖小能手，你帶上我，事半功倍。」

「除妖乃是我流波山應盡之責，不用假借其他妖物之手。」他腳步未停，我心急地一把將他腰帶拽住。

說實話，我委實憂心陌溪現在的身手鬥不過那妖怪，會施咒不奇怪，奇怪的是在人世間能驅使陰瘴之氣，想想便知那不是什麼好相與的角色。

我雖不怕陌溪死，可我卻怕他受傷，怕他疼，怕他被欺負。

可我拽住他，還沒來得及說話，重華腳步猛地一頓，他回過頭，目光極為冷冽，一道仙氣狠戾地拍在我手上。

「放肆！」

他這道仙氣打得用力，讓我手背紅了一大塊，極是疼痛。但他眼中的寒光就像劍，扎得我心窩子更疼。

一時間，我心裡想好的那些話皆在喉間消散，全然不知自己的手該放哪兒，甚至惶恐得連做什麼表情都不知道。

這一世的陌溪，他是這麼討厭我啊。

他是……

對我一點憐惜也沒有的。

第十三章

我望著重華，卻不像在冥府望著生氣的陌溪那樣淚光矇矓。因為我知道，現在的陌溪不會因我疼而疼，不會因我哀傷而哀傷。他是重華尊者，他嫉惡如仇，在他眼中，妖即是惡，我即是妖。

他厭惡我。

見我被他拍傻成這樣，重華一時也有些怔然，可他卻沒說一句道歉的話，又轉身離去。

想來也是，打了一個妖怪，對他來說，有什麼好道歉的呢？

但即便他打疼了我，我也捨不得讓他被別人打疼。

於是我隨手撿了塊石頭，狠狠往他後腦杓砸去，決定把他打疼了再說。

重華像是有預感似地腦袋一偏，輕而易舉地躲過我扔過去的石頭。他側過臉看我，卻沒想我剛才扔過去的那塊石頭撞上他身後的一棵梅樹，因著力道夠大，又反彈到他身邊的梅樹上，樹幹顫動，兩棵梅樹枝椏上的積雪嘩啦啦地落了重華一身，也讓他打橫抱著的青靈兜了一身的雪。雪讓青靈的身體驀地變重，重華一時不察，竟讓青靈直接掉在雪裡。

他的臉在白雪的洗禮過後有點難看，冷冷地瞥了我一眼，彎腰要去將青靈扶起來。

我噘嘴道：「雖然你對我動手讓我很傷心生氣，但我還是要和你一起去除妖的，只是這次我要換個說法。」我清了清嗓子：「你這個圈禁之術會不會因你的離開而變弱，流波山的弟子有沒有能力看住我，這些都不重要。就像那湖底的千鎖塔一樣，它在你們看來厲不厲害都無所謂。很重要的、有所謂的，只在於我想不想出去。」

我這話半是挑釁、半是輕蔑，重華心裡似動了怒氣，也不扶青靈了，只站直了身子，沉著臉看我。

「你現在可以在『去殺妖怪前先與我打一架』還有『和我一起去殺妖怪』，這兩件事裡面做個選擇，你姑且選選吧。」

重華聲色極冷：「我沒時間陪妳折騰。」

「我自是不要你與我折騰。」我道：「我只是想去看看那妖怪長什麼模樣，順帶幫幫你。」我將心裡的兩件事的順序倒了一下說給他聽，然後保證道：「若是你怕我在途中跑了，你可以給我施個咒啊，像是不論何時何地都能察覺到我在哪兒的咒，或者是一呼喚我就必須出現在你身邊的咒。」

我走近他，將袖子擼起來，翻過手腕，露出命門給他。「但凡有能讓你安心的咒，你給我下就是。」

重華沉默，沒動。

我恍而記起他方才說過他不會咒術，正想說讓他把手給我，我自己來，卻見他目光垂下，愣愣地看著我手腕命門處，神情在一剎那間有些恍惚。

我順著他的目光一看，原來他瞅的是陌溪在我手腕上烙下的金印，是咱們初見時，陌溪許了我三生自由的金印。那時他讓我日後好好護著命門，可今日我這舉動，委實有負他當日囑咐。

不過都是陌溪，又有什麼關係，就算他今日想要我的命……

他也要不了啊！

左右他現在打不贏我的。

重華伸手扣住我的手腕，食指與中指恰好搭在我命門的金印上。

他看了一會。「這印記……」

我仰頭看他，以為他是不是想起了什麼，但他只說了那三個字便沉默下來。過了一會，他好似尋回理智，剛想抽回手，我卻一把將他捉住，速度奇快地在他掌心畫了個印，拽著他的手，一腦袋磕在他掌心裡。重華慌忙將手抽回去，可我腦門已經在他掌心觸碰過了。

符印已在我眉心印下，待那灼熱的感覺在膚下消散後，我道：「這個咒術能讓你時時探知我的所在，還能看見我看見的世界，所以……」我咧嘴一笑。「只要你想，我就在你目光所觸及的任何地方。」
他握緊掌心，略有些失神。
我道：「我不會逃跑，也不會離開你，我會一直陪著你。」上一世沒做到，這一世我便盡力去做到吧。我在他幽深的黑眸裡看見了自己的影子，像是在立誓一般說著：「我會一直護著你。」我說得那麼緩慢，情真意切，幾乎把自己都感動了。
重華卻在回過神來後，冷冷問我：「憑妳？」語調微揚，略帶輕蔑。
「憑我。」
我鄭重的回答倒一時震住了重華，他默了一會。「妳到底意欲為何？」
我眨著眼，不敢置信地看他。「還用問！」我道：「我就差給你獻身了，這都做得這麼明白，你怎麼還不懂！我除了意欲勾搭你，還能意欲什麼！」
重華的臉色又慢慢變青，轉身扛了地上的青靈便走。
我追在他身後喊：「你還是冥頑不靈地不想讓我去嗎？方才你沒見著我替她解毒嗎？翻手一下就好了，我那麼好用，你不再用用？你將我留在這裡是屈才！」
追到結界邊緣，重華扛著青靈進了前殿，我只好倚著結界壁坐下，心裡想想，覺得氣不過，拿雪堆了個雪人，在雪人臉上寫了「重華」二字，然後開始拿手指在雪人肚子上戳洞，待戳到雪人快爛掉時，身後突然有個涼涼的聲音。

「這也是咒術？」

我一巴掌拍爛雪人的頭，站起身來，轉頭一看，卻見重華已換了一身衣裳。與素日在寢殿裡的閒適打扮不同，這身衣服顯得更為幹練，立領束袖，一副外出遠行的打扮。他背後一把三尺長劍寒光襲人，陣陣清氣激得我渾身雞皮疙瘩冒個不停，看起來是個寶貝。

我隔著結界上下打量他一會，一張嘴正要說話，重華卻一揮手，結界上驀地開出一道門。他看著我，神色還是冷冷的。「待助我了結此間事端，妳會被囚禁在此。」

他終於還是決定用我了，如此看來，他還不算是迂腐到極點嘛。

我咧嘴笑了。「我說了，你在哪兒，我便在哪兒。」

與陌溪一同去除妖啊，我很期待。

去靈玉山的路，我越走越覺得熟悉，但卻又想不起來為什麼會這麼熟悉，便只當自己在第一世的時候誤打誤撞來過。

但聞靈玉山上產靈玉，可卻是近幾十年才被人們開發出來。山下小鎮也是新興的，因著是靠這些石頭發家，所以小鎮裡家家都是一個玉石坊，戶戶都有心靈手巧的玉石工匠。

我隨重華一路走去，但見街邊盡是一些糙漢子拿著工具在打磨石頭，「嗤啦嗤啦」的，聽得我一顆石頭心縮成一團。

「陌溪，咱們快些走吧。」我看著旁邊一屋裡的兩個大漢拿鋸子，你推我拉地切割一塊圓石頭，一門心思唸叨著這不是石頭該來的地方，下意識地想去抓陌溪的衣袖，但身邊的人卻驀地讓了一步，退到一邊。

沒抓到人，我這才回神往旁邊一看，但見重華蹙著眉頭，極是不悅地瞪了我一眼。

「休要再動手動腳！」他說完，邁腳就往前走。

我站在原地，略無辜地看他。

重華走了一會，隱忍著情緒回頭看杵著未動的我。「又有何事！」

我無辜道：「是你說讓我不要再動手動腳了。我不動，你又生氣。」

重華語塞。

便在我調戲他的此時，忽然有一絲我極為熟悉的氣味打斜裡飄進我鼻子裡。我用力嗅了嗅，這著實是幽冥地府的陰氣沒錯，只是這絲氣味當中還隱隱混雜著一股腐朽的味道。

我目光在街邊小屋裡尋找著，但見那拉石頭的兩兄弟背後，漆黑的屋子裡有一團白花花的影子倏地一閃。我眉頭一皺，五指成爪，揮手間，一記陰氣便要脫手而出。電光石火間，重華身形卻倏地移至我身前，將我的手架住，擋下了這還未出手的一擊。

那黑屋子裡的白影便在這時化作一股白煙，自屋中飄散。

「哎呀，跑了。你攔著我做甚？」我對重華的阻礙很是不滿，但看了看他身後，我了然了。「你以為我要毀了人家鋪子嗎？我很溫柔，怎會做那般暴力之事。」

重華一默，隨即神色略凝重起來。「妳見了何物？」

「妖怪啊。」我指著正好奇打量我與重華的兩兄弟道：「就在他們背後的屋子裡面，若我想得沒錯的話，便是咱們這次來要除的妖怪。」我感到奇怪地看他。「你未曾察覺？」

重華面色更為凝重。

這可是稀奇事，照理說，重華現在這個境界對凡人來說是個高境界了，但他卻連對方的氣息都未曾察覺到……

我登時幸災樂禍地笑了起來。「你這下子除妖可得靠我做眼睛了！」我拍了拍腿。「快來抱我大腿呀。」

重華嘴角一動，斜瞥了我一眼。他抬腳就往前走，一副打死也不求我的剛硬模樣。

我也不強求，跟在他後面道：「不抱便不抱吧，雖然你對我不好，但我還是得盡責地告訴你，你走的方向錯了，我隱約感覺到他的氣息是往靈玉山裡走的。」

重華這點倒是不矯情，腳步一轉道：「帶路。」

靈玉山裡果然處處是靈玉，我看著它們便如同看見了石頭一族壯大的未來，但一想到山下鋸石頭的那些人，登時又覺得前景堪憂。

我正感慨家族命運之際，我身後跟著的重華忽然道：「妳當真有在尋妖物氣息？」

「當真有。」我道：「只是現在已尋不到了。」我摸著下巴琢磨道：「這妖怪氣息隱藏得好，幻術也使得好，看來有些難應付。不過有個奇怪的點是，青靈道姑身上的咒術，不大像是這妖怪下的，因為氣息不對……」

我話音未落，脊梁骨倏地一寒，背後森森陰氣向我襲來，一如當初我用忘川河水洗臉時的那般感覺，清新極了。

我暢快地一個深呼吸，正想轉身與那妖怪打個招呼，卻覺陰氣之中驀地插入了一股惡狠狠的殺意。

好吧，不打招呼，打架也是可以的。

我一轉身，手掌一揮，撲殺而來的滾滾陰瘴之氣盡數被我納進掌中。

便在我動手之時，重華也反應極快地抽出背後的三尺長劍，劍刃上若隱若現的「清虛」二字閃出透心寒光。他長劍一揮，一股迫人的仙氣混著劍自身的凜然殺氣，砍向黑乎乎的陰氣團中。

翻滾的陰氣霎時被清掃了個乾淨。

此劍果然厲害！

但見那陰氣消散之後，一個白衣女子靜靜立在那方。她捂著肩頭，彷彿已被重華砍傷，一頭生得極好的白髮垂下來蓋住她的臉，讓人看不清她的長相。

「滾……」女子嘴裡輕輕發出一道極含糊的聲響，像是嘴裡被塞了什麼東西似的，說不清話。

重華亦摸不清她的來頭，沒有貿然出手。

我輕輕湊過去，想去看她的模樣。

忽然，重華手中清虛劍倏地震顫嗡鳴，四周陰氣大盛。

「滾！」尖利的聲音像是忽然從空氣中撕出來，那女子身影瞬息不見，待我再察覺到時，她竟已轉到我身後！

此妖手法竟比我預想的還要快上三分，她鋒利的爪子一把撓過來，我下意識地抬手一擋，她指甲刀一樣割破了我的手背。我一反手，欲直接將她手腕擒住，卻不料清虛劍自旁邊插來，將女妖怪挑開。

重華瞥了一眼我的手背，袖中滑出一瓶極小的白玉瓶扔給我，簡短道：「止血。」話音未落，他便又與那妖怪戰成一團。

我接住尚還帶著他體溫的玉瓶，倒出裡面的傷藥灑在傷口上。

其實這傷根本沒什麼大問題，她的陰瘴之毒傷不了我，這頂多算是被狗撓了一爪子，我用不著重華這上好的傷藥。但因為是陌溪，所以對我來說，這就不是藥了，是關心。他只用這麼一點點關心，就奇蹟般地把我這些日子以來的難受委屈，像煙似地吹散了。

我除了在心裡唾棄自己沒出息以外，還能真正怪他什麼呢……

我發呆之時，忽聞女妖怪一聲悶哼，我抬頭看去，竟是重華那把清虛劍穿透了女妖怪的腹部；而那女妖怪卻在此時倏地抬頭，一張可怖的臉駭得在冥府長大的我也倒抽一口冷氣。

她沒有眼睛、鼻子，沒有耳朵，想來嘴裡的舌頭也……

重華亦是駭然，卻在他怔愣的一瞬，女妖怪手中陰氣凝注，一掌拍在重華胸口，將他生生拍飛出去。清虛劍自重華手中脫落，插在一旁的土地裡。

我急急喚著陌溪的名字跑過去，但見他臉色烏青，脣邊帶血，一張臉上盡是痛色。我心疼極了，只想將傷了他的人骨頭踩碎，但我回頭一看，那方哪還有人，連氣息都消失得乾乾淨淨。

重華一聲呻吟：「休要管我……」他一邊說一邊喘。「此妖已被我重傷，先將她捉住……」

「你也重傷了，別動。」

我將他按住，動手要扒他衣襟替他看傷，重華卻不知犯了什麼毛病，拚死將自己衣襟抓住。「不……不要碰我！」

「不碰怎麼治傷！」我強行將他的手掰開，撕開襟口，看見他平坦的胸膛上有一掌黑色印記正在慢慢消失。

我知道這些陰瘴之氣是要滲入他的體內，彼時若五臟六腑均被侵蝕，我可是吸不乾淨的。到時候死了倒還好，最怕重華身體棒，挺個三五個月死不了，那陰氣扎肉的痛可就折騰人了。

我心裡一著急，也懶得與他打招呼了，埋頭趴在他胸前，嘴唇輕貼他溫熱的胸膛。

重華身體莫名地僵硬，他拚著最後的力氣來推我的腦袋。「胡、胡鬧！」

我懶得搭理他，一手擒了他的手壓住，一手抓上他的臉將他口鼻死死捂住。我貼著他胸膛深深一吸氣，那些沒入他胸腔裡的陰氣慢慢地都被我吸到嘴裡，但免不了還是有一些氣息殘留在他的血液及內臟中，我得找個地方給他多灌點水才行。

「重華，我扶你去找水喝，你這兩天得保證多吃多拉。」我說了這話，他卻沒甚反應，我愣愣地抬起頭來，鬆開捂住他口鼻的手，拍了拍他的臉。「喂……重華？陌溪？」我狠狠拍了他兩下，他沒醒。

竟是……被我捂得暈死過去了？

好嘛，這下子活該我馱著他去找水喝了。

我將重華扛起來，先去撿插在地裡的清虛劍，可我手剛碰到劍柄，只聽「嗤啦」一聲，我的手被猛地彈開，並伴隨著被雷劈了似的痲痛感。

我甩了甩手。「還認人，倒是個難得的寶貝。」

我不客氣地撕了重華的衣襬，打算用他的衣服綁上清虛劍拖著走，但哪想布條剛挨上清虛劍劍柄，一道比方才更厲害的仙氣「劈里啪啦」地順著布條打在我手上，登時將我兩隻手灼了個通紅。

扔了布條，我盯著這把劍一會。「好吧，那你就在這兒待著。」

清虛劍像是在氣憤的嗡鳴。

我覺得這劍與它主子重華是同一路冷豔高貴的傲嬌貨色。因為重華是陌溪，所以我願意擔待著他的脾氣，但這劍在我心裡可不值幾個銀子，我沒必要擔待著它。

於是我果斷扛著重華走了，讓它插在那兒嗡鳴到天荒地老。

行至小溪邊，我卻為拿什麼東西給他汲水犯了難。小片的葉子汲不了水，大片的葉子這裡沒有，用手捧吧，還沒走到他身邊便漏完了。

我一怒之下，將重華拖到溪邊，打算把他腦袋放進水裡讓他自己喝。結果剛把他腦袋一放進水裡，清澈的溪水便逕直灌進他鼻腔中，嗆得重華咳嗽個不停。我忙將他腦袋托起來，研究了一番，終是找對了姿勢。

我一隻腳跪在溪水裡，讓他腦袋枕著我的膝蓋，捏開他的下頷，把水澆進他嘴裡。

日頭將溪水晒得暖和，我手背上的藥很快便被溪水沖乾淨了。在方才那一番動作下，傷口又裂了開，手背上的血混進水裡，一起被我澆進重華口中。

血腥味興許重了些，讓他有點不適，他眼睛微微瞇開一條縫，大概是沒有力氣嫌棄我，所以他只是半夢半醒地望著我。安靜得一如上一世的陌溪，在面對我的時候半點不反抗，半點不戒備。

看著這樣的他，我心裡軟成一片，像以前那樣摸了摸他的頭。「還難受嗎？」

他沒答話，陽光在他睜開的眼睛裡面投下細碎的光。「溼……」

溼？

我將他落在水裡的頭髮撈起來擰了擰。「待會兒幫你擦乾就是。」

他的衣襟剛才被我扒開了，此時我拿手指輕輕一撥便看見了他光滑的胸膛。黑色的陰瘴毒氣已被我吸出一大部分，但還是有少量殘留在他的皮膚裡。

「那妖怪的陰氣挺厲害的，不過你放心，有三生在，絕對不會讓你出什麼事的。」

他的眼皮動了動，竟是又閉上了眼睡去，也不知他方才有沒有聽見我的話。

第十四章

我覺得水餵得差不多了，便打算就近尋個地方將他安置好，可剛馱了他起身，還沒走出一步，忽覺一股妖氣飄來，我順著味兒望去。

但見一個十來歲大小的小妖怪，躲在溪流另一邊的樹後面看我。「妳背後馱的是修仙的人嗎？」

這小妖怪可愛得緊，身上妖力也沒多少，我也沒戒備他，點了點頭道：「沒錯。」

「方才，和那個狐仙姊姊打架的是你們嗎？」

方才那個五官皆無的女子竟是個狐仙？傳聞中，狐仙不都該衣袂飄飄、風姿綽約的嗎？怎地會生成那樣。

見我困惑，小妖怪撓頭道：「就是那個，白色頭髮，白色衣裳，臉被壞人害了的姊姊。與她打架的是你們嗎？」

聽他這般說，我心中方了悟了，我點頭。「約莫是我們沒錯，怎麼了？」

小妖怪點了點頭，往後面招了招手。「就是他們！」

我心裡忽然閃過一絲不祥的預感，這念頭還沒落實，便見小溪對岸的樹林裡忽然站出許多人形來，有老有少，有男有女，但他們的氣息在我嗅來都一樣，全是石頭化的妖怪。

一堆自家人啊！

只是現在這堆自家人的面色都有點不大好。

「又是打著除妖名號來的臭道士？」

「多管閒事的修仙者。」

「這副道貌岸然的嘴臉真讓人噁心。」

「殺了他們。」

「殺了他們。」

他們的聲音小，但全都清晰地傳到我的耳朵裡。

這些妖怪道行都不高，若論一對一，他們決計是鬥不過我的；但如今他們人多，而我又得護著昏迷的重華，法術施展不開，若鬥起來，場面估計不大好看。

於是我面容一肅，道：「諸位誤會了，我與這修仙者不是一夥的，我是受他脅迫，被逼無奈才到此助他除妖，其實我心裡一萬個不願意。你們看，他如今昏睡不醒，便是在方才與那女子鬥法之時，我在他後面使了暗招，將他害了。我這不是正打算將他拖走埋了嗎？」

對岸的妖怪們冷眼看著我，倒也沒真動手。我默默地退了一步。「青山不改，綠水長流，各位江湖再見。」

我手中捻了個訣剛想跑，胳膊卻驀地被一人拽住。我下意識地揮了一記陰氣出去，想將來人逼退，那人卻躲過我這招，用極其歡實的聲音喊道。

「三生！」

我一愣，這才定睛將來人一打量。「哎唷，石大壯？」

「妳還活著呀！」他很驚喜。

「你還沒死啊？」我略帶驚訝。

他不像以前那樣撓頭憨笑了，只勾了勾唇，一雙眼睛泛著瀲灩的光，語調微揚，打趣道：「呵，有誰見面像咱們這樣問好的。」

呵，他這變化可委實讓我驚了一驚。

這從容的氣度、這自我調侃的風趣、這一雙比之前不知會勾人多少倍的眼睛，我驚奇地將他上下打量了又打量。從頭到腳，除了他的臉是石大壯，我著實找不出還有別的地方與以前的石大壯相像的了。

我感到奇怪。「一別經年，大壯你可是有遭逢人生大變？」

石大壯聞言，神色微斂了一瞬，復又瞇眼笑起來。「瞧妳說的，三生啊，咱們這一別已近百年，人世早已滄桑，還有誰能不變。」

不對、不對、不對，這也實在太不像石大壯說的話了。我扶著額頭穩了一會。

上一世我死後，陌溪還在人界活了數十載，他第一世完了之後，到冥府替我下了個封印，我一等五十年，算來，我與石大壯是分別了差不多百年的時間。可時間未免也太不留情面了一點，這怎麼都把當年憨厚老實的石頭變成這一副明媚憂傷的模樣了？

「不過細細一看，妳倒是未怎麼變，還是同以前一般機靈，這……」石大壯看了眼我馱著的人，微微怔然。「陌溪？」

「他現在名字叫重華……」

我這話還沒說完，溪對岸有妖怪感到奇怪道：「巖岫大人，您認識他們？」

巖岫？連名字也變得文雅了……

「這二位是我的故人，此事怕是有所誤會。」石大壯轉身對他們道：「我自會向他們詢問清楚前因後果，各位今日且先散了吧。」

他彷彿在這些人裡極有威信，不過兩、三句話便將其他妖怪打發走了。他轉頭笑咪咪地看我。「三生，你們若沒有落腳的地方，便先到我的住處去吧。」他神情有些高深莫測。「不過若真要研究起來，那還是妳的住處。」

上一世在陌溪去做官之後，我曾想過，若命運仁慈，讓陌溪渡劫成功，我定陪他到白髮蒼蒼，隨他告老還鄉，還住在他小時候住的院子裡，過著和他小時候一樣的生活。

但後來我卻沒來得及陪他走完一生，上一世的那個願望我便任它隨著忘川河水向著冥府深淵流淌而去。我未曾想過還有再回到紅梅小院的一天，所以在看見重華的後院時，會那般驚奇和感動。

但當日的驚奇與感動卻仍不及現在。

看見眼前的這座小院，我險些將重華扔在地上。

它一點沒變，還是當初的模樣。

難怪我會覺得來靈玉山的路那麼熟悉，原來那是一條回家的路啊。每靠近這小屋一步，便好似有無數的回憶撲面而來，像是陌溪昨天還在我身邊念書，我方才還躺在院中的搖椅上看話本子。

然而回首已百年。

我側過頭看了看我背上的重華，他腦袋正搭在我肩頭上，睡得不省人事。我心酸地吸了吸鼻子，泫然欲泣地感慨。「沒良心的負心漢。」

走在前面兩步的石大壯驀地腳一頓，略有些敏感地回頭看我。「說我？」

我抹了把淚。「我說他呢。」我一邊跟上石大壯的腳步，一邊道：「你如今為何住在這兒？方才那些妖怪又是怎麼回事？」

「相國陌溪死後……」他看了重華一眼。

我解釋：「這是陌溪的轉世，如今是流波山的掌門人重華，已經不是你以前認識的陌溪了。」

石大壯一怔，變得漂亮的眼睛露出奇怪的眼神。「那妳……」

「我也投過胎了，不過我是關係戶，不用喝孟婆湯。」

石大壯默了許久。「是了，妳以前便說妳是鬼差來著。而今想來，鬼差身分雖是騙人的，但妳著實與冥界有些淵源吧。」

當然，這淵源還是極深的。

石大壯頓了頓，問：「既然如此，妳當初為何不早些回來看看陌溪，他為妳……」石大壯彷彿有些說不下去。

陌溪為我傷情，這些事我是知道的，也懶得追問他了。

「也罷，這都是過去的事，再與妳說也沒用。」他繼續道：「當初妳去世之後，我還在京城待了幾年。後來我離開京城，便在這裡住下了，算來已有好幾十年了。方才那些妖怪是這山上的玉石所化，都是在這幾十年間凝成形的，興許是受了我身上妖氣的影響吧。它們因此稱我為大人，其實我也沒做別的什麼事。」

我其實打心眼裡不信他的話，沒做什麼事，一個好好的老實人怎會變成這副模樣？

他推開院門，一陣香氣迎面撲來，濃得有些嗆人。

「阿岫。」一道嬌柔的聲音隨著香氣傳來，鑽進耳朵裡，彷彿要將人的骨頭都喊得酥掉。

我打了一個寒顫，但見一粉衣女子身若無骨似地黏上石大壯的身體。

我眨著眼打量二人，越打量越覺得這女子的五官有點眼熟。

石大壯習以為常地將女子的腰一攬。「槿兒，妳又調皮了，不是說好下月初八我去看妳的嗎？」

他這副德行簡直與話本子裡形容的風流浪子沒什麼兩樣，我看得嘖嘖稱奇。

女子用手指在他胸口畫圈，連看也不看我一眼。「人家想你了嘛。」

「今日有故人拜訪，待初八我再去尋妳。」言罷，石大壯竟是將粉衣女子往門外一扔，把我拉進門裡，「砰」的一聲便合上了大門。

我看得目瞪口呆。「如此……也行？」

「自是行的。」

好嘛，拒絕姑娘的招數是越發見長啊，如此乾淨俐落實乃世間少有之果決。

他頭也沒回地就往屋裡走。「先前妳的房間如今我在用，我這便將另外兩間房給你們收拾出來。」

我側耳一聽，屋外竟沒有佳人怒斥負心漢的聲音，看樣子，竟是已經習慣被這麼對待了？

「壯士！」我連忙馱著重華跟上去。「壯士，此等收服人心的技能你到底是怎麼練滿的，你教教我啊，正好我最近在馴化一人來著。」

石大壯一邊替我鋪被子一邊笑道：「很簡單的，沒心沒肺就可以了。」

看他說這話的表情，我登時覺得，他這幾十年過得定有隱情。我仔細一琢磨，終於想起為何方才那女子的五官看起來眼熟了。

我將重華往他鋪好的床上一放，正色看他。「夏衣……」這兩字一出，石大壯的眼神驀地一暗。

我問：「你可還記得她？」

「記得啊。」他笑著看我。「她是因我而死的。」他說得好似夏衣的死對他全然沒什麼影響，但說完這話，他卻倉皇丟下一句「我去整理另外一間屋子」便逃似地走了。

我摸了摸下巴，回憶起在地府的時候看見夏衣來投胎的表情，登時極想知道他們之間的故事，肚裡想看熱鬧的饞蟲被勾了出來。我正想出門去將石大壯逮住，好好問問他們的過往，忽聞身後一聲呻吟，是重華醒過來。

暫時饒過石大壯，我走到重華身邊，見他掙扎著坐起身來，我便想好心伸手扶一扶，卻被他下意識地躲開。

他神情防備地將屋子打量一圈。「這是哪兒？」

「你家」這兩個字我終是嚥進肚裡，沒說出來。正在斟酌時，卻見掃了一圈屋內裝潢的重華有些失神。

「這屋子……」

這屋子是以前陌溪住的屋子，擺設基本沒變過，只是屋裡的桌椅比之前陳舊了許多。

見他這副神情，我心裡是極為感觸的，可卻也沒想違背天條將他上一世的事情告訴他。沉默了一會，我道：「是我一個故人的屋子。你這不是傷了嗎？便借人家的地方歇一會。」

話音剛落，石大壯抱著從另外一間屋子裡搜出來的廢舊物什，從屋門前經過。

重華一見他，周身殺氣一漲，動手便想要除妖。

「唉，你傷……」我阻攔的話還沒說完，便見重華探到身後拿劍的動作倏地僵硬地停住了。

自是得停住的，因為他那把清虛劍，被我扔在樹林子裡。

重華的表情一時間變得極為難看，額上迸著的青筋暗示他極力隱忍的情緒。「清虛劍何在？」

「被我丟下了。」

他抬頭看我，目帶殺意。「丟在哪兒？」

「樹林子裡。」見他周身殺氣越重，我解釋：「這委實不能怪我，你那把劍認主，我碰不得便算了，連我裹著你的衣裳去拿它，它也不肯。我無奈之下，只好將它扔在林子裡了。」

重華暫時壓下怒火，算是將我這個解釋聽進去了。

「帶我去找它。」

「你現在不宜亂動。」我攔他。

「帶我去找。」

「可你現在……不能動。」

他抬頭看我。「清虛劍乃流波山至寶，不可遺失。」

「可你……好吧，其實你可以稍稍動一下，但……」我將實話交代出來。

「但那片樹林子我已經找不到了。」

重華臉色發青，我撓頭看房梁。「剛才偶遇故人，一路走一路聊哈哈哈……我居然沒有記路哎哈哈……」

他的呼吸又壓抑又沉重。「方才那石妖可是妳故人，讓他帶路。」

「他約莫也是找不到的。」我道：「丟下劍的地方，離他遇見我的地方也有挺遠的距離呢……」

重華顯然是不想再與我說話了，也不管胸口裡的陰瘴之氣怎麼樣，推開我便往院子裡走，可沒走兩步，他便捂著胸口跪下去，應當是身體裡殘留的陰氣散開了。

「好好好，我去找、我去找。」我架不住這苦肉計，忙道：「待找到了，我就在劍旁邊守著。先前我不是給你施了個咒嗎？彼時你傷好了一些，追著我的方位來便是。」

我正與重華說著，石大壯端著茶進了屋。

「你們這是……」

重華抬頭，目光冰冷地盯著石大壯，想來又是什麼「非我族類，其心必異」的思想在作祟了。我將他重新拖到床上，替他蓋了被子。「他那把劍被我丟在林子裡了，我現在去找，你看好他，別讓他把你殺了。」

石大壯聞言失笑。「我可不是以前那傻妖怪了，如今要殺我，卻是要點兒本事的。」他不慌不忙地把茶放在桌上。「至於那把劍，我託人幫你們找便是。」

我一想也成，這山裡的妖怪怎麼說也是天天在這山上跑著的，他們人又多，找起來定是比我快一些。

可我這邊還沒點頭，躺在床上的重華便道：「清虛劍，不用爾等妖物去尋……」

我萬分感動地坐到他床邊，緊緊地拽住被子。「你是說，你准我去尋，便沒拿我當妖物看了是嗎？」

重華沉默。

他半天沒答話，我心裡有點失落，一聲嘆息，對石大壯道：「他腦袋又不好使地犯彆扭了。他剛才說的話你別當真，就讓山上的妖怪去尋吧，且讓他們快些，咱們重華仙尊還有一惡妖欲除。」

「我便是來與你們說說你口中那惡妖之事的。」石大壯沒急著走，倒是在一旁自顧自地搬了凳子坐下。「據我所知，那狐妖本性不壞，如今變成這樣著實是被惡人害的。若是可以，你們能否睜一隻眼、閉一隻眼地放了她，畢竟也是個可憐人……」

「妖豈有可憐一說……」

我將被子一角揉成一團塞進重華嘴裡，死死捂住。他如今體弱，雖是怒極卻也反抗不得。

我問石大壯：「你且說說她為何可憐？」

石大壯將端來的茶喝了，說書先生一般聲情並茂地道：「說來也是一齣戲，三年前這狐妖看上了山下鎮上的一個窮書生，使計嫁給了他。後來書生高中，被朝廷指派來做了知縣，上面知府大人很是看好這個書生，便想將自己女兒指給他。書生並未告訴知府他已娶妻，他一邊娶了新人，一邊派道士到山裡來要殺狐妖，可那道士道行不深，沒殺得了狐妖，倒是在山林間拾得妳那上一……咳，就是以前那寂生和尚的金鉢，得金鉢護佑，他逃出了此山。」

是了，上一世那老禿驢死在樹林裡的時候，他手中那厲害的法器可是不知道滾去哪兒了，沒想到如今卻會以這樣的方式再次在我的生命裡聽聞到。

「書生雖負心薄情，可狐妖卻並未想去報復他，覺得左右當初是自己決定嫁給他的，如今有這樣的結果她也認了。」

她這心情便好似我一樣，是我自己決定勾搭陌溪的，所以這一世他再怎麼折騰，我也認。我同情的一聲嘆，點了點頭，十分理解狐妖的心情。

「本來事情到這裡也算了了，可未料那書生竟然找上門來，痛訴自己如何被知府逼迫而娶其女兒，央求狐妖去幫他的忙。狐妖終是喜歡書生的，便一時心軟隨他去了。卻不想那書生已在家中著道士擺好了陣法，困住狐妖，剜其目，割其舌，削其耳鼻，取其內丹放置金缽之中。他本還想就此打散狐妖魂魄，令其永世不得超生，最後卻被狐妖逃掉，唯有一魂一魄與她內丹一起被困在金缽裡。」

這……前半段若還能說是話本子裡的橋段，後半段這書生的狠毒，便是連話本子裡的負心漢也不能及了。

「前些日子，那書生又請了一極厲害的道姑前來殺狐妖。結果那道姑在狐妖手裡也未討得好，受了重傷，也不知逃去了哪裡。」

那道姑現今正在重華的殿裡好生躺著呢。

我咂舌。「是有多大的仇，直接殺了她還不行嗎？為何還要這麼折磨於她？」

「先前我不是說了嗎？當時好似是那狐妖使計，讓書生娶了她，書生心高氣傲，或許一直心有怨懟吧。而具體如何，我也未曾細細了解過。再話說這之後，狐妖當時雖逃脫書生毒手，卻不知為何，始終無法轉世投胎，扛著自己那具已經死了的身體，日日在這山林間遊蕩，半妖半鬼。她想去找那書生復仇，可書生手中的金缽太厲害，讓她無法靠近，她便只有空留人世，每每看見，便令人甚是唏噓……」

我轉頭看重華，他皺著眉頭，不知在想些什麼。

石大壯勸道：「左右她如今也沒做什麼壞事，何不放她一馬？」

「不行。」我語氣堅定得不容置喙。

石大壯吃驚地看我，連重華也面帶異色。

我撓頭。「本來，她若只是個尋常妖怪，放她一馬也不是不行，但就你這說法來看，她如今已不是尋常妖怪了。她不算活著，因為身體已經死了，所以她身上陰氣濃厚；可她也不算死了，因為她少了一魂一魄，魂魄不完整，入不了地府。」我看著重華道：「現下想來，你感覺不到她的氣息也正常，因為她已經成了一個違背五行輪迴的存在；再加之她心中積怨極深，這樣下去指不定哪日便起了什麼無法預料的變化。需得在她起這個變化之前，送她去投胎才行。」

「可她一魂一魄尚被囚在那金缽之中。」石大壯嘆息。「說來慚愧，我之前也不是沒想過要幫她，只是……妳應當知道那金缽的厲害。書生為防狐妖報復，整日貼身帶著金缽，我試了許多次也近不了他身。」

那缽的厲害我自是知道，上一世它只照了我一照，我便被它灼傷了背，還惹出了陌溪好一通擔心。

我在忘川修了千年的陰氣尚鬥不過金缽裡面的佛光，更別說這些了不起只有幾百年法力的妖怪了。我沉思一番。「我這裡有法子將狐妖的魂魄從她身體裡提出來，至於她另外的一魂一魄……」我轉頭看重華。「仙尊，上吧。」

重華將我的手推開，吐出被塞進嘴裡的被角。「我流波山從不助妖物……」

「如此，清虛劍便你自己去尋吧。」我道：「那狐妖你也自己找就是，左右你現在察覺不到她的氣息。而且，依現在這個情景看來，傷了青靈道姑的應當是狐妖沒錯，但只怕給她下咒的另有其人。畢竟狐妖那種狀態，要給人施咒基本是不可能的。這施咒者你也慢慢自己找去吧，只怕道姑等不到你找到人而已。」

重華又是一度語塞。

我在心裡替自己撒花。將他這一世傲嬌的脾性掐住了，戳痛處還真是一戳一個準啊。

石大壯在一旁捂嘴笑。「如此，我便去著人找劍，順道探探那狐妖的下落，以便妳動手取她魂魄。」

「嗯，這點兒時間正好讓重華仙尊他梳理梳理體內氣息。」

石大壯的離開讓屋子裡又安靜下來，重華閉上眼不看我。我本想扒開他衣服看看他胸膛上的黑印，但見他蹙著眉頭不是很高興，便沒輕易動手，只道：「你方才心緒激動，讓殘留在身體裡的陰氣擴散了，不過那點兒陰氣你自己應該也能調理，我就不插手了。你要喝水，跟我說便是。」

他闔著眼沒說話，在我以為他已經開始認真調理氣息的時候，他卻倏地開口：「妳到底是什麼人？」

「是個來勾搭你的好女人。」

「妳不願說實話便罷了。」他閉著眼道：「不用找這些庸俗言語來糊弄我。」

原來，我對他表白，他一直都以為我是在說笑話逗他玩呢……

我不由得感慨。上一世，我說什麼，陌溪信什麼，不論是謊言還是事實；而這一世，不論我說什麼，陌溪都不信了。這或許，就是我騙了以前那麼相信我的陌溪後，應得的報應吧。

我不再解釋，重華的氣息也漸漸變得細長均勻。

我搬了張椅子坐在旁邊，像守著以前生病的他一樣，靜靜看著他的面容。只是看著再順心的面容，畢竟也不是精采多變、高潮迭起的話本子，我看著看著便慢慢睡著了。

第十五章

這幾日我委實過得心累，這一覺睡醒竟到了第二天早上。晨曦的光是柔和的，透過紙窗戶照進屋子裡，讓一切看起來還像在夢中似的。

我揉了揉眼，下意識地往床上看了一眼，卻正好對上一雙清亮的眸子。「陌溪醒啦。」我探手便去摸他腦門。「好點兒了嗎？」觸手，額頭是正常的體溫，顯然，他身體很好。

直到手被推開，我才陡然驚醒，這哪還是生病的陌溪。

我抽回手，略有些不自然地揉了揉手腕，做好準備迎接重華的訓斥，自然也準備好了如何將他的惡言惡語頂回去噎死。可沒想他只是掀開被子坐起來，淡淡掃了我一眼。

「陌溪是何人？」

這句話來得太突然，問得我有些措手不及，我愣愣地看他。

見我如此眼神，重華也好似陡然驚醒，他捏了捏眉心。「罷了……算我沒問便是……」

「陌溪是我以前的相公。」

重華微怔，不知是驚訝我堅持回答的態度，還是在驚訝我回答的內容。

「他是這世上最好的男子。」我想了想，忍不住添了一句話：「你與他相比，容貌不相上下，但脾氣、性子卻差遠了。」

重華一怔，好似有點不服氣地想與我爭論什麼，但最後卻只是涼了眉目，略嫌棄地瞥我一眼，不再繼續這個話題。「今日要去尋那狐妖，妳手上的傷可有大礙？」

我抬手給他看，手背上只剩下一條淡淡的傷痕。「那妖怪弄不出多大傷口，已經好了。」

話音剛落，房門被猛地推開，石大壯神色急促地撲進來。「快隨我來，狐妖現在便在院外林間！」

重華一掀被子下了床便往外走，我連忙拽住他袖子。「你那清什麼劍還沒找著，不能和她硬碰硬。說實話，你現在也沒那個能力，所以回頭見了狐妖，你別妄動，放著我來。之後還有用得著你的時候。」

我將他往身後一拖，搶先跟著石大壯跑出去，也懶得顧及重華此時的臉色和心情了。

剛出了小院，我便察覺有濃濃的陰瘴之氣在林間瀰漫，只是今日這股陰氣比起之前來要少了幾分怨恨與殺意，更接近於冥府的氣息了。

石大壯一邊跑一邊催：「快些，我讓幾個小石妖纏著她玩，回頭別等她發了狂，幾個小石妖就要倒楣了。」

我驚訝。「她還會和小石妖玩？」

「聽說她之前很喜歡小孩子，即便是變成這樣了也喜歡。若有孩子纏著她玩捉迷藏，她通常不會拒絕。她生前雖然我不認識，但這麼喜歡孩子的人，想來應該也是很好的人，所以我才說她可憐。」

離那方陰氣越來越近，我放緩腳步，拽住石大壯，悄聲道：「你待會兒記得攔一下重華。」

石大壯往我身後看了看，隨即點頭。

我緩緩深呼吸，將林間飄散的陰氣慢慢吸入腹中。

白衣白髮的女子背對著我，和普通人玩捉迷藏一樣，捂著眼，面對大樹數數。只是她舌頭被割了，只能發出這種意味不明的「啊啊」聲，全然聽不清她數的是幾。

我往後看了看，見石大壯趕走了幾個小石妖，又將重華攔著，躲在一棵大樹後，我才放心走上前，拍了拍狐妖的肩。

她渾身抖了一抖，卻沒有回過頭來，只是身上的氣息倏地變化，殺氣陡增。在這樣的陰瘴之氣侵蝕下，尋常人怕是已動彈不得。我也不說話，待將她周身陰氣都吸得差不多了，我又戳了戳她的脊梁骨。「姑娘。」她脊背僵了僵，似對我平緩的語氣與毫髮無傷的身體感到有點不知所措，我道：「我聽了妳的事情，覺得我大概能幫妳的忙，咱們談談唄。」

她緩緩轉過頭來，白髮將她整張臉都覆蓋了，但我從髮絲間還能隱約看見她被毀壞的五官。她喉嚨裡發出像野獸一樣警告的呼嚕聲，身體裡的陰氣又澎湃地湧出。

我不客氣地接受她的饋贈。許是覺得我是個不大對勁的人，她慢慢收斂了周身氣勢。

「妳能不能聽見我說話？」我一字一句地說著，聲音放大，語調緩慢，盡量不刺激到她。

她這才慢慢地點了點頭。

我就地坐下，拍了拍旁邊的位置。「來，別客氣，先坐下說。」

她抱著膝蓋蹲下來，下垂著腦袋，看起來一副呆呆的樣子，全然不似昨日初見時那般張牙舞爪、殺氣凜凜。看來情緒對她的影響挺大的嘛，又或者說，這才是她該有的樣子。畢竟少了一魂一魄，反應有些呆怔遲緩也是正常的。

「妳上次那麼凶，是被我和另外一人嚇到了嗎？還是妳以為我們是來害妳的？」

她沒有反應。我道：「妳現在半死半活，身體裡的魂魄也是殘缺的，我約莫知道妳的不好受。我現在有法子可以幫妳把魂魄取出來，然後送妳去投胎，妳可願意？」

她默了許久，搖頭。動作雖慢，但卻堅定。

我琢磨了一下，開導道：「我知妳是放不開過去，可這人世間哪有什麼是放不開的？妳的身體已經死了，這就意味著妳這輩子結束了，恨也好，愛也好，不甘心也好，所有的情緒都該隨著妳身體的死去而消亡了。回頭去了地府，喝一碗孟婆湯，翻過這一篇已經寫滿了字的書頁，妳睜開眼，又是一段漫漫人生路，實在不必為了已經過去的事陷入執著。」

她不為所動。

我柔聲道：「以前我見過很多人，在喝孟婆湯前號啕大哭、痛不欲生，但一碗湯水下肚，什麼奇葩都會安詳地跨入輪迴井，那當真是一個和諧的場面。那般祥和的心態，怕是只有在喝湯的那一瞬間才能感覺到。其味有點苦，咂吧咂吧嘴就變甜了，沒傳說中那麼難喝，熬湯的老太婆還是用了點兒心思的，雖然那些對我不大管用……」

「咳！」石大壯藏在遠處的樹後輕咳。

我抓回了話題。「俗話說，早死早投胎，妳趕在花樣年華時上路，這是好事啊！該慶幸的，快別耽擱了，去吧。妳會在天地大道的運作中，長出新的五官，有新的身體，像妳喜歡的那些孩子一樣沒心沒肺地鬧騰，撒丫子漫山遍野地亂跑。妳也會愛上別的人，那書生什麼的，根本就不能算事。」

她腦袋微微一動，慢慢轉向我。一張被割得亂七八糟的臉再次清晰地展現在我眼前，即便是第二次看見了，我還是有些愣神。

她周身的氣息開始變化，很顯然，剛才提到的「書生」這二字刺激到她了。

我不動聲色地將她釋放的陰瘴之氣吸走，道：「不管妳今日同不同意我取走妳的魂魄，最終我還是會把它取走的。姑娘，妳得明白，為了一個不值得的人搭上以後的生生世世，是一件多麼虧本的事。」

「滾……」

有含混的聲音從她喉嚨裡發出來，然而細細一研究，才發現她說的竟然是腹語。

「姑娘再聽我一句……」

「不好！快跑！」

遠處的石大壯一聲大喝，狐妖身上的陰氣登時暴漲。我全神貫注地一吸，卻沒想我正吸著的時候，她忽然一爪子撓來，抓在我脖子上，登時撓破我的喉嚨，血狂噴而出，沖出來的弧度都把我自己驚呆了。

我捂住傷口一抬頭，狐妖又是一爪對我抓來，我慌忙間抬手一擋，將她手臂抓住，拚命地抽取她身體中的陰氣。

狐妖怒極，一張嘴，沒有舌頭的嘴裡顯出上下兩排動物一樣的尖牙，湊了腦袋過來便咬我。

在我伸手擋之前，忽覺有人一下子攬住我的腰，將我抱著往後拖了幾步。我心中一喜，只道不管陌溪怎樣輪迴轉世，始終都還是會在乎我的。我心中的自得驕傲一時直直衝上天靈蓋，然而待我懷揣著期冀回頭一看，卻見抱住我的人是石大壯！

前一瞬有多高興，這一瞬便有多失落，我怒而推開石大壯，指著他斥責道：「話本子上不是這麼寫的！重來！」

石大壯被我斥得愣住，憋了好一會道：「好啊，把他倆叫來重新來過……」

我立時轉頭去尋重華的身影，卻見他已與狐妖赤手空拳對起了招。狐妖身體少了一魂一魄本該遲鈍，可憑著怒極時以陰氣驅動身體行動，方才能快如箭矢；但剛才她陰氣被我吸了不少，這下子動作便緩了下來，隱隱有鬥不過重華的趨勢。

見勢不對，狐妖也不纏鬥，轉身就跑。重華更是毫不猶豫地追上去，根本就沒分心來看我一眼。

一眼也沒有……

我脖子還在不停地噴血，噴得石大壯一頭一身都是，他急急忙忙撕了自己的衣服替我裹上。「別動啊，妳別動啊，我還沒包好。妳越動，血噴得越凶啊！」

我血噴得連石大壯這麼遲鈍的一個妖怪看著都慌了，而重華他居然……他居然就這麼拋下我走了？

沒錯……現在是捉住狐妖的最好時機，我理解重華的舉動，我甚至一轉念就可以替他找出無數個理由來，但他走得那麼乾脆、那麼果斷……

「我、我胸口甚痛……」我拽著石大壯的手喊：「甚痛！」

「妳傷的不是脖子嗎？」石大壯不解。「胸口也被撓了？」

「心痛！心痛！萬箭穿心！萬馬奔騰！」

「關萬馬奔騰何事……」石大壯無奈。「先包傷口成不成？」

「不成！」我怒道：「把血留著，讓他追了妖怪回來自己看，現在噴得越多越好，越猙獰越好！讓他看看，自己都幹了什麼！」

石大壯一嘆。「三生……他委實什麼都沒幹，妳這麼傷害自己又是何必？妳方才自己都說了孟婆湯那是個什麼樣的東西，妳明知……他已不是以前的陌溪，妳這樣做，也不一定能換來他一個疼惜的眼神，妳到底為何這般執著？」

為何執著？

這個問題將我問得愣住。

執著讓重華對我好，執著地拿現在的重華和以前的陌溪相比；執著地希望，現在的重華還能像上一世的他那樣和我相處。

我不是不知道孟婆湯的厲害，我只是期待著陌溪能成為喝過孟婆湯後最特別的一個，而我能成為讓陌溪變得特別的理由。特別到能讓他有擺脫掉孟婆湯的力量，能讓他將我刻在靈魂深處，像烙印一樣，不管用什麼方法，不管過多少時間，都無法抹去。

熟悉冥府往生力量如我，也會在心裡期盼這種虛無飄渺的事情。

原來，何必執著與冥頑不靈不過是因為，一個是旁觀者清，一個是當局者迷。

一時間，我竟恍然明白了狐妖的心情，不甘心、放不下、捨不得。就算心裡對所有的事情都想得清楚明白，但做出的行為，在旁人眼裡卻總是逃不過痴傻二字。

我傻了許久，直到石大壯在我身邊鬆了口氣。「終是止住血了。」

話音剛落，便見逃走的狐妖忽然從天而降，逕自被丟在我身前。

重華自林間走回，看了我一眼，微微皺眉。

我脖子上的血雖然被石大壯止住了，但剛噴出來的血液已染紅我大半個身子，連著將石大壯也噴得一身狼狽，場面好不怵目驚心。

我淒淒哀哀地巴望著他，等他能說幾句關心的話給我暖暖心腸，可是到最後，他卻只說：「妳可還有力氣取出她身體中魂魄？」

我心裡的委屈都從五臟六腑一起湧到舌尖上了，但最後，卻只能咂吧了一下嘴，自己嘗了嘗這苦味道，動了動脖子道：「沒問題。」

他不會是喝過孟婆湯後的例外。

早。

我在心裡對自己提醒，慢慢來，慢慢來，勾搭陌溪的這一世才開始呢，還

我擼了被血染得溼答答的袖子。「小傷，濺出點兒血而已，不礙事。」我說完這話，場面靜默了很久，只有狐妖在地上蠕動著想要逃跑。

小風颾過，石大壯小聲哼道：「那……妳是不是該把她魂魄取出來了呢？」

我還在直勾勾地望著重華，不放過他臉上任何一絲表情。「你不攔著我嗎？」我問，見他皺眉，又道：「我在逞強呢，你都不攔著我嗎？」

石大壯在一旁扶額。重華嘴角動了動。「妳有能耐逞強，便該有能耐憋著別說出來。」

「我不說你怎麼知道我在逞強呢。」我教訓他。「重華，我在給你機會心疼我，你要珍惜。」

他無奈得有些怒了。「妳先前不是說這妖傷不了妳嗎！」

「我說什麼你就信什麼呀，先前我說我不是妖怪，怎不見得你信？」

重華額上青筋跳了跳。

打贏了嘴仗，我心裡總算舒坦多了，這才轉頭看躺在地上的狐妖。

她或是覺得我們都沒注意她，拚命地往旁邊滾，意圖逃跑，只是傷得太重，挪得還沒烏龜快。我一把拽住她的手腕，將她禁錮住。「我理解妳的不甘，也明白妳現在不管怎樣，都想不通這事的心情，所以知道靠別人勸是將妳勸不

出來的。」我道：「我動手囉。」

我拇指在狐妖額頭上一點，她拚盡最後的力氣掙扎，重華與石大壯都被她身體裡湧出來的陰氣逼退兩步。我口中唸著收魂的真言，拇指上金光閃過，轉手之間，一團白乎乎的氣體便被我捏在掌心裡。

一魂一魄的殘缺讓魂魄形態極不穩定，隨時都有可能灰飛煙滅。

我一張嘴，將她的靈魂吞入口中，以己身為宿體，暫時承載她這殘缺的魂魄。

這樣做有風險，一旦不慎，被她的靈魂奪去了肉身也不是不可能的；但我自信地認為，以我的魂魄與精神力量的堅韌程度，這樣的事情發生的機率實在是太小。

重華瞇著眼，神色微妙地問我：「妳方才吃了何物？」

「天地精華。」我大方道：「味道苦中帶甘，你想吃嗎？我可以吐出來讓你嘗嘗。」

於是重華又不搭理我了。

我看了看地上已瞬間僵硬且開始慢慢發黑的狐妖軀體，吩咐石大壯：「讓別的小妖將她軀體埋了吧。我們趁現在去找那負心書生，爭取今天之內將另外的魂魄找回來，然後送她去投胎。」

石大壯點頭。「知縣府邸我能找到，遁地而去不過瞬息之事，找到書生也簡單。唯一棘手的，是那書生隨身帶著的金缽。」

我默默地轉頭看重華，石大壯也與我一同轉頭去看他。

重華默了一瞬，淡淡地瞥了我一眼。「妳頸上傷口尚有血滲出。」

我以為他還在糾結幫不幫妖怪這回事，所以在找藉口推脫，忙賭咒發誓地保證。「我這當真只是皮肉小傷，看著嚇人，絕不妨礙我除暴安良。」

他皺眉，默了一會。「去便是。」

石大壯揮手一施法，縮地成寸，不過眨眼間，四周景色便已變了。這是磚牆圍成個小院，院中幽靜無人，看這花草樹木，當是縣衙府內花園裡。

我左右看了看，問石大壯。「那書生如今既然做了縣太爺，青天白日的，自是該在公堂上辦公，再不濟也該在書房待著，你將我們帶來這花園做甚？」

石大壯高深莫測地一笑。「我帶妳來自有道理。」

話音未落，卻聽假山遮擋住的小路那頭有腳步聲緩緩踏來。石大壯得意地揚了揚眉毛，輕聲道：「之前想幫狐妖時，我還是來踩過點的。」

那邊腳步聲越近，漸漸傳來一個男子極輕的聲音。

「還是回去歇著吧，昨日吐了一晚，今早也沒吃什麼東西……」

「整日躺著也乏力，小傢伙待在肚子裡也無聊。我得走走，他才不鬧騰。」

這番對話聽得我三人一呆，竟是書生與那知府家的官小姐，有了孩子。

這想法才在我腦海裡閃現，我忽覺體內一陣氣息湧動，其凶猛程度幾乎讓我站不穩身子，往斜裡偏了一下，拽住重華的袖子，方才穩住了神。

重華皺眉看我，倒也難得有良心地沒將我甩開。「怎麼了？」

我拍著胸口順氣。「狐妖她吃醋得怒了……」

重華眼眸微沉，我還沒來得及體會出其中意味，那書生已領著他娘子走過石頭假山，與我們打了個照面。

書生將官小姐往身後一護，肅容問：「你們是何人？」

我將旁邊兩人一打量，同樣肅容回道：「嚴格來說，我們都不是人。」

書生聞言，面色一冷，護著官小姐道：「妳先離開。」

官小姐白著臉看了我們幾眼，終是一咬牙，捂著肚子跑遠了。

我望著官小姐的背影，思索著摸了摸下巴。這官小姐身上的氣息……略奇怪啊。

書生在寬大的袖籠裡摸了摸什麼東西。「不自量力的妖孽，定又是受那妖婦所託，前來送死的。上次讓那妖婦跑了，今次決計不會再讓你們活著走出縣衙。」

重華張了張嘴欲說話，那書生抽出金缽，不由分說地便對著重華一照。重華一揮手，以仙氣為屏障，將金色佛光盡數擋住。

我躲在他身後，戳了戳他的脊梁骨。「這下子你可知被人誤以為是妖怪，還被不由分說地一通亂打是什麼滋味了吧。」
重華冷哼一聲：「妳便不是妖也非人，豈可與我對比。」他袖一揮，仙氣拍散書生照來的佛光。
那金缽雖厲害，但書生卻是個沒法力的。若是我與石大壯，天生該被佛光剋死；而重華卻不同，他一身清凜正氣與佛家本屬同根，加之幾十年修為在身，欺負書生，那是像翻手掌一般容易。
見佛光被擊碎，書生大驚失色。
重華邁步上前，正色道：「我乃流波山掌門，今日並非受狐妖所託而來找你麻煩，只須你歸還狐妖魂魄及內丹，我自會離去。」
書生抱著金缽，戒備地後退兩步。「你以為我會上你們這些妖怪的當嗎！」
「那便恕我得罪了。」
書生驚慌失措，知佛光似乎對重華造成不了傷害，他竟一轉手衝我照來。我本以為藏在重華身後便無礙，哪想此時重華向前走了幾步，書生向後退了幾步，從一個斜角的位置「刷」地便照來耀眼光芒。
我被照得措手不及，當場愣住。回想起上一世那被灼傷的後背，我大叫糟糕，心道這次定是毀容了！

第十六章

但奇怪的是，這佛光照了我許久，我卻沒覺得身上有哪裡疼痛，仔細一看，竟是在我身前兩寸的地方，有一道仙氣凝成的屏障將佛光擋住了。它像是布一樣，將我包裹住，嚴嚴實實地將我保護得那麼好。

氣息溫潤，一如以前那個男子，有著世界上最溫暖的懷抱。

在我失神之際，重華已在一、兩招間搶過書生手中的金缽。

佛光消失，圍在我周身的屏障也一同不見。我心裡尚有點惋惜，畢竟，現在能體會他給的溫暖的機會，是那麼少……這書生委實太過軟蛋，有如此厲害的法器，竟連重華放水的兩招都過不了。

重華拿著金缽犯了難，我感到奇怪。「怎生不將裡面的魂魄和內丹放出來？」

「佛家法器我不會用。」

我拽了書生的衣襟，將他提起來晃了晃。「把魂魄和內丹放出來。」

書生恨恨地盯著我。「我便是死也要她魂飛魄散！」

「你這是有多大的仇？她人已經死了，不管過去怎樣，這場戲都該結束了。放她去投胎，饒了她也饒了自己，為自己積德，也給後輩積點福吧。」

「她死了？」書生冷笑。「我只恨她死得太輕鬆，當初她為逼迫我娶她，先後害死了我妹妹與娘親，她為何就不想想要為自己積德！」

原來……還有這麼一齣家族血案藏著……我心裡泛著嘀咕。

狐妖的魂魄卻在我體內躁動起來，照這架勢折騰下去，我估計也是扛不住的。抱著速戰速決的心，我將書生拎著與我面對面道：「那狐妖已死，你不放過她，也行，我不殺你。你方才也看見這道長的厲害了，待會兒我就讓他殺你妻兒，屠你縣衙，推了你的房子，填了你的池塘，連院裡的花花草草也一棵不剩地全給你連根拔起。你自己琢磨一下，放是不放？」

重華臉色不大好看，書生更是鐵青了整張臉。

「你不信？」

我轉頭一望，正巧院外趕來一隊縣衙的侍衛，我拿手肘拐了一下重華的手臂。「放倒他們。」用的是以前使喚陌溪去打醬油的語氣。

重華一抬手，揮袖之間，那隊侍衛一片哀叫，個個仰倒於地，不再動彈。出手打了人，重華才反應過來，愣愣地看著掌心，好似對自己這般聽話的舉動覺得有些不可思議。

我沒管他，只拽著書生抖了抖。「瞅見沒，你要是不照辦，下一個打的就是你至親。」

書生牙關緊咬，最後終是恨道：「好……我放。」

我鬆了手，讓重華把金缽遞給他。書生拿著缽，半天沒有動作。

重華微微戒備地擋在我身前，我從他背後探出腦袋，對書生道：「早晚都是要放的，這麼好的缽，早點空出來去盛齋飯多好，何必天天拿它打打殺殺。」

重華回頭，皺眉瞥了我一眼。「休得對佛家法器不敬。」

我撇嘴，沒將他的話放在心上。

那書生猶豫許久，終是對著金缽唸了個咒，將它反手一倒，裡面掉出一顆金閃閃的珠子與一團白乎乎的氣體。

重華將金珠撿起來，我則抓住空中的白氣吞進肚子裡，讓狐妖魂魄在我的體內慢慢融合。

此間事了，我果斷揮手。「好，這事算了了，還有一事……」

我話未說完，忽覺自己體內陰氣陡然大盛，那狐妖完整的魂魄拚命地在我身體裡胡亂折騰。我只感到體內一陣劇痛，緊接著便眼前一花，待再回過神來時，我已經飄在空中，看著自己的身體在狐妖魂魄的操控下慢慢動了起來。

這混帳妖怪……

我就一個沒留神，她竟然把我的身體給……搶了！

我體內魂魄的轉換，身邊的石大壯與重華卻沒有及時察覺。石大壯拽了

「我」的胳膊剛想施展遁地術，卻被狐妖猛地甩開。

石大壯微愣。「怎麼了？」

狐妖並未理會他，只漠然轉身，定定地望著書生。我飄在空中，看不見她的表情，但她的異常卻已讓重華察覺。只見重華探手便去扣「我」的手腕，意圖制住命門。

狐妖一反手，掙脫開去，周身陰氣「砰」的散開，逕自將重華推得退了兩步。他捂住胸口，彷彿已被打亂內息，極是難受。

這是自然的，先前與重華動手，我都留了幾分力氣，而狐妖這貨卻是個不知道吝惜力氣的主，藉著我的身體，每一招都使了全力，重華他區區四十來年的法力，哪能對付得了她？

我看得心裡焦急，卻無論如何也無法將她從我身體裡擠出去。

不過幸好她推開了重華便沒再對他動手，只死死地盯著書生，冷冷開口：「我幾時殺了你母親與妹妹？」她聲調冰涼。

書生聞言怔然。

狐妖卻在他反應過來之前，倏地甩出一股陰氣打在書生的手上，拍掉他手中的金缽。

疼痛讓書生回過神來，他定定地看了狐妖許久，隨即面露憎惡。「妳這妖婦！」

狐妖步步迫近書生。「我何曾對她們動手！」她道：「你我的婚禮是婆婆主持的，你我的合巹酒是你妹妹看著我與你喝下的！你進京趕考時，我與她二人送你至鎮外界碑！她們又怎麼會在你我成親之前，被我害死！」

狐妖聲音越厲，彷彿字字泣血。

但聞這番話，不僅是書生，連我也愣住了。

這事還有反轉。

魂魄極輕，我在空中選了個舒服的姿勢飄著。忽覺背後有人拍了我兩下，我轉頭一看，是小鬼乙來收魂了。我向他問好，順帶問：「黑白無常呢？」

「有兩國正打仗，兩位大人在那邊忙著呢。」小鬼乙答完，看了看下方的人，又看了看我。「三生，妳這情況，到底是死沒死啊？」

「我還沒死呢，死的那個搶了我的身體在下面唱戲。你我先看著，回頭等她唱完了，估計就該把身體還給我了，你勾她去地府。」

小鬼乙咂舌。「我事還很多呢，哪有時間看她唱戲。」他隨手一晝，平空轉出一個本子，不耐煩地翻了幾頁，道：「這麼俗氣的一齣故事，有什麼好看的？」

我被他這話勾起了興趣，忙飄到他旁邊，湊過腦袋去看命格本。「著實俗。」我道：「司命星君最近可是氣血不順，怎地寫出這種故事來了？」

話本子上，道是這書生原是當真喜歡狐妖的，但後來官小姐在書生回來當知縣的時候看上他，想招他為婿，而書生念著家中愛妻不肯答應，所以官小姐嫉妒成狂，竟生了篡改書生記憶的念頭！而且還當真讓她改成功了！

「但聞最近天上的司命星君又情傷了，可見不得人好了，寫出這種故事也理所當然。」

我撇嘴，繼續轉頭往下看，伸手向小鬼乙道：「有零嘴沒？」

小鬼乙沒搭理我，與我一同看著下方。

適時，書生方從剛才的愣然中走出來，喝道：「胡言亂語！」

「哈！若我今日胡言！便教我天打雷劈、魂飛魄散！」狐妖厲聲道：「相識之初，我著實使了小手段誘惑於你，但這世間何人不曾用手段迷惑情人？而後成親之時，你知曉我是妖怪，卻仍舊執意娶我……」

許是回憶起當初令她開心的事，狐妖聲色稍緩：「我感念你情深意重，願將一生許你。你趕考之時，婆婆與小姑先後染病離世，獨留我一人空候於家，你博得功名回鄉，卻是已迎娶他人……」她聲色微頓，像是在壓抑著情緒：「此一生緣滅，我也未曾怪你，可你怎能狠心害我至斯！你竟忍心害我至斯！」

狐妖怨憤難平，周身怨氣化為寸寸殺意，她一抬手，狠狠掐住書生的頸項，用力極猛，直接將書生按倒於地；但她卻只是顫抖著手，將他困住，未曾真正使力捏碎他的脖子。

書生卻未顧及脖子上的手，他眼神渙散，嘴裡不敢置信地呢喃自語著：「不可能，是妳害了我至親，是妳使手段強逼我娶妳，我殺妳天經地義！妳現今還想說謊誆我！」

狐妖已怒至極致，全然失了理智。她不再說話，虎口收緊，但見書生面色登時漲得青紫。

小鬼乙在一旁涼涼道：「哎呀，不好了，她用妳的身體殺人，命債是得算在妳頭上的。」

我大驚。「這怎麼行！破了戒，我下一世還怎麼去勾搭陌溪！」

我心裡一慌，忙撲下去，使了所有力氣一頭撞進我的身體裡，卻也只將我身體控制了一瞬，鬆開了掐住書生脖子的手，緊接著我又被推出來。我大急，喊：「妳還不覺得事情有蹊蹺嗎！」

重華與石大壯此時都聽不見我說話，他們欲上前攔狐妖，卻被狐妖周身散出的陰氣推開。

我道：「他的記憶與妳的記憶根本就不對盤！不是你倆有一人瘋了，就是有人使壞！妳快自己掂量掂量！」

狐妖周身陰氣大減，動作驀地頓住。

書生嗆咳不止。狐妖失神呢喃：「記憶不對……怎麼會不對？」

她拉開書生的衣袖，但見他小臂上有一塊被咬出來的傷疤，道：「這是成親之後，我與你吵架時氣急咬的，當時你還笑罵我只會動口，我賭氣不給你上藥，還是你妹妹給你擦的藥。我記得那麼清楚，怎會是我記憶錯了？」

書生聽她說一句，臉色白一分，直至最後，一張臉竟是慘無人色。「不可能……不是……」他腦子好似已亂成一片。「這不是事實！」

場面靜默了會兒，石大壯忽而摸著下巴道：「前些日子我曾聽人提過，現今有修道者其心不軌，得一邪咒之術能篡改人記憶。他莫不是中了此類咒術？」

「篡改記憶？哈！」狐妖愴然一笑。「篡改記憶……」

「妳沒有逼我？不……不對……是妳害我親人……」書生的記憶彷彿全然亂了。

狐妖聲色越發蒼涼：「你竟是被篡改記憶……」

書生根本聽不見別人的聲音，他痛苦極了，不停地拿手捶打著腦袋。「不是這樣，不是這樣！我要妳嫁我，我與妳吵架，我心悅於妳……我愛慕妳……」

狐妖聽聞這番斷斷續續夾帶著痛苦呻吟的話，倏地落下兩行清淚。「你心悅於我？你愛慕於我？」

「我愛慕妳……」

狐妖長笑落淚。「原只是命運弄人，你未曾負我，你未曾負我……」

一身怨氣在這一句句「未負」的話語中慢慢消散，她也不再去追究是誰害書生，也不再去琢磨要如何報復，更沒覺得自己現今有多悽慘，好像這書生一句「愛慕」，便打消了她所有的不甘與憎恨。

好像知道他沒有辜負她的心意，此生便再沒有遺憾了一樣。

這狐妖原是個痴兒……

饒是這故事再是俗套，在眼前活生生地演一齣，也不由得讓人心中感慨。我在心裡一嘆，可這聲嘆息卻在看見她接下來的舉動時，陡然升了個調。

「住嘴！別用我親陌溪的嘴去親這軟蛋書生啊！」

我急急地往我身體中一撞，這次倒是輕而易舉地將狐妖從我身體裡撞了出去。

重新掌握自己身體的控制權，我一巴掌將書生的臉拍開，剛要從他身上站起來，便覺後領被人提住。那人將我猛地提起，像拎貓一樣把我從書生身上拎開，放到一邊。我腳一落地，轉頭一看，卻發現是重華抓了我。

我在他幽深的眼眸裡看見了自己怔然的模樣。四目靜靜對了那麼一會，重華才將我放開。「妳方才……」

不等他說完，我飛身一撲，將他的腰緊緊抱住。「陌溪啊，我險些就被人毀了清白了！」

重華身體有一瞬的僵硬，隨即才陡然想起似地將我撕開。「男女有別！休要再胡亂拉扯於我！而且……」他眉頭緊皺。「我並不識得什麼陌溪，更不是他。」

「這是自然。」我眨著眼看他。「你若是識得，那才是活見鬼了。方才是口誤，小細節就不要在意了嘛。」

重華似沒想到我答得這般坦然，張著嘴，像是被什麼情緒噎住了喉。

正適時，忽聞院外女子一聲驚呼。

「相公！」

我抬頭一望，卻是這書生懷孕的妻子找來了。她身後還跟著一名青袍道士，那道士賊眉鼠眼，一看便不是什麼好東西。

但見這方動靜，道人腳底一抹油就想開溜。石大壯縱身一躍，屈指為爪，扣住道士的肩頭，道士回身掙脫，但不過三兩招後，石大壯便擒住了他，迫使他跪於地面。

見掙脫不了，道士忙抱頭大喊：「大仙饒命，大仙饒命！所有事都是夫人讓小的做的！」

道士被擒，官小姐輕輕咬牙，面色有些難看，卻也還是忍著害怕行至書生身邊，將已神志不清的書生抱起，一遍一遍地喚著「相公」。

我忍不住仰頭一望，但見空中的小鬼乙已經將鍊子套在狐妖手上，唱著引魂曲，牽著她，一搖一晃地慢慢走向幽冥地府的入口。

我以為狐妖或多或少會有點不捨，但沒想到她只是跟著鬼差的腳步，一步一步慢慢遠去，不曾回頭，也沒有留戀。

對於她而言，這一生已結束，執念也已放下了，這事情的經過不重要，結果更是不值一提。

我心中有幾分悵然，回頭看見將書生緊緊抱住的官小姐。她挺著個大肚子，聽著書生嘴裡迷迷糊糊地不停唸叨狐妖的名字，官小姐緊咬著下脣，晦暗的神色中隱藏著不甘。

「妳把咒給他解了吧。」我道：「這樣下去，他約莫會瘋了。」

官小姐抬頭恨恨盯了我一眼，神色間的怨懟令我心驚。她將書生抱得更緊。「不解。」她說：「解了他就走了，我不給他解。」

我看著她，摸著下巴琢磨了一會，心道，她身為一個官小姐，自是不會這些江湖邪術的，於是我轉頭去看被石大壯抓住的道士。

道士會意，立即道：「咒是我下的，是我下的，我解、我解。」他連滾帶爬地跪行至書生身邊。

我碰了碰重華的手臂。「你還瞧不起妖怪呢，你瞅瞅你的同行。」

重華冷冷瞥了我一眼，保持沉默。

我揚聲道：「你先前可是還對一個道姑下過咒啊？」

道士愣了愣，眨眼睛回想了一番，道：「是，是有一個道姑。呃，其實小人學藝不精，要篡改一點記憶還成，像這樣改了知縣大人很大一部分記憶卻是不太嫻熟的，所以日日都要對知縣大人鞏固咒術。那日正在做此事時，恰好被仙姑撞破，仙姑說她可除妖，但讓我別再這般害人，我本想住手的！」道士忙表清白。「但都是她！」他指著官小姐道：「都是她逼我的呀！她讓我趁仙姑不慎，對仙姑施以咒術，改了仙姑的記憶，讓仙姑去除妖了……」

重華皺眉問：「咒術只是改了記憶？可會害人性命？」

「不會、不會！」道士忙道：「我怎敢害仙姑性命，只是小的……當真學藝不精，那咒術若長久不解，怕是對腦子……不大好……」

我點頭。「那你自己割塊肉下來，我們拿回去救人。」

道士嚇得臉都白了。「使不得、使不得。姑娘既通咒術，小的給妳一綹頭髮便可解仙姑的咒。」

我點頭同意。石大壯毫不客氣地揪了他一綹頭髮下來，道士疼得直揉腦袋，卻半句話也不敢抱怨。

石大壯踹了他一腳。「這書生的咒還不快解！」

「這就解、這就解！」道士伸手去抓書生的手，那官小姐卻像瘋了一樣猛地將他推開。

「不准碰他！」她喝道：「他是我的！只是我的！他的記憶沒有錯！我讓他知道的就是他的人生！我已經有了他的孩子！你們不能把他從我身邊帶走！」

我皺起了眉頭。

那道士見我如此表情，登時一慌，比官小姐更大聲道：「妳這瘋婆子！都什麼時候了還想著要男人呢！他都快被妳害瘋了！我先前真是被豬油蒙了心才來幫妳的忙，妳再不讓開，不要怪我對妳不客氣！」道士轉頭看著我笑。「嘿嘿，姑娘，妳說是不是這個理。」
我沒說話。
官小姐瘋了一般，死死抱住書生，赤紅著眼道：「不行！不能帶走他！我好不容易才讓他和我在一起！好不容易才有了現在的生活……」她怒瞪著我。「你們為什麼要來！你們憑什麼打亂我的生活！」
我直視她的眼睛。「姑娘，妳可知，妳先前便是這樣打亂那狐妖姑娘的生活的。」
她一愣，咬牙道：「她本就是妖，人妖殊途……」
我沉默，往旁邊看了看重華。他察覺到我的目光，側過頭來，四目相接，我在他清澈的眼眸裡是那麼清楚地看見自己的身影。
我撇嘴道：「是啊，妖即是惡。」
重華眸色微深，卻沒有說話。
我轉過頭去，繼續道：「可妳不是恨妖，妳也不是嫉惡如仇，妳沒妳想像中那麼善良和正義，妳只是嫉妒。」
我本預想著這句話說出來，能換得官小姐震驚之後幡然省悟的神情，卻沒想到在我眼角餘光中的重華，目光比那官小姐更為震驚。他驚得都讓我不得不轉頭去詢問：「我的話砸到你哪裡了嗎？」
重華慢慢收斂了驚訝，神色變了幾番之後，卻變得比之前更為冷漠。「與妳無關。」

那你驚個甚？我撇了撇嘴，學著他的模樣，嫌棄地瞄了他一眼，繼續對官小姐道：「生前作孽太多，死後是會下地獄的，那裡風光不大好，妳可掂量清楚了？」

「生前何必管死後事。」

凡人總是這般目光短淺，不過這也是他們的天性。我招了招手。「石大壯，咱們走吧。」

石大壯微怔，卻也沒再說什麼，只厲聲警告那道士：「若下次再教我知道你以此手段為非作歹，我定親手廢了你。」

那道士忙不迭地點頭。

我轉身離開，走了幾步卻見重華立著沒動，於是轉頭喚他：「重華，走了，你不是還要回去找劍嗎？」

他在幾步之外定定地看了我一會，終是抬腳跟上。

還沒走出小院，便聽見那官小姐吩咐：「把他的咒術加深……」

「哎……可……」

「最後幫我一次吧，道長，就當作做好事，看在孩子……」

後面的話聽不見了，石大壯施了一個遁地術，不過眨眼間我們便落在梅林小院裡。

「總算是了了一齣事。」我伸了個懶腰。「大壯，你讓小石妖們去找的劍可有下落了？」

「你們先歇著。」石大壯道：「且待我去問問。」

重華道：「我隨你去，若是他們未曾找到，我便親自去找。」

我在他身後猛地捶了一下他後背，重華一時沒忍住便咳了出來。他怒視我，卻咳得連一句指責也說不出來。我道：「前些日子你便受了傷還沒養好吧，今天又被打亂了內息，內息亂了豈是這會兒工夫能好得了的？你便別逞強了吧，回頭找到了劍，還得御風回流波山，還是省省力氣，先歇著吧。」

石大壯見狀失笑，自顧自地出了小院。

我也沒搭理重華，回了自己住的那間屋子。

石大壯回來時，正是紅霞滿天、百鳥歸巢的時候。

我在我以前的屋裡翻出了幾本已作古的話本子，正重溫得精神，忽聽院外有女子嬌嗔。聽聲音，與之前纏住石大壯的那個女子還不是同一個。我合上話本子，大嘆如今人心不古，開了門便貼到大門那方聽熱鬧去了。

外面的女子好似在哭哭啼啼地說些什麼，石大壯只有一聲「妳且回吧」，當真是薄情至極啊！

我聽得專注，卻不想大門忽然被推開，門扉「啪」地打在我臉上。我連連後退，正要站不穩時，卻退倒在一個懷抱裡。

不是重華，還有誰。

他一如既往地皺著眉。我笑道：「你壞哦，也跟我一起聽牆角。」

重華額上青筋突了突，放開我便往門口走，將進門來的石大壯上下一打量，沉聲道：「還未找到清虛劍？」

門外的女子已經走了，石大壯輕輕合上門道：「我已著他們今夜加緊找了，約莫明日便能找到。倒是除了這個，我還有一事想與你們商量。」

石大壯又道：「今日去詢問石妖們清虛劍的下落之時，有一小石妖提到那狐妖好似還有個妹妹。不過她妹妹天生與其他妖怪不同，她姊妹倆一同修行，姊姊都已經化成人形許久了，妹妹還是變不成人形，只能保持狐狸的形狀。石妖們與我商量，看能不能將今日拿回來的這狐妖內丹送與她妹妹，若能助得她妹妹化為人形，也算是盡了一份心意，不辜負狐妖這麼多年的修煉。」

這倒是個好想法。我轉頭看重華，他垂眸想了一會。「照流波山慣例，妖物內丹我需帶回流波山封印。」

石大壯一愣。「這……」

我隨地撿了塊石頭，在手中一變，石頭便變得與狐妖內丹一模一樣了。我道：「這才是狐妖內丹，你拿回去封印吧，你兜裡那個是假的。」

重華眼角抽了抽，冷哼一聲，拂袖而去。

我撇嘴扔掉手中石頭，石大壯笑問：「妳這下子惹怒了他，內丹可更不好要了。」

我輕嘆。「到底是怎麼長大的，長出個這麼沒人性的脾氣。」他這一世的父母，教得可沒有我好。

「不給也罷，左右也不過是個心意。」石大壯將手裡的一個油紙包舉起來晃了晃。「妳也別氣，今晚就先吃吃烤肉、睡個好覺。」

我大喜。「好好！不叫重華！他掃興！」

石大壯勾唇笑。「妳說這麼大聲，誰都聽見了……不過正好烤肉少，我們倆分剛剛好。」

我一邊接過油紙包，一邊問：「我埋在院裡梅樹下的酒，你給我挖出來喝了沒？」

「妳在哪裡埋了酒？」

我與石大壯對視一眼，於是愉快地將那兩大罈子百年陳釀挖出來。

搬著酒，提著肉，到梅林深處對月共飲。

第十七章

酒過三巡，天上的月亮變得有些朦朧了。我啃著烤肉，聽石大壯在耳邊道：「我還以為，以妳的脾氣，今天定是會讓那道士解咒的。沒想到妳竟甘心這麼走了。」

「解了咒有什麼好處嗎？」

我晃了晃手中的酒杯，看裡面的月光被我搖碎。

「狐妖已死，解了咒，書生也不能跟她回到從前那樣的生活。書生說不定會埋怨自己，然後從此喪失意志。而那個官小姐也已經有了孩子，大人的錯總不能讓小孩擔著。且不論解咒之後，這書生會怎樣看待那個孩子；便說沒了書生，官小姐能不能生出孩子來都是個問題呢。解了咒，看起來咱們好像守護了什麼公平啊、正義啊，但是，完全沒有意義嘛。一舉毀了三個人，我可不幹這種缺德事。」

石大壯輕笑。「三生想得通透。」

「你呢？」我轉頭問石大壯。「其實我一直都想問問，你和夏衣之前到底是怎麼結局的？」

石大壯淺淺酌了一口酒。「她哥哥給她訂了婚，但是她逃婚了，她一路被人追著，她也一路追著我。後來，她替我死了。」

很短的故事，卻在講完之後讓月色更涼了幾分。

「所以……你現在……」我比劃了一下，不知道怎麼形容之前的那兩個女子。「是已經放開了過去，過上了新的生活？」

石大壯一笑。「沒有。」他聲音有些啞：「三生，妳是知道我以前很蠢笨的。夏衣死在我懷裡，我甚至都形容不出當時自己的感覺。只是恨自己，卻又連為何要恨自己都不知道。以前我曾問妳，會不會用命去喜歡誰，夏衣會，她做到了……她也開始讓我痛恨自己，我看見了自己以前的膽小和卑鄙，我開始知道她那麼不容易……」

他好似說不出話地停頓下來。

我惆悵地灌了一大口酒。「可不是不容易嗎？以前不理解她，這一世自己終於是體會到了，自己喜歡的人不喜歡自己，還要去死皮賴臉地追求……做這種蠢事需要那麼多的勇氣，哎……我的存貨都快用完了，不知道回頭能上哪兒去借點兒。」

「呵，夏衣，可是從沒向誰借過。她就像是夏夜的螢火蟲，把自己所有的光燒完了，便毫不猶豫地赴死，決絕得令人措手不及……」石大壯道：「葬了夏衣之後，我要幫她報復我自己，我想過很多法子來懲罰自己，可我覺得都不夠。後來，我開始努力讓自己去愛上誰，我想把她受過的苦都受一遍……」

「大壯……」我不忍心道：「我實在是不得不說，當初的你，真是太……憨直……這是人幹的事嗎？」

石大壯也笑了。「所以啊，不出意料的，我誰也愛不上。一直到現在，沒有幫她報復到自己，反而與女人相處越來越游刃有餘了。我想，我大概是天生不會喜歡人的吧。」

我咬了塊肉，一邊嚼一邊問：「你想念夏衣嗎？」

石大壯看酒杯看了許久。「想。」

「那你大概也受到了懲罰吧。」我嚥下肉，與愣神的石大壯碰了下杯。「現今談如此傷感的話也沒用，喝，不醉不歸！」

我一仰頭，又灌下一杯酒，不知飲了多久，天上的月亮開始從一個變成兩、三個。夏夜涼風吹上腦門，我覺得人生真是愜意極了。

石大壯已經在我身邊抱著酒罈呼呼睡過去，我覺得小風吹得正好，打算在林子裡散會兒步，說不定……說不定我又能遇見一個小陌溪，可憐巴巴地拿著掃帚在掃地，然後我又可以拿著一包糖將他勾搭勾搭，那可真是，手到擒來。

不知晃蕩了多久，我忽見前面梅樹邊立著一個人影，白衣藍紋，是流波山仙門的打扮。

我揉了揉眼湊上前去，還沒將他的臉看清楚，便聽他道：「想假借醉酒逃跑？妳可還記得，妳給自己下了一個印？」

我努力地想將他看清楚，可是他卻一直左右不停地來回晃，我心急地想一把將他抓住，可卻沒想他竟然躲開了。

「別動！」我喝道：「讓我好好看看你。」

我邁了一步，可卻不知怎地，忽覺腦子一暈，接著便覺天旋地轉，一仰頭便往地上倒，但新奇的是，我後腦杓卻沒感到什麼疼痛。我伸手胡亂地揉了揉，卻奇怪地揉到另一個人的手。我順著他的手背摸到他的手指，骨節分明、肥瘦合適，可以烤了。「這蹄子長得甚好。」

那人好似被調戲得怒了，手猛地抽回，我卻更快地將他手掌拽住。

這下子我躺在地上，腦子雖然還有點暈，但好歹他人不晃了，我終是將他的五官慢慢看了清楚。他的眼睛帶著月色清冷的輝光，看得我心底莫名一動，不知怎地，鼻頭一酸，眼眶一紅，淚水跟不要錢似地噴湧出來。

「陌溪啊……」我喊：「陌溪啊，我好想你。」

我一隻手將他緊緊拽住，一隻手要去攬他脖子，卻被他空閒的另一隻手無情地拍開。

他的拒絕讓我心裡登時委屈得受不了。「為什麼不讓我碰你！」

他的眉頭狠狠地皺起來。「妳喝多了。」

「你說了要一直對我好的！你說過你會唸話本子給我聽的，你說了要一直讓我欺負的，你說你永遠贏不了我。你說了那麼多，卻沒一句話是真的，你是騙子，你說話不算話。」

「我不是妳要找的人。」

「你是！」

「不是。」

「那你證明你不是！」

「……」

「你就是。」我把臉貼在他的掌心，輕輕蹭著。「你是陌溪啊，我最喜歡的陌溪。」

陌溪沒有再狡辯、掙扎，任由我拉著他的手磨蹭，然後在他掌心落下輕輕一吻。「不過沒關係。」我在他掌中輕聲道：「是我決定來勾搭你的，這些……都沒關係。」

世界沉寂下來，我耳朵裡除了蟲鳴，別的聲音都慢慢退去……

翌日。

我在「篤篤篤」的急促敲門聲中醒來。窗外陽光正好，我打了個呵欠，想去院子裡開門，但呵欠打完，閉上嘴，卻回味出嘴裡有股奇怪的血腥味，眼睛也澀得緊。我抹了抹嘴，揉了揉眼，感到奇怪地拍了拍腦袋，怎麼有什麼地方不對的感覺？

我套上鞋子、披上衣裳，慢吞吞地摸下床，拉開房門，從縫隙裡看見重華已經去開了院門。

那院門口似乎是一個小石妖，看見重華，有一瞬的怔然，隨即怯怯地問：「巖岫大人不在嗎？」

「不知道。」

我看不見重華的表情，但隱約聽出他語氣中的不高興。一大清早如此不悅，他肝火未免也太旺了些。

小石妖有些發怵。「那……那我待會兒來好了。」他轉過身，邁了兩步，在重華關門之前又退了回來，拿手抵住門，水汪汪的眼睛直勾勾地盯著重華，眼神裡的害怕與堅強一起閃閃發亮。

「那個……」

他聲音極小，重華卻出人意料地沒有像平日那樣毫不客氣地對待妖怪，而是耐心地等著小石妖的下文。

「我聽巖岫大人說，小狐狸姊姊的內丹在你……你這兒是嗎？」

「嗯。」

他鼓起了所有勇氣一般，道：「可以給小狐狸嗎……」

重華沒答話。小石妖怕被打走似的，伸出手，可憐巴巴地捏住重華衣襬。「求求你……」

我被這小妖怪的模樣萌出了一臉血，正想撲上去將重華的衣服扒了，搶了內丹遞給小石妖的時候，卻聽重華道：「好。」

小石妖渾身發著抖，不敢置信地抬頭看重華。

重華從懷裡摸出一個物什，金光閃閃，正是那狐妖的內丹。我驚訝地眨了眨眼，卻不是詫異於他將內丹給小石妖——昨日我看他的眼神便已猜到他會把內丹拿出來，所以我對他這舉動並不感到意外——讓我詫異的是，重華的手上竟纏了白色紗布，還有血色從紗布裡隱隱透出來，看來是流了不少血。

他是什麼時候受的傷？

「這便是那狐妖的內丹。」在我琢磨他受傷之時，重華對小石妖淡淡道：「此後若有人問起如何得來此物，你便說是在地上撿的，不許提我。否則，我現在便將它捏碎。」

小石妖被唬得一抖，但見重華沒有別的動作，這才戰戰兢兢地接過內丹，細細打量起來。「當真是狐仙姊姊的內丹！」他眨巴著大眼睛看重華。「你不收我，還願意把內丹給小狐狸，你這個道士不像他們說的那麼壞……」

重華背對著我，我看不見他的表情，只聽他冷冷道：「且回吧。」

他一轉身，堪堪看見了拉開門縫的我。四目相接，他見被我撞破這件事，表情有一瞬的尷尬。

「你誠心待我們，我也得做個誠心待你的好石頭。」門口的小石妖還沒走，抱著內丹，堅定地說：「我和你說吧，與你一同來的那個姑娘不是個好姑娘。」

我瞪眼。喂喂！血口噴人啊！我何時做了不是好姑娘該做的事了！

小石妖垂著頭沒看我，自顧自道：「先前那次，你與狐仙姊姊動手被打暈了，那姑娘親口對大夥承認的。她說她是被你脅迫的，被逼無奈才助你來此除妖。」

我喉頭一梗，想起那天隨便亂謅的一通話。這下子被人當面點破，只好咬著嘴巴摸鼻子。

重華卻瞇起了眼，神色微妙地打量我。

「她還說你被打暈，是因為她在你和狐仙姊姊鬥法的時候，在你背後使了暗招，然後還打算將你埋了來著。」

這小石頭疙瘩大的腦袋，將我的話記得還真清楚！但見重華看我的神色越發微妙，我惱羞成怒，擼了袖子，一聲大喝：「呔！可恥告狀小兒！看我今日不抽你！」

小石妖大驚，驚恐地看了我一眼，拔腿就跑，卻還沒忘大聲喊：「你是好道士，我才救你的！以後別胡亂殺妖了！」

我也沒當真去追他，看了看重華的臉色。他倒是沒生氣，臉上也不見素日的嫌棄與嘲諷，正常得讓我有些不習慣了。

我斯文地放下袖子。「你聽我解釋，事情不是你想的那個樣子……」重華邁腿要回屋，我忙扒開屋門，撲上前去攔他。「你聽我解釋啊。」

他沒理我，於是他向左，我便向左；他向右，我也向右，始終擋在他身前。「當時著實是為情勢所逼，我才不得已說出那番話，你想也知道，我怎麼可能害你……」

「我沒說妳害我。」似被我纏得不耐煩了，他終是扭過頭，輕聲道：「妳不需要解釋。」

我愣住。

許是我將他盯得太久，他竟有點不好意思起來了一樣，輕咳一聲，繞過我，快步回了房間。

這是什麼意思？

他是相信我不會害他？還是已經厭煩得連話也不想同我說了？從他剛才的表情來看，卻是前一種的可能性要大一些。

我眨了一下眼睛，他信我不會害他，沒有再用「妖即是惡，絕對不會做好事」的態度來看我了。經過這次「除妖」，重華竟是得到了精神的昇華！這簡直就是生命的進步啊！

我又轉而一想，在小石妖說得那麼篤定的情況下，重華還是選擇相信我，可見這些時日，我在他心目中的形象已是蹭蹭蹭地往上漲啊，更說不準他已經……

「哎，我還沒使多大力氣，你就被我勾搭上了，看來我也生了個狐媚子的容貌。」

「呵！」

忽聞背後一聲輕笑，我轉過頭去，但見石大壯邁步進來，笑道：「我這可是擾了姑娘的孤芳自賞？」

「我原諒你了。」我大度地一擺手，隨後問：「你這大清早的，是去了哪兒？」

「自是去將昨日咱們喝的那一攤給收拾了呀。」石大壯笑道：「妳倒是鬧騰舒服了，一晚上上竄下跳地叫陌溪，將園子裡倒騰得一片混亂，末了還逮著人家重華尊者死命咬了一口，他手上的肉都快被妳咬掉了，妳是有多恨他啊……」

我張著嘴靜默了一會。「你說我昨晚幹了啥？」

「拔了幾棵樹，咬了一個人，順帶抱著石凳子哭了一個多時辰……」

「別說了……」我抬手制止他。

石大壯笑道：「怎麼，這會兒可是悔不當初了？」

我暗自興奮地握了握拳頭。「沒，我只是覺得……」我抬眼望向重華緊閉的房門，眼睛裡彷彿有光要將那門上的紙灼穿。「我這樣鬧騰，今早重華還沒與我生氣，除了他傾慕極了我，我實在找不出別的理由可以解釋了。」

石大壯適時默了一會。「還好以前陌溪讓我迷途知返了。」言罷，換了話題。「方才我回來時，碰見小石妖了，他說已經找到了清虛劍，妳待會兒問問重華，是打算歇會兒再去拿，還是……」

「吱呀」一聲，房門打開，重華身形如風。「帶路，現在便去。」

看起來他著實是著緊那把傲嬌的劍，不然，怎麼會急得連聽牆角這種事情都暴露了呢……

清虛劍果然還插在我丟下它的地方，它有氣無力地嗡鳴著，我掃一眼四周。「對了、對了，正是此處。」

重華將劍握住，心疼地以袖拭劍，這模樣似是上一世的陌溪，害怕我被人欺負時露出的表情，讓我沒來由地對這把劍有些吃味。

收劍回鞘，重華對石大壯禮節性地一抱拳。「多謝，這便告辭了。」

我愣然。「這便要走？」

「還留著做甚？」

其實，我還想陪重華多去除幾個「妖」，做一對行俠仗義的神仙眷侶，但沒關係，眷侶做不了，換成圈禁虐戀的怨偶也成。閱覽了天下話本子的我，口味也算是極廣的。

我點頭。「如此便走吧。」我對石大壯道別。「其實你可以不把心思花在別的女人身上，你大可去找找夏衣，說不定，你們緣分未了，一轉頭，又瞅見了。這一次，只要你不作死，約莫就沒有人會死了。」

石大壯失笑。「好。」

重華施了御劍術，清虛劍在他腳下，托著他與我飛了起來。升到半空中，我向下一望，只見先前來的那個小石妖正在溪邊，蹲在一隻小狐狸面前，將那狐妖的內丹餵給小狐狸吃了。

小狐狸嚥下內丹，身上隱隱閃出了些許金光，模樣開始變幻，漸漸成了一個人的樣子，那五官……

清虛劍陡然升起，四周登時化為層層白雲。

「哎……」我輕呼。

重華微微側頭。「何事？」

「沒……」我向下看了看，已經看不見靈玉山的影子了。還真讓我給說準了，緣分未了，剩下的，且看你二人是否自己作死了……

第十八章

御劍回到流波山，路過靈湖時，我看見湖面上還有人在清理化為齏粉的千鎖塔的塵埃，我不由得感慨。「我在千鎖塔的時候，沒覺得它有多大啊，怎生得你們流波山弟子打掃了這麼久還沒將它打掃乾淨？」

重華沒回答我的問題，卻直接將我丟進他後院的結界中。青靈道姑則是被抬到結界裡我住的那間小屋裡，來讓我替她解咒。

我的咒術習得也不是太好，還得一日一日慢慢替青靈解。我解咒解得慢的最重要原因是，我這裡扣著一個他的師妹，也算是流波山的「老輩」，他每天好歹也得抽時間過來看看的。我若一下子就把青靈的咒解了，那重華日後怎麼來看我呢？

在替青靈解咒的過程中，我極力為自己爭取自由，賭咒發誓自己絕對不會再毀他流波山一草一木，但重華始終無動於衷。

他把青靈丟在我這兒，便投入了忙碌的門派事宜當中。我則整日治一治青靈，又在院子裡閒得逛一逛，若重華來看青靈了，我便將他調戲調戲，日子過得還算愜意。

是日，剛替青靈的咒解了幾分，我見天色晴好，便突然來了興致，捏著話本子，嗅著梅香，漫步在花影之中。

恍然間覺得又回到了上一世。我整日懶在屋裡，陌溪自學堂回來之後，伴著明媚的陽光，推門進來，輕輕喚我一聲「三生」。

我享受著這難得的記憶中的餘韻，閉著眼想像上一世的陌溪陪伴在我身邊。我向前一步，他也向前一步，不多不少，剛好能在我向後一倚便能倚靠得到的地方。

我走走停停間，似乎每一步都有陌溪的跟隨。睜開眼，眼前依舊是紅梅傲雪。我回頭一看，卻嚇了一跳，陌溪竟真的負手站在梅邊，定定地望著我，不知看了多久。

我欣喜地笑起來，「陌溪」這兩個字到了嘴邊，又嚥了下去，變成「重華」喚出聲去。

他不知在想著什麼，還怔愣著沒回過神來。

我歡快地蹦躂過去，張開雙臂，動手便要抱他。這些日子不見，讓我甚是想念。

他不出意外地閃身一躲，我本以為這一抱會撲個空，卻沒想到抱住一個劇烈顫抖著的小小的身影。我將懷裡的小東西提出來一看，頗為驚異。「長安啊，你來這裡做什麼？」

這貨就是先前那個以為我要將他採了陽的小道士，他與上一世的小陌溪長得相像，我見著了他，總是不由自主地心疼、喜歡。

他卻只顧著抖，沒有答我的話。

我感到奇怪地瞅了瞅站在一旁的重華，他神情這才變得如往常一般冷漠。他斜了長安一眼，淡淡道：「好好反省。」言罷甩了衣袖，轉身便要走。

長安見他要離開，拚命地掙開我，奔過去，趴在地上，抱住重華的大腿，一臉鼻涕、眼淚淌得好不歡騰。

「仙尊！仙尊！別把長安一人留在這兒！長安不想死！長安不想死！」

我抹了抹汗。我尚不記得自己到底是做過怎樣天怒人怨的事，竟然讓這孩子怕成這樣。上次打了一山的小道士，不也獨獨放過他了嗎？這孩子怎地不知感恩，還如此怕我？我不平地戳了戳他的小腿肚，換來長安更為驚恐的眼神，活像是我當場就會扒了他褲子為非作歹一般……

重華一甩衣袖，拂開長安，淺淺地瞥了我一眼，道：「與同門相爭，致其傷重，罰你獨省一月已是極大的寬容，休要在此號哭，丟人現眼。」

我眨巴眨巴眼睛，心裡算是明白了他的意圖。

想來我與他共患難那段時間的表現，已讓他覺得我著實是個安全的好人，所以才放心地把自己犯過錯的弟子扔到這裡來，想借我的「惡名」嚇對方一嚇。

我唯有在心裡為自己叫屈。

重華拍拍袍子，兀自灑脫地走了。留長安一人趴在地上，哭得渾身抽搐，滿面淒涼。

我戳了戳他的頭，長安腫著一雙眼，抬頭望我。我和藹一笑。「咱們聊聊？」

費勁地與這小孩聊了半天，連哄帶坑地，終於將他為何被罰來這裡的事情問了個清楚。

這話要從上次我毀了千鎖塔，放了那隻狼妖說起。我本以為我放了那狼妖，他自應跑得遠遠的，忘記此間恩怨，重新做個好妖。卻不想那狼妖竟是個執著的貨，他不但沒就此隱沒，反而集結了一些對流波山有怨恨的妖怪，欲一舉摧毀流波山。

既然得知狼妖有了這陰險的動作，流波山自然不能坐以待斃，所以決定宴請各大修道門派的掌門們，共商禦敵大計。

長安的故事就是在這樣的大背景下展開的。

話說當流波山的小道士們都在為明日宴席準備的時候，上次被我狠打了一通的長武，在床上養傷養得無聊，吵著要吃明日宴席上給嘉賓們吃的果子，正巧看見長安端著果子路過，便想討一個來嘗嘗。長安又是個老實孩子，不肯給他，兩個小孩幾番言語的衝突下來，長安忍不住推了長武一把。

由於長武正傷著，一時不察，竟被長安直接從床榻上推下去，臉著地，摔了個頭破血流。這一幕恰恰被路過的某長老看見了，長武哭鬧不斷，長安百口難辯……

於是乎，他就在這裡了。

他與上一世的陌溪太過相似的這張臉涕泗橫流，讓我看著覺得無比鬧心。我好言安慰了他幾番，賭咒發誓地要為他報仇，他終是慢慢歇了號哭，抽噎了半晌問我。

「妳、妳對我這麼好，是想把我洗乾淨，然後、然後採、採了我嗎？」

我嘴角抽了抽，真想知道他師父素日都灌輸了些什麼思想給他。

我捏著他胖嘟嘟的臉頰，淫邪一笑。「採，當然要採。不過我只想採了你們仙尊，把他採得乾乾淨淨，採得精盡而亡！」

「仙、仙尊……」

我捂著心口，深情道：「是啊，本來你這皮囊也生得不錯，奈何小了一點。而我心裡也早住進了你們仙尊，滿心他的身影，滿腦他的風姿，入睡前想的是他的嗓音，清醒時想的是他的面容。不見他時，思念成狂；而見他時，我又心跳如鼓。在我不能察覺的時候，我已為君傾心，傾得神魂顛倒、不可自拔，情難自禁地想將自己交代出去……」

「仙尊。」長安伸出一個小小的指頭，往我身後指了指。

我回頭一望，只見青白道袍劃過梅邊，撫落一枝紅梅上的白雪。他走得太快，我甚至連他的身影也沒認出。

居然，跑了……

「當真是你們仙尊？重華尊者？」

長安點了點頭，又想了一會，道：「仙尊走時，臉是紅的。」

我怔愣了一下，輕嘆一聲，喃喃自語道：「重華啊重華，沒想到你還有這麼個怯場沒用的模樣，我不就和你表個白嗎……」

結界裡的夜雖然冷，卻並不陰寒，我常年生活在忘川河邊，不畏懼這點寒冷。但是長安卻不一樣，再是天資好的孩子，也總歸是個人類。我讓他睡在青靈身邊，幫他鋪好了被子，也點燃了素日都不點的柴火。我關門往梅林裡面走，打算找個平點的地方，在雪地裡將就一夜。

為什麼去梅林裡睡？自然是那孩子見我在旁，死活睡不著覺！

我選好了地方，抱著胳膊躺下，心道自己終歸是個善良的靈物。

第二日清晨，我醒來時卻見長安拿著一張被子，輕手輕腳地替我蓋上。見我睜開眼，他嚇了一大跳，哆嗦了兩下，連連往後退去，腳下一個踉蹌，狼狽地摔倒。我起身欲要扶他，他卻連滾帶爬地跑了。

我伸著手，額頭青筋突了突，想忍卻沒有忍下來，張口正要罵人。那小屁孩卻躲在一株梅樹後面，探頭探腦道：「那個……那個，今晚，妳還是可以進屋睡的。外面……冷。」

我靜靜地盯了他一會，嘆氣道：「我叫三生。」

他眨著眼，過了好久才怯懦地叫了我一聲：「三……三生。」

我欣慰地點了點頭，自屋裡搜出前些天重華給我送來的話本子，倚在梅樹下，愜意地看起來。這是一齣才子佳人久別重逢、破鏡重圓的故事，非常符合我現下的心境，自是看得十分投入。

又是一日晴好，青靈的咒我便是解得再慢也解完了，可我卻還不想讓她醒來。我與重華，尚未有點實質性的進展，將餌放跑了，我拿什麼釣魚啊。是以今日解完咒，我便點了點她的睡穴，讓她保持閉眼。

午時，重華似是從繁忙中抽空出來，到了我這小院中，他開口便問我：「青靈的咒還未解？」

我眼珠子一轉。「當初說給她解毒、解咒的時候，你可還記得，我跟你提過要求？」

重華眉頭一皺。

「我當時讓你做我的人你不肯，讓你親親我你也不肯，我大度，這些都不與你爭了，但你好歹還是得答應我一件事啊，不然我可就是白幫你這麼多忙了，這買賣不划算。」

「妳待如何？」

我一笑。「我待要你，給姑娘我笑一個。」

重華額上青筋一跳，還沒說話，忽聽旁邊「嘩啦啦」一陣亂響。我倆轉頭一看，見小小的長安驚呆了地望著我與他家仙尊。他手裡抱著的，是我先前看完了便亂扔在林子裡的話本子。

長安這孩子老實，總愛幫我收拾東西，這下子一嚇，手裡的書全掉在地上。「妳……」他小小的臉蛋漲得通紅。「妳這是像師父說的那種逛花樓的男子一般……在調戲仙尊嗎？」

我眼睛一亮。「長安，你師父當真是個妙人兒！」

瞧這形容，多貼切！

重華卻惱羞成怒，厲聲喝道：「胡言亂語！」他打嘴仗打不過我，便轉頭找長安的不痛快。「休要以為在此地關禁閉便不用修行，還不回去看書勤修心法！」

長安還是極怵重華的，被他一喝，立馬撿了地上的書，慌忙跑了。

我斜眼看他。「拿小孩子出氣可真不是個英雄。」

重華隱忍地捏了捏眉心。「青靈何時能醒？流波山不久之後有一大會要召開，她身為掌教之一，需得在場。」

「你答應了我的要求，我便讓她醒。」

我這話說得直白，本還以為重華得氣上一氣，但他好似已經習慣被我折騰，只無奈一嘆道：「只要不違背常倫，不符禮數……」

不想聽他說空話，我一揮衣袖，一個石桌、兩個石凳平空出現，桌上擺了一盤棋。我道：「你與我來下盤棋吧。」

他一怔。

我主動選了一方坐下。「咱們還是像以前那樣，我持黑子，你執白子可好？」我將白子推向他那一方，重華卻仍舊站著沒動。

「我何曾與妳對弈？」

我繼而笑道：「我以前與人下棋時都這樣。」我抬頭看他。「你不會連與我下棋都覺得是違背倫常、不符禮數吧？」

他終是坐在我對面。

我將棋子遞給他。「你便當是消遣就是。」

重華接過棋子。

然而一局棋沒下到半炷香的時間，棋盤上勝負立判，重華敲著棋盤，難得在我面前心情好地勾起脣角。「消遣？」這兩個字問得略帶譏諷。

我也沒惱。「我知道我贏不了你。」我將手裡的黑子遞給他。「所以，你來教教我吧，怎麼贏你。」

他望著我，盯著我手中的黑子沉默許久，眼眸中沉凝著幾分我看不懂的情緒。最後他還是沒動，只淡淡道：「幫妳贏還有這種道理？」

「你與我下棋，就是這種道理。」

「妳輸了便是輸了，我斷不會幫妳來贏我。」

他這態度和言語與我記憶中的相差太遠，讓我一時沒反應過來。我終是將黑子放下來，想了想，道：「好吧，這盤棋算我輸了。」我將棋子隨手一扔，道：「不過我遲早能贏回來。青靈道姑也該醒了，去看看她吧。」

言罷，我起身離開。

進了小屋，我手一揮便解了先前對她下的昏睡咒，沒一會便見青靈皺著眉頭呻吟幾聲，然後慢慢睜開眼。

重華自我身後跨入屋內，行至青靈身邊。青靈一睜眼見是他，略有幾分驚異。「師兄？」她抬手揉了揉額角。「我這是……怎麼了？」

重華道：「先前妳去西方靈玉山除妖，重傷而歸。」

「是嗎……」她闔上眼，搖頭。「我知曉我去靈玉山除妖，可怎麼受的傷，我卻一點都記不起來了。」

重華回頭看我，我撇嘴、攤手。能解了咒都算是不錯的了，還指望我能解得多好嗎？

重華倒也沒怪我。「記不起便罷了，身體可還有大礙？」

「只是累得緊，應當是沒什麼事。」青靈默了一瞬，小聲道：「此次多謝師兄搭救。」

重華剛欲開口，我便搶過話頭道：「著實得好好謝謝妳師兄，他自己傷尚未好，便急著幫妳找治傷的方式了。」

重華聞言，略感詫然。

青靈這才挪來一個眼神看我。「是妳？」

我點頭。「是我，妳吩咐那群小道士將我帶回流波山後，我現正被關在妳師兄寢殿後面的紅梅小院裡呢。」

青靈還待說話，重華便道：「此事稍後再說也不遲，我先著人來此帶妳出去調養。」

他走出小屋。我不想與青靈待在一個屋子裡大眼瞪小眼，於是便跟在他身後一同出了去。

重華沉默地走了一路，待快出結界之時，他忽而道：「方才妳為何不說是自己救了她？」

「我不喜歡她，也不需要拉攏她，所以沒必要讓她記著我救她。但你是流波山掌門，你需要。幫陌……幫你招攬人心，這自是我該做的事。」

我尚記得，上一世最後一眼見陌溪，他是那麼的無助，上至文武百官，下至販夫走卒，沒有誰肯為他說一句話。所以這一世，我希望不管在什麼時候，都有人能幫幫我的陌溪，至少不要讓他，孤身一人。

重華側過頭，目光靜靜地停在我臉上。我看不懂他眼裡的神色，只覺那幽深的眼眸像是要將我拉進去似的。

默了許久後，他扭過頭，聲色薄涼。「我不是妳要找的那個陌溪，我的事與妳無關。」他走出結界，聲音小得有點朦朧。「妳不該把對另一人的好，理所當然地轉嫁到我身上。」

「為何不該？」我揚聲道：「我不僅會把對他的好轉嫁到你身上，我還想把自己轉嫁到你身上。」

前面的重華腳步一頓，握拳走了。

他這步伐踏得比方才生氣了許多。我輕嘆，不管怎麼輪迴轉世，陌溪好似都很喜歡莫名其妙的生氣呢。

我轉身往回走，路過方才與重華下棋的地方，見長安趴在桌子上看棋盤，我一笑，走過去拍了拍他撅起來的屁股。「小不點還懂棋？」

長安立時捂了屁股，一臉驚慌地看我，但見我沒有別的動作，才嘟嘴道：「師父常誇我聰明，教過我下棋。」

我一笑。「哦？那你說說，這局棋是誰贏了啊？」

長安數了數棋子。「黑棋贏了。」

我嘲笑他。「還顯擺自個兒聰明呢，這分明是……」我轉頭一看棋盤，愣了。「這確實是，黑棋贏了……」

是重華他……在我走了之後，幫我落了子啊……

我望向梅林外的重華寢殿，失神道：「長安啊。」我伸爪子捧住他的臉狠狠搓了搓。「痛嗎？」

他的臉在我雙手間死命掙扎，我點頭。「看來是痛的。」

長安掙脫了我，立即跑到桌子另一邊去躲著。「當然痛！又不是在作夢！」

是啊，又不是在作夢。

我一捂臉，在長安驚駭的目光下，就地打了個滾，撲騰了許久也平復不了胸腔裡歡騰蹦躂的心跳。

轉嫁重華……這說不定也不是一個夢啊。

第十九章

今夜是流波山宴請各大掌門的日子。

天色晚下來的時候，我正巧將這本話本子看完。一抬眼，發現今晚的流波山燈火通明，照得天空也亮上三分。

我感嘆這重華的圈禁之術修得太好，讓我著實找不到空子鑽出去。我除了勾搭陌溪之外，最大的愛好可就是湊熱鬧。我閒得無聊，繞著梅林四周逛了一圈，沒見著什麼漏洞，便也死了念頭，準備回去洗洗睡了。正在這時，我晃眼瞧見兩道白色的身影閃過大殿後門。

好奇心一起，我定睛一看。呦！這不正是重華尊者和青靈妹道姑嗎……

此時我只見那青靈道姑拽著重華的廣袖，一臉的急切，但是重華的臉卻藏在陰影之中讓我看不真切。他們擺出這麼令人遐想無限的動作……

我暗自咬牙握拳——你們，到底想幹麼！

我藉著夜色的遮掩，藏好自己的身影，蹲在梅樹後聽著他們的對話。

「師兄！」青靈急切道：「如今狼妖進犯，你怎可還將那來路不明的妖物留在這裡，應當盡早除掉才是！」

我嘆氣，都說了幾千次了，我是來路不明，但真心不是妖物啊！

重華的身影晃了晃，道：「此事改日再議。」他的嗓音有些沙啞無力，像是被人灌了不少的酒——

醉了。

青靈卻不依不撓。「師兄莫不是見那妖物外表柔弱，心生憐意了？」

胡說！我外表哪有嬌柔弱氣！

「胡說什麼！」重華想法看來也與我一樣，怒聲喝斥青靈，猛地甩開她的手。

「是我胡說就好。」青靈冷聲道：「妖怪個個狡猾陰險，青靈只望師兄莫要被她幾句花言巧語騙了。」

重華揉了揉眉心。「妖……也不盡然個個如此。」

重華這話說得雖小聲，但吐字卻清楚。青靈聞言大驚，我也是微感驚詫。

我知曉前段時間，與我一同去除妖的那一路上讓重華對妖怪改觀不少，但從沒想過，這麼一點時間，竟能讓如斯固執的一個人，說出這種認識深刻的話來。

「師兄？」青靈不敢置信得幾乎說不出話來。「你……你怎麼……」

重華只按著眉心，靜默不言。

青靈驚而後怒。「你怎能說出如此荒唐言語！」她氣得連師兄也不喊了。「你莫不是忘了，二十年前正是因為師父心軟，收留了狼妖呼遺，被他巧言令色迷惑了心思，才導致了二十年前的流波山之難！那些師兄、師姊們流的血，你已經記不得了嗎！」

她聲色越厲，但見重華只是垂眸不言，她忍了忍道：「青靈只望這只是師兄一時醉酒胡言，還請師兄清醒之後，千萬固守本心，莫要……」青靈咬牙。「莫要步師父的後塵。」

重華沉默了半晌，才累極似地揮了揮手。「妳且回吧。」

我嘛著嘴琢磨，依著青靈所說，那個狼妖呼遺應當是個恩將仇報、不仁不義之徒，但是憑我忘川河邊閱鬼無數的經歷來看，那個狼妖又不該是這樣的傢伙。

二十年前的事不簡單啊。

青靈走後，重華獨自在那處黑暗的角落中站了一會，才扶著牆慢慢步入他的寢殿。

看著他孤單的背影，我嘆了一聲氣。

上一世，但凡陌溪磕著碰著了，我都是心肝疼地寶貝著、呵護著；而現在的他，雖說做了一個至高無上的重華尊者，但是醉了酒連個服侍的人都沒有。這樣想來，他興許還沒有正在我屋裡睡得不省人事的長安來得舒坦。

「誰？」他猛地回頭。

我眨巴眨巴眼睛，覺得他平日活得甚苦，醉酒之後，別說像我上次那樣撒酒瘋了，便是周圍有我這麼小聲的嘆息，都足以引起他的注意，可見平時的戒心定是堆了一層又一層。

見沒人答應，重華撐住身子，緩步向這邊走過來。我心知躲不過，便大大方方地走出去，笑著衝他打招呼。「唷！晚上好啊。」

見是我，他眉頭狠狠一皺，轉身便走，像是見到了什麼令人萬分厭惡的東西一樣，大步邁開，半點沒有醉酒後腳下的虛浮。

我怔愣了一瞬，心中頓時火冒三丈。我是醜得有多麼離譜，讓你恨不得退避三舍？

「站住！」我高聲喝道。

他腳下步子更快，兩下便不見了身影。

我邪火更盛。躲？我倒看你要如何躲我！

我衝回破茅屋裡，把睡得正香的長安從被子中拽出來。他睡眼惺忪地眨巴眨巴眼，沒搞清楚狀況。我齜牙咧嘴地對他一笑。「長安啊，幫我一個忙可好？」

他這才轉過頭來看我，愣了好一會，兩聲驚惶的大叫，手腳慌亂地企圖將自己身子包裹住不讓我看見。

我提著他的衣領，一臉肅穆地往外走。待將他捉到了離重華寢殿最近的地方，我拍了拍他肉嘟嘟的臉道：「哭吧，大聲哭。」

他怔然地望我。

我一勾唇角，蕩漾出一個明媚而淫蕩的笑。「我琢磨著，你這陽雖小，但聊勝於無，我雖心屬你師尊，可是面對你這樣的秀色，奈何怎麼都掩蓋不住慾那啥望。今天你便從了我吧。」

長安一副如遭雷劈的模樣，徹底嚇傻了。

想來也是，半夜三更的，一個來路不明的雌性生物闖入房間，將他捉了出來說要強了他，任是誰也當有些震撼。所以我寬容地許他呆怔了一小刻，接著便滿意地聽見長安發出一聲驚天號叫。

「不！」他腿軟地爬到圈禁之術最邊上的位置，拍著結界尖聲哭號著：「仙尊救命！仙尊啊！長安還小！長安不想死！」

約莫哭了半盞茶的時間，他家仙尊終是捂著額頭，一臉鐵青地出來了。重華緊皺眉頭，盯著長安低喝：「出息！」

我認為，你這看見我就跑的仙尊也沒有比他出息到哪裡去。

我冷冷一笑，踹了腳趴在地上的長安撅得老高的屁股。「行了，既然有你家仙尊代替你，今晚我就先饒了你，自己回去睡吧。」

長安望了望重華，又回頭望了望我，見我倆皆是默許，忙連滾帶爬、頭也不回地跑了。

我看著重華，得意地笑。他揉了揉額頭，閉著眼不看我。「何事？」

「無事。」

他手背上的青筋突了突，不再多說一句話，轉身就走。

在他走出結界之前，我忙拽住他的廣袖。許是因為醉了酒，他的反應遲鈍了許多，倒還真的讓我抓住了。我道：「你這幾日躲著我做甚？」

「我未曾躲妳。」他聲音夾帶著醉意，手臂用力一甩，想掙開我的禁錮。

我只將他抓得更緊。「那你見了我跑什麼？我又不會吃了你……」想起在靈玉山的時候，石大壯說我咬他的那一口，我道：「好吧，我確實也吃過，但也不至於讓你這麼躲著我呀……」

我腦中精光一閃，忽然想到，難道是小肚雞腸的重華尊者自上次被我咬得鮮血淋漓之後，心藏怨恨，但又礙於面子不好與一個喝醉的女子計較，所以他這幾日對我的冷淡其實是……

生氣了？

我一咬牙，將袖子擼了起來。「好，你今日也喝醉了，我也給你吃一口，這樣你心裡就平衡了吧！」

他有些頭痛地揉了揉眉角。「放手！」

「你以後不躲著我，我就放手。」

「沒躲。」他道：「妳本是流波山階下之囚……」

「對啊，我是被囚的那個，要躲也是我躲你，你現在捂著臉、埋著頭，恨不得馬上撕了袖子開跑又算是個什麼意思？我是生了大膿瘡，還是長了滿臉黑毛、痦子？你看我一眼，眼睛會潰爛生蛆嗎？會上吐下瀉、七竅流血嗎？會……」

我沒說完，他深吸一口氣，轉過來看我。這本是一個帶著些許不服輸和想要證明自己非常正直又單純的眼神，可是我卻不如他這般單純。

我看見，他清澈的眼睛裡面撒進了漫天星光，映入了白糯糯的雪和暗香的梅，還有我的影子。

深深地烙在他的眼裡。

我已經有許久沒見過他這樣專注地看我了，我不由得向前一步，貼近他的身子，拽住他袖子的手也順勢握住他的掌心。

他眼中的我，脣角悄然勾勒出一抹淺笑。他眼神柔了柔，並沒有掙開我。

我的笑容拉扯得越發大了。

「暗香白雪，還有你，三生無憾了。」

暗香白雪，還有三生，陌溪無憾了。這話本是陌溪對我說的。

是上一世的陌溪最後一次見我時說的。

他聽聞這話，微微怔了一瞬，皺了皺眉頭，彷彿突然回過神來。他驀地推開我，自己卻一個沒站穩，摔在雪地上，他的表情顯得有些倉皇無措。

我上前欲要扶他，他伸手止住我的腳步，獨自捂著頭，坐在雪地中一言不發。

「陌……重華，你……」

「妳我，當真……曾經相識？」

他這樣問我，教我如何回答？是的，我們相識過。在哪兒？一百年前的前世或者幽冥地府、忘川河邊……只怕我這樣說了，他也只會當我是在開玩笑。

我撓了撓頭道：「唔，我也覺得你似曾相識，這大概就是所謂的緣分吧，緣分！」

「緣分？」他勾脣笑了笑，似是非常嘲諷。「這世間何來那麼多的緣分……」

聽了他這頗為看盡世態炎涼的一句話，我挑眉道：「怎麼沒有？我和你相遇便是一種緣分，能在這裡聊天也是一種緣分。」我一塊石頭能來人界勾搭你，更是一種天大的緣分。當然這話我好好地憋住了，沒說給他聽。

他臥在雪地上，藉著月色好好打量我一番，半晌後，薄脣輕吐兩字——

「孽緣。」

我暗自點了點頭，孽緣也是緣，且比平常的緣分更加難纏、更加長久。我這方正欣喜，但轉念一想，不對啊，聽他口氣應當是非常不屑才是。我斷然不能笑一笑，讓他的期待落了空去。而且……我斜眼瞟了瞟他這臥在雪地上的姿勢。

這當真是一個方便吃嫩豆腐的好姿勢啊！

我眼睛一亮，嘟嘴哼道：「你真是氣煞我也！」

他眼睛微微一眯，表情變得很微妙。

我故作惱怒而去，待走到他身邊時，猛地驚呼道：「哎呀！好滑！」擺了個自認為美妙的姿勢倏地往他身上倒去。這本是個計算精確的動作，照理說我這一倒，應當是倒在他的胸口上，是一個柔弱美人羞臥英雄懷的故事。

可殊不知我也如重華一般腳下一滑，以一個絕對不美感的姿勢摔在他的身上，腦袋撞上腦袋。可惜的是，脣並未撞上脣，反而磕上了他的腦門。

我只聽身下的男子一聲悶哼，登時沒了反應。

等我捂著腦袋爬起來，重華躺在地上閉緊雙眼，腦門上被我石頭一樣的門牙生生磕出兩個血洞來。

「呃……」我遲疑地伸手碰了碰他。「喂……」又拍了拍他的臉頰，他依舊沒有反應。我有些慌了。這貨莫不是被我直接磕去見閻王了吧？但是他今生的劫還沒有渡，這樣要出事的。

「重華！重華！不至於吧！」我撓了撓頭。你好歹也是個仙尊啊，居然被我一個女子生生磕死了，這、這……這傳出去得是多大個笑話。

我慌忙地掐他人中，一邊喃喃道：「陌溪啊陌溪，你千萬別讓我捅這種簍子啊，砸死應劫的天神，真的是會遭天譴的，陌溪啊……」

我聲淚俱下地把他名字喚了一陣子，他似頗為理解我的為難，沒過多久，嚶嚀一聲，慢慢睜開了眼。我欣喜地雙手合十，連連謝了閻王好幾十聲。

「涇……」

這一個字喚起了先前在靈玉山時，我在溪邊灌他喝水的記憶，我摸了摸他身邊的地。「雪還沒化呢，不涇啊。」

「師父……」他望著我，輕聲喚著。

他嘴裡的酒氣聞得我都醉了一般，大腦怔然了好一瞬，才愣道：「師父？」

「師父。」他又道：「為何……」

「什麼？」

他後面的聲音太小，我聽不大清楚，便埋首在他脣邊，仔細地聆聽，然而他這話，卻將我雷得意識也模糊了一瞬。

他道：「為何與呼遺生了那樣的情愫？」

我一呆，心裡頓時風起雲湧，太多問題想問，反而愣住了。

姑且不論重華的師父是與呼遺生了什麼樣的情愫，又是怎麼生了情愫，我更好奇的是重華的師父，究竟是男是女？

八卦之心一起，再難熄滅。

我含蓄地問：「你師父，是男是女？她愛上了呼遺嗎？他們倆到什麼程度了？之後發生了什麼事？呼遺又為什麼會被鎖在塔裡？現在你師父呢？」

我眨著眼，靜待重華的回答。

他卻腦袋一歪，呼哧呼哧地睡過去。

我捏了捏拳頭。

這種好奇心不被滿足的感覺，讓我恨不得按住他腦門上的兩個血洞狠狠戳進去。但是看著他安靜的睡顏，我默了默，最後只有長嘆一口氣，認命地將自己的衣裙撕作條條爛布，替他將傷口好好包紮了。

我琢磨著長安在屋裡睡覺，這樣把他家師尊拖進去不大雅觀，而且也不方便我吃他豆腐。

所以左右權衡了一下，我將他拖到一棵梅樹之下，讓他枕在我的膝上，而我則倚在梅樹邊，摸著他的額頭，捏著他的手，最後「吧唧」一口親在他嘴上，睡了很久以來，最暢快的一覺。

晨光輕柔地喚醒了我，我揉了揉眼，卻見自己腿上有一雙清澈的眼眸盯著我。我笑著和他打招呼。「仙尊，早上好啊！你還在啊。」

他閉眼深呼吸，似乎在很努力地緩解情緒，半晌後才壓抑道：「把繩子解開。」

我乾笑兩聲，動手解開了將他的脖子和我的腿綁在一起的繩子，無辜道：「這不是怕你跑了嗎？」

沒等我完全解開繩子，他便掙扎著站起來，皺眉瞪我。

我攤了攤手，表示很無奈。「我知道你醒了之後鐵定會跑，然後否認我們已經睡了一夜的事實，所以我特地在繩子上加了十七、八個咒。只有這樣做，才能證明昨晚你確確實實是把我睡了的。依著你們人類的規矩，對我負責吧，重華。」

我每吐出一個字，他的臉色便青黑一分，而到最後竟然呈現出一抹難得的黑紅色。

「不……不……不知……」他抖了半天，沒說出一句完整的話。

我嘆息地幫他接過話來。「不知羞恥。」說來能將冷面仙尊氣成現在這副德行，當真是一件自豪的事。我道：「不知羞恥也好，知羞恥也好，重華你都得娶了我。」

他看了我好一會，似是鎮定下來，表情逐漸冷冽。「我雖醉酒，可是自己做過什麼仍記得清清楚楚。妳我並非同一族類，我又如何會對妳做出那種事。」

我感到好奇。「不是同一族就不能做嗎？那你師父和呼遺呢？」

重華的表情倏地冷了下來，眼中的神色似要將我千刀萬剮。

他拂袖離去。我這石頭脾氣倔，這事不弄個清楚，我估計今晚是睡不著覺了。我連忙追上去，在他身邊高聲呼喝：「哎！呼遺和你師父呢？他們是怎麼回事？你師父喜歡呼遺嗎……」

一記凌厲的殺氣擦過我耳邊，砸在身後的雪地上，騰起了一片雪霧。

我呆住，任由身後的雪霧落下，白了我的頭。

「閉嘴。」他冷冷丟下這兩個字。轉身走了。

陌溪對我從不曾有這樣的神色。即便是上次他在地府對我拋下那記火球時，也不是這樣令人心底發寒的神色。

他這樣的神色我只見過一次，是上一世石大壯當著他的面說喜歡我時，他便是擺出了這副臉。

看來他很忌諱人家提到他師父和呼遺的事，看來他對呼遺的厭惡除了生理差別上的歧視，更有感情思想上的仇恨；看來，他很在乎他的師父……

甚至對他師父有些……不那麼一般。

於是乎，我更加好奇他師父究竟是男是女了。

第二十章

自那以後，我再沒見過重華，他似乎生了我的氣，或者說他這一世從來就沒喜歡過我。

長安還小，嘴裡摳不出什麼東西，但是他還是能解決我心中最大的一個困惑——重華他師父，是女的。

女的。

知道這些個消息後，我瞬間有一種被背叛的感覺，明明說好只能讓我勾搭的，我一直鍥而不捨地勾搭他，而他卻……

我覺得很委屈，也覺得不甘心，可還是耐著性子從長安嘴裡打聽他所知不多的重華與他師父的故事。那些往事，長安多半是不知道的，他唯一知道的一點，便是那把重華如此看重的清虛劍，是重華師父送的。

原來，這才是重華看重那把劍的原因；原來，當時我與那官小姐說「妳不是恨妖怪，妳是嫉妒」的時候，他那麼震驚，當真是因為，我的話砸到他了……

他嫉妒，嫉妒被他師父喜歡的呼遣。

他對他師父……

我握緊拳頭，恨恨地炸了重華院裡的幾棵梅樹。長安嚇得此後一直躲我，我也沒心思搭理他了。

我心裡堵了一口氣，上不來、下不去，從那以後，我再也不像從前那樣有事沒事跑到結界邊上，去把重華的名字吼上兩嗓子了。

我在氣他，也在期待他來找我，即便不來道歉，好歹也該來問問「妳這些日子怎生的不嚎了？」

我覺得，我先前嚎了那麼多天，突然有天不嚎了，他好歹也得有點不習慣。就像話本子裡的才子一樣，被勾出了好奇，好奇得心裡癢癢；而這癢，只有看見佳人，聽聞佳音，方才能有所消解。

我計畫得很好，想等他心癢來找我之時，我一定得好好地將他折騰折騰！看我不折騰完了再……

再繼續勾搭他……

我在心裡狠狠唾棄了一番自己的沒出息，可我著實也是這樣想的。

這些時日裡，只要重華對我的異常安靜表現出有一點點的不習慣，我心裡還是會找到安慰的，還是會覺得：看，我雖然來晚了，讓他師父搶了先機，但我還是能後發制人的，還是可以在他心裡擠出一點位置的。說不定以後時間長，我還能擠出更多位置來。

但我好像太高估自己了。

我不是重華的心頭癢，也沒變成他的「習慣」。

他自始至終沒來找過我。

我拽著長安，說我氣得胸口痛，長安怯怯地安慰我：「其實……我覺得仙尊對妳挺好的，任妳在院子裡隨便走、隨便躺，妳炸了仙尊心疼的梅樹，他也沒與妳計較。」他小心地打量了一眼我的神色，繼續道：「先前，仙尊還著我師兄替妳找話本子來看，師兄當時聽到仙尊布置的任務時，眼珠子都要掉出來了。大家都說，從沒見仙尊對哪個妖怪這麼好過。」

我心頭微微一動，最後卻嘆了一聲，捏捏長安的臉，道：「那是你不知，我對他有多好。」

或者說，他不知，從前陌溪對我有多好。

我與重華如此僵持了幾天，終是等到一日，流波山的天空陰沉沉的，漫天的妖氣熏得我都睡不著了。

知道是呼遺攻上來，長安急得像是熱鍋上的螞蟻，嚷嚷著要與流波山共存亡。

我嫌他吵，兩巴掌將他拍暈了鎖在屋裡，獨自在林中逛了一會，不久便聽見外面的廝殺聲。

我嘆氣。人類就是奇怪，殺人就殺人嘛，何苦叫得那麼撕心裂肺？活像吼一吼就能讓對方猝死一樣。

「砰」的一聲巨響。我見半空中的結界突然亮了亮，然後瞬間化為灰燼。空中立著一人，黑衣長髮，正是呼遺。他眼神在梅林中一掃，看見我便落了下來，道：「我素來不喜歡欠著別人，妳放我一次，我放妳一次，從今往後再無相欠。」

我又是一聲嘆息。這貨不愧是大國師的轉世，這種自作主張施恩於人的毛病真是一模一樣。

我正要開口說我不走，只聽身後一聲冷哼。

「你們誰都別想離開流波山。」

我轉身，多日不見重華，他竟是消瘦了一些。他拿著劍指著呼遺。「先前讓你僥倖逃離，如今你卻敢再犯流波山，既不知死活至此，我便將你挫骨揚灰，以慰我流波山之靈。」

我看著他這表情，只覺心中鬱積更甚。我拍了拍呼遺的肩膀道：「上次我既能放了你，這次也能助你逃跑，你別怕。」

呼遺側目看我。重華神色冷冽，沉聲喝道：「休得胡鬧！」

我索性退了兩步，躲在呼遺身後，扭頭不看他，來個眼不見為淨。

重華那方傳來的氣息莫名地更壓抑了一些。

呼遺涼涼一笑，盯著重華道：「重華仙尊，我知你殺我容易，可你流波山的弟子能否抵擋得住外面妖怪的攻擊？你流波山的修仙者們，是否人人都如你一般道術高深？」

重華眉目間殺氣更重。

呼遺又道：「重華，你若願答應我一事，我定有辦法讓你流波山不傷一條性命便擊退眾妖，而且事後呼遺這條命交由你處置。」

聽了這話，不說重華，連我也甚是詫異。他費了這麼多工夫打上流波山，只是為了替自己增加與重華談判的一個籌碼？一時間，我對他的那個要求好奇不已。

重華默了會兒。「你待如何？」

「放她去投胎。」呼遺聲音緊繃，隱忍著疼痛與悲哀。「她早該安息。放了她！」

聽聞這話，重華眉目又冷了三分。「我流波山行事，不需外人指使。」

呼遺情緒激動起來。「她好歹也曾是你師父，教養你長大！你們已經生生將她囚困了二十年，再拖下去，她只會消散於世間！重華，你當真修得一副鐵石心腸？」

我挑了挑眉，斜眼瞟向重華。

見他默了一瞬，而後面無表情地道：「她當初背叛流波山，致使流波山歷千年大劫，元氣大傷，門人死傷無數。依門派規矩，對她處以鎖魂之刑是理所當然之事。」

鎖魂，便是鎖住魂魄令鬼差無法勾走，讓靈魂逗留世間，直至生氣耗盡，枯竭而亡。對於留在人間的魂魄來說，是個極其殘忍的法子，因為魂魄一旦消失，便永遠無法入輪迴了。然而這個術法對於冥界來說，卻是個尋常得不能再尋常的法術，每個生前做過惡事的魂魄，都會被鬼差施以此術，帶去閻羅殿接受審判。

我本以為這凡間應當沒人會這樣的法術了，沒想到流波山竟還有流傳下來。二十年，足以使一個魂魄灰飛煙滅了……

我琢磨了一下，鎖生魂是大忌，是犯天條的舉動。而今重華恨呼遺，呼遺恨重華，應當是「怨憎會」這劫數應了。此時若是沒讓呼遺將那魂魄放出來，不久那魂魄消散了，重華定是會被天雷劈上整整三十六道，以他現在這血肉之軀，怕是一記都接不下來吧。

想到這裡，我拍了拍呼遺的肩。「那個什麼魂魄，你可知被他們困在哪裡？」

呼遺轉頭看我，重華眼神也落在我身上，緊皺的眉頭彷彿恨不得將我夾死。「休要胡亂摻和。」

休要如此，休要那般，他就像是個迂腐的老頭子在教養調皮搗蛋的小孩一樣。我噘了噘嘴，心道他這世的性子真是不討喜。

但我卻不能因為這一世的陌溪不好而讓他沒法渡完劫數，他若是在這一世被天雷劈了，那我下一世去勾搭誰才好？

我好脾氣地忽視他，只盯著呼遺又問了一遍：「她在哪兒？」

呼遺眼神一亮，他見識過我揮一揮衣袖便毀掉千鎖塔的能力，心裡還是信我的。

他指著不遠處一座雄偉的九重高樓道：「萬隔樓頂。不過她當年被施了術，破術之後還得有引路者……」

千鎖塔、萬隔樓，若不是我誤打誤撞闖進這齣戲中，他們一個永鎖千鎖塔，一個永困萬隔樓，這是要他們永世不得相見啊……

我想，這未免也太過殘忍了一些。我拍了拍他的肩。「你不怕，我幫你。」

話音剛落，一道殺氣直愣愣地扎在我手背上。

重華眼中戾氣深沉。「休要插手我流波山內事。」這麼些天，他終於拿正眼看我了，卻帶著那麼多冷漠與警告。

我撇嘴，不以為然。「我插手了，你咬我呀。」我使喚呼遺：「拖住他。」

「站住！」

重華的怒喝被我甩在身後，我直奔萬隔樓而去，背後呼遺與他過招的聲音也越來越遠。

我生在冥界，雖不司鬼差一職，但是勾魂引路的活確實天生就會做，雖然不是做得那麼專業……

登上萬隔樓頂，入目一片空曠，在正中的香案上供了一個牌位，上面什麼字都沒有，但是卻很乾淨，看得出來常常有人來打掃。

我左右找了一下，實在沒看見重華師父的魂被鎖在哪兒，正撓頭之際，忽覺一點微光自頭頂照下。我尋著光看去，見一根燭火被架在房梁上，燭火上有一張畫，彷彿畫的是個人。

我跳上房梁，仔細端詳著那畫。

一個白衣女子的背影，形容、打扮和如今的重華修仙者們沒什麼差別。只是她手中握著一枝紅梅，身子微微往前傾，似乎正在嗅梅。

我心頭微微一跳。

若不是看見下方落款「正武十年，流波山十里亭作」，我還真以為是上一世的陌溪為我畫的畫流傳到這裡來了。

聯繫著前面事情一想，不難猜到，這畫中之人就是重華的師父。

原來他師父與我如此像嗎？

重華他傾慕的人，原來是這樣的啊……

我失神地想伸手觸碰那畫，但指尖離畫三寸處，卻被一道金光一擋，生生將我彈了回來。

結界。

那女子的魂魄一定是被鎖在這裡面的。我凝氣於掌心，一掌拍在結界上。金光晃了兩晃消失了，我欣喜地把畫摘下。不出所料，裡面果然有一團白花花的東西。

魂魄我見過不少，卻從來沒見過虛弱成這樣的。想來我要是再晚來幾天，這貨應該就消失得乾淨了吧。

捻了一個訣，我輕而易舉地解掉鎖魂之術，將她捧在手心裡。我輕輕呵了一口陰氣，將這虛弱的魂魄護著，讓她不至於在去黃泉的路上散掉。

我捧著她躍上九重高樓之顛，將她往天上一拋。她卻不走，在空中沉沉浮浮，似想把流波山守到最後一刻。

我道：「且去吧，今生之事已成了過往雲煙，再是眷戀也回不去了。」想了想又道：「冥府的鬼都是極好的。妳說妳認識三生，他們與許會給妳開開後門。」

魂魄猶豫了一番，慢慢向下飄去，我盯著她，只見她晃晃悠悠飄去了重華的寢殿。

此處視野極好，我遠遠眺望下去，還能看見重華與呼遺打鬥的身影。呼遺明顯處於弱勢，但是仗著一股拚命的狠勁，一時沒讓重華脫身。兩人之間招式越鬥越快，便在此時，那團雲一樣的魂魄恰好飄至呼遺身前。

許是此時的陽光角度太刁鑽，但見呼遺身形猛地一顫，失神地望向那魂魄的方向，躲也不躲重華的攻擊，任由清虛劍直直刺入他的心窩，穿胸而出。

血濺了一地，好似紅梅盛開。

呼遺本該是看不見魂魄的，但或許，這就是天意吧。我想他挨重華這一劍，定是挨得心甘情願。

我揮了揮手，將這兩個魂魄一同送去輪迴的路。他們能一起看見開了遍野的彼岸花，或許他們還會在我的真身上刻上兩人的名字。

我立於萬隔樓上，目送他們離開。轉過眼，卻只覺一股強烈的寒氣撲面而來。

遠遠看去，梅林間的重華正盯著我。

封印之術被打破，林間的雪融成了小溪，紅梅花一瓣一瓣紛紛零落，重華立於其間，眉目肅然，目光冷冽。

我突然想起這一世的他看見我說的第一句話，是「非我族類，其心必異」。

想來，此生我對於他，確實是「異」了一點。先是毀了他流波山千鎖塔，放了狼妖呼遺，引得群妖攻上流波山；現在又放了他師父，讓他愛慕的師父與呼遺同入輪迴。

重華仙尊大概心裡是厭惡我極了吧……

原來，想轉嫁給他，終究還是我自己作的一個夢呢。

我心裡忽然閃過一個想法，會不會這一世與他怨憎會的，不是呼遺，而是……

我？

我又變成了他的劫數？若是如此，他現在恨我幫了他的敵人，我現在心裡有幾分怨他不明我心意，此刻才算是應了他怨憎會的一劫吧！他的劫還沒有渡過？

可我變成了他的劫，那我又要怎麼讓他渡過呢？

而且……就算我助他渡了劫，待回到地府，陌溪又得衝我扔火團團了吧……

我一聲嘆息，有些苦惱地揉了揉額頭，然而不等我心中念頭落地，我眼角餘光忽地瞥見不遠處的梅林，有個穿黃衫的妖怪打開了木屋的門。

我心中一凜。長安在裡面！

無暇他顧，我縱身一躍，急奔至木屋前，剛一進門，便看見黃衫妖怪正掐著長安的脖子，長安雙腿不停地蹬踹。

我手中凝聚陰氣，一掌便拍上去。黃衫妖怪側身一躲，回頭來慌張地擋了我兩招。可他哪是我的對手，當下，我屈指為爪，直取他的心房，眼見著便要取了他的心肺，他周身卻猛地騰出一簇白煙，礙了我的視線，只見一件黃衣驀地自白煙裡飛出。

我冷哼一聲：「這種把戲也想騙我？」

不看黃衣落下，也未等白煙飄散，我一步邁上前去，按住長安的脖子。此時長安的嘴裡還露出一截小黃蛇的尾巴在詭異地搖晃。

這種蛇妖最喜食小孩內臟，會化作真身鑽進他們嘴裡，直至將五臟內腑食盡為止。我擒住蛇尾之時，蛇妖先前拋起來的那件寬大衣袍正好落下，罩在我的背上。

我此時哪有心思管他的衣裳，逕自往蛇妖的身體裡灌了一股陰氣，將他生生震死在長安腹中，然後緩緩將其從長安嘴裡拉出。

便在此時，我忽覺後脊一涼，只聽一聲血肉刺穿的聲音。

我低頭看去，清氣盎然的清虛劍穿過我腹部。彼時痛覺還沒有傳入大腦，我只得帶著三分茫然、七分不敢置信地轉頭一看。

隔著瀰漫了整間屋子的白煙，我看見了重華清冷的雙眼漸漸投出幾分愕然，然後任由愕然與驚駭侵占了他所有的表情。

腹部痛覺襲來，我腿一軟，摔坐在地。

重華像是被我拽了一把似的，單膝跪下來。

我的手無力地鬆開那條已死的黃蛇妖，任由他像繩子一樣落在地上。重華看了他一眼，又抬眼看我，脣角莫名地有些顫抖。

屋中一片死寂，只餘長安翻身嘔吐的聲音，沒吐多久，他便暈死了過去。

「我沒有害長安。」我怕他誤會，啞著聲音解釋：「他與你以前長得那麼像，我捨不得的。」說著，我的身子不由得往一邊滑去，喉頭登時腥甜一片。「我當真不是壞妖怪。你別這麼恨我……」

「怎會是妳……」他顫抖著抓住我的肩，揪起了蛇妖的黃衫衣。「怎會是妳……」

我恍然了悟，心下略有幾分欣慰。原來，他只是殺錯人了啊……

身體中的力氣慢慢流失，我拽住他的衣裳，咧嘴一笑。「我一直想對你說……這一生你真不討人喜歡……可是那天……你枕在我的膝頭叫師父，我還是……很心疼。」

痛覺傳來，除了傷口的疼痛，還有劍上的陽氣與我身體中的陰氣相互噬咬的燒灼感。我死死握緊他的袖子。「可你這個混帳東西，卻一點都不知道珍惜我的心疼……」

他似猛地驚醒，一把摟住我，拔腿就往外走。「殿中有藥。妳別裝模作樣誆我，上次妳被狐妖撓了脖子尚且無事，這點兒傷……」

他的聲音在我耳邊已有點模糊，他這些解釋也不知道是說給自己聽還是給我聽，我只隱約感覺抱著我的這個人，腳步踉蹌得一點也不似他往日穩重的模樣。

若是凡世的劍，再插上幾把我也不會有什麼多的感覺；可是重華這劍是歷代流波山掌門傳下來的，正氣凜然，對於我這陰冥靈物可謂是天敵。

我心中尚有殘念，死死地拽住他的衣服，掙扎道：「我不怨你錯殺了我，你也別恨我放了你師父，別厭惡我……好嗎？」

他只顧著往前走。

你倒是吱一聲啊！

我心中慌了，我死了，他的劫數怎麼辦？我用盡最後的力氣晃他。「你應一聲，你應一聲……你就應一聲……」

「……」

手握不住他的衣服了，耳朵裡也有些嗡鳴聲，在眼前景色越發模糊的時候，好像是從極遠的地方傳來一句。

「我不恨妳，也不厭惡妳……」

我咧嘴笑了，瞬間放下心來，拽著他衣襟的手也鬆開了。「那你喜歡我嗎……」

重華沉默。

他抱著我穿過結界破除之後的梅林，白雪融化，紅梅凋落，院子裡淒然一片。

我瞇著眼看著他的側臉，樂呵呵地笑。「我喜歡你……」我這話說得小聲：「你知道我為什麼喜歡暗香晴雪嗎？」

連我自己也沒聽見，他卻猛地頓住腳步，低頭看我，漆黑的眸中情緒翻湧。

那一瞬，我幾乎以為他衝破了孟婆湯的禁錮，記起了前塵往事。

眼前一黑，恍惚間我又看見了我的老熟人。耳邊，只聽到自己最後的聲音：「你能喚喚我的名字嗎？」

他靜默無言。

我這才發現，原來，這一世，他連我叫什麼名字都不知道啊……

求不得

第二十一章

被黑白無常接回冥府之後，脖子上又灼痛了一番，我這才意識到，我和陌溪，就只剩下一生的時間了。

我這次不打算在地府中等陌溪一起走，省得他見到我之後，又給我下個百年、千年的禁忌。可是我也不能投胎太早，回頭別等陌溪那邊才將我埋了，我這邊又輪迴轉世地跑到他面前，定會嚇得流波山一眾人風中凌亂。

我去了閻王殿，打算問問閻王，陌溪什麼時候會下來，我好估算著時間離開。

結果見了閻王，我還沒開口說話，他便圍著我轉了兩圈。「嘖嘖，咱們三生了不得啦。」因為太矮，他只有一臉欣慰地拍了拍我的大腿。「兩次助神君渡劫，且每一次都與他勾搭得那麼成功，咱們冥界出頭之日近在眼前啦！啊哈哈哈哈！」

我拍開他那隻慢慢摸到我屁股後面的手，道：「陌溪什麼時候會下來？這次我不能再和他撞上了。」

「好，我幫妳看看。」閻王跳上他的桌案，翻了翻亂作一團的書本。「啊，有了、有了，就是這個。」閻王瞇著眼看了一會道：「司命星君的命格本上寫著，狼妖呼遺攜眾妖作亂流波山之後，流波山實力大減，不到兩年，重華便被人殺害，死在寢殿之中。」

我一怔。「誰殺了他？」

「他的師妹青靈。」

「那個道姑？」我摸著下巴道：「那個道姑一雙水靈的賊眼裡寫滿了『我愛你，你卻不知道』的悲情怨婦樣，她怎捨得殺了陌溪？」

「興許是由愛生恨，得不到便想毀掉吧。妳看看，這裡寫著，自師父魂魄被呼遺放走後，重華日日酗酒買醉，失魂落魄。青靈向其表白心意，被拒，恨而殺之，隨即自刎。」

我琢磨了一會，正色道：「閻王，這莫不是你編排的狗血吧？」

閻王肅容道：「陌溪神君的命格都是司命星君親自提筆寫的。」

於是乎，我越發好奇那司命星君究竟是長了顆怎樣驚世駭俗的腦袋。

「閻王，我一直想問，第一世我不小心頂替了那施倩倩的位置，做了陌溪的劫。那這一世，我是不是也如上一世一般，變成了陌溪的劫，最後又護他渡過了劫呢？」

閻王將命格本翻了翻。「妳是護他渡過了劫沒錯，可妳這一世卻沒有變成神君的劫。這一生，重華敬重、仰慕的師父與狼妖呼遺做出令門派蒙羞之事，重華為之鄙夷，不恥其師行為，自流波山大難後，便將妖怪視為極惡的存在。重華與呼遺，也勉強算上他師父吧，是應了怨憎會一劫，而後他若是放不下此怨恨、憎惡，將他師父鎖魂至魂散，那便是渡劫不成。」

原來我先前猜的才是對的，後來那些關於恨不恨我的話，竟是我在自作多情！

我怔愣，隨即又想到重華與我之間，根本就沒有怨憎會，他根本就……不恨我？即便是我放跑了他那麼看重的師父魂魄，他也沒有厭惡我？那他最後與我說的話，根本就不是原諒我，而是他……本來便那般想的。

閻王喝了點兒水，潤了潤嗓子道：「妳此一次摻和到神君的命格裡面去，從結果上來看，妳直接放了他師父，讓這劫數算是渡過了。但依我看吶，在這事實之上，妳可是已經將神君感化得差不多了。」

「我感化重華？」我不敢置信地道：「我一直以為自己一腦門磕在金剛石上了，到最後重華可都還冥頑不靈地不想放了他師父的魂魄，我可哪有感化他！」

「怎地沒有？」閻王扳著手指細細數來。「他最開始是恨極了所有妖怪是吧，但是後來他卻肯違背流波山的規矩，把那狐妖內丹給小狐狸是吧，然後還在醉酒之後說出妖也不盡然壞這種話是吧。我認為啊，就算妳沒有放了那魂魄，重華最後也是會心軟的。」

我聽得瞇起了眼。「司命星君應當沒有把我的出現寫在命格本裡吧，閻王你這些細節，是從哪兒偷窺的？」

閻王義正辭嚴地告訴我。「三生，妳要搞明白妳現在的立場，妳現在，是代表我大冥府去勾搭陌溪神君的，攸關我大冥府上上下下數不清的鬼的幸福。身為上級，我自是得細細觀看妳勾搭裡的每個細節，從而……」

我擺了擺手，不想聽他繼續廢話，只道：「罷了，第二世都已過了，便不去探討他了。」我道：「那從你的觀察來看，這次陌溪來冥府時，應當不會像上次那般對我發火了吧？」

閻王摸下巴。「我估計著應當不會。妳這世做得很好，沒有亂了他的命格，還幫了他，神君這下子可算欠妳人情了呀！」

我一直認為陌溪上一世便欠我人情，但好像他的理解與我總是有所偏差，所以我還是決定小心為上，不要冒險，得趕在他下來前，先開溜再說。

我回到忘川河邊做石頭，這兩年過得甚快。小鬼甲、乙去人界勾魂的時候，我託他們幫我看看陌溪的現狀。他們回來後告訴我，流波山實力大減不錯，重華尊者日日買醉不錯，青靈道姑愛而生恨不錯。而命格本上沒有寫的小細節是，他日日醉倒在晴雪梅林之中，他將那把費盡心思尋回的清虛劍如廢品一般插在一座無名的墳上。

封劍隱退。

聽罷這些，我在小鬼甲、乙駭然的目光中仰天長笑。

甲說：「三生，此時妳該做一副『怎累得你人世受苦，我自心萬分疼痛』的哀傷模樣。」

我拍了拍甲的肩。「不管怎麼輪迴，歷什麼樣的劫，陌溪還是被我勾搭得動了心。我驕傲得很，哀傷的有陌溪一人足矣，我只須笑咪咪地等著去勾搭他下一世便好。」

乙轉身雙手合十。「阿彌陀佛，神君珍重。」

我樂呵呵地回石頭裡蹲了幾天，估計著日子也差不多了，便拍拍屁股瀟灑入人世去也。

到人間後，我好幾次忍不住想跑去流波山看看重華，可都勉強忍耐下來。直到那日，我倚在茶樓二樓看話本子，忽聽樓下一人驚呼。

「怎麼可能！」

我探頭望去，是一個老道，他握著書信的手像是得了癲病一般抖個不停。

「尊者亡矣！流波山亡矣！我輩道法之術亡矣！」

其聲淒厲，嚎得人發怵。若不是我認識重華，還真以為他倆在陳年往事中曾有過那麼一場刻骨銘心的斷袖情。

重華總算是去了。我欣慰地合上話本子，琢磨著，他下一世我一定要親眼看著他長大，不教他有不幸的童年，不教他有愛慕上別的女人的機會。我陰惻惻一笑，這次定將他死死拽在我的手心裡！

轉念一想，他此生的劫數是「求不得」。

求不得？

可有我在，陌溪會有什麼是求不得的？

當天晚上，我的老熟人找上了我。黑無常看見我，先打了個寒顫。「三生，下次回冥府的時候，妳怕是得小心點兒了。」

「為何？」

黑無常又打了個寒顫。「妳是沒瞧見戰神發火的模樣。知道妳先一步跑了，他神色陰鷙得彷彿閻王搶了他女人一樣，駭得閻王現在都還在尿褲子。」

「他很生氣？」我感到奇怪。這不應該啊，閻王不是說他上一世算是欠下我恩情了嗎？怎麼還生氣？不過算了……陌溪從來都是在生我不明白的氣。

黑無常抱著手打寒顫，不答我的話。我把目光投向白無常，常年冷聲冷色的白無常此時也動了動眸光，帶著幾分嘆服道：「閻王殿的豐鎮黑石磚被神君一腳踏為齏粉。」

我渾身僵了僵。豐鎮黑那種石頭可是比我這石頭堅硬了數百倍……我怎地忘了，在他歷劫的這三生中，我是強於他數倍，但是終歸我還是得回到冥府，他終歸也會歷完劫數，彼時他是戰神，我是個小小三生石靈……

我拽住白無常的手臂，雙眼淚一包。「白大哥，到時候你一定要救我！」

白無常盯著我一會，面無表情道：「三生，賣萌可恥。」

我淡然地將淚花一抹。「這招對陌溪管用。」

黑無常拽著白無常道：「不和妳多說，我哥倆先走了。妳自求多福。對了，此生他投在次陽山下的一戶農戶家中，妳若要勾搭，趁早。」

還用他們提醒，我連夜趕到次陽山下，豎著耳朵在山下村莊中轉來又轉去，等著哪家響起嬰兒的哭聲。

可是除了有幾家燈火亮了整夜，我等到天邊星辰都快隱沒，也沒聽見哪家有產子後的嘈雜。

我立在一家農戶的房頂上苦惱。黑白無常定是送陌溪投胎來的，他們跟我說的消息絕不會錯。陌溪到底投去哪裡了呢？正想著，忽然眼角餘光瞥見一男子鬼鬼祟祟地自茅草屋中跑出，他懷中似抱了個什麼東西。

腕間的印記一熱，我心中暗道不妙，連忙跟上去。男子行至村外河邊停下，左右張望了一會，突然將懷裡的東西扔入河中。襁褓散開，一張嬰兒的臉驀地映入我的眼中。

我大怒，縱身上前，揮手一掌將男子拍得暈死過去。掠過水面，將陌溪撈起。

待站穩一看，一張烏青的小臉，嘴巴張張合合卻沒有發出任何聲音。

我怔愣得呆住。

陌溪……此生竟是啞的！

啞子，謂之不祥。

所以生產後才沒有一點聲音，所以他父親才將他抱出來扔掉，所以……即便是有三生，陌溪此生也註定有樣東西求不得了……

將陌溪救回之後，我犯了難。

我琢磨著陌溪此生有缺陷，應當避世而居，這樣才能省得俗世閒言碎語的煩擾；但轉念一想，要過怎樣的生活應當由他自己決定才是。而且他此生還有劫數要渡，我若一味地護著他，致使他最後應不了劫……天規應當不會饒了我。

於是我握了陌溪小小的拳頭，在他還沒完全打開的拳心中塞了一枚銅錢道：「陌溪，正面，我們就隱於市，反面我們就隱於野。拋拋看。」

他轉手便把硬幣砸在我臉上，皺著眉頭，一副要哭不哭的模樣。

我心下覺得，其實現在的陌溪喝的那碗孟婆湯或許還沒起效果，否則他怎會捨得對貌美如花的三生動手。

我瞅了瞅彈落在地上的銅錢道：「你說的，隱於市。」

陌溪銜著拳頭，津津有味地舔著，口水糊了滿下巴都是，哪有空理我。

九重天上風華絕代的戰神，投了胎下來，竟是這麼一副醜得慘絕人寰的模樣……

我尋思著，現在若是將他這形容畫下來，再拿給以後的他看，彼時他的表情定是妙不可言的。

既然陌溪說要大隱隱於市，我便琢磨著怎麼也得隱個大點兒的市，才不至於逆了他的意思。想來想去，覺得京城最符合要求了，於是當天晚上騰雲駕霧了一番，隔日便到了京城。

我想我現在是要帶著陌溪長大的，斷不能因為我的原因讓他的童年過得顛沛流離、居無定所。我收斂了渾身的陰氣，決定不到必要時絕不使用法術。

我租了一間小屋，將窩安置好了，然後望著陌溪，深深思考著不用法術後，我們的生計問題。

我戳著他的鼻子。「你會幹啥？」

許是這語氣過於鄙視，他表示不滿地吐了我一手的口水。我默默地反手將口水擦在他的頭髮上。

他張著嘴叫不出聲，兩個小拳頭拽得緊緊地推我。

「我就現在能欺負、欺負你了，回頭你做了戰神，還不知要怎麼收拾我呢，我可不能虧了本去。」於是越發厲害地將一手的口水都糊上去。

第二天，我仍舊在思考生計問題。

用法術變出錢來並不是什麼難事，難的是，怎麼讓鄰居覺得不奇怪，坐在家裡便能生出錢來。

我抱著陌溪坐在門口，正愁眉不展之時，一個醉漢搖搖晃晃地路過我家門口。我望著他的背影好一會，又轉過頭來問陌溪：「你喜歡喝酒不？」

他咬著手指睡得正香。

七年後，京城城東，有間酒館。

我敲了敲櫃檯的桌子，櫃檯裡正在算帳的掌櫃抬頭看見是我，笑道：「三生小姐，今日怎麼有空來酒館看看？」

「我在家沒找見陌溪，想著他可能跑到這裡來了，便過來看看。」我左右看了看，沒尋見陌溪的影子，順口問：「最近生意如何？」

「最近生意還不錯，小姐要不要查查帳？」

劉掌櫃是個溫厚老實的老頭，我素來信得過他。而且開個酒館不過就是打個幌子罷了，真正要用錢的時候，我反手一轉便有了。

我擺了擺手說「不用」，眼角餘光掃到一個小小的身影在樓上晃了一下，抬眼看去，正是陌溪。我笑著衝他招了招手。「陌溪！回家吃飯了。」

陌溪見是我，欣喜一笑，邁著腿便急急撲過來。

來喝酒的客人有的不由得發出奇怪的咂舌聲。劉掌櫃見狀，不由得搖了搖頭。「小姐還年輕，老是帶著小少爺，免不了引人誤會，長此以往，怕是會耽誤終身啊！」

我告訴他們，陌溪是我撿來的孩子，當弟弟一樣養。熟悉我的人，對我這一「善良」之舉總是報以嘆息的神情。

陌溪奔到我身邊，恰恰聽到這話，不解地望著劉掌櫃，又轉頭看著我。我蹲下身替陌溪擦了擦臉上糊到的灰，不甚在意道：「誤會就誤會，難道我還會對他們有什麼想法不成？我這終身，有陌溪就夠了。」

陌溪像個小大人一樣，笑著替我理了理額前微亂的髮。

劉掌櫃又嘆道：「三生小姐終歸是年紀輕了些。」

我牽起陌溪的手，對劉掌櫃正色道：「我不是年紀輕，我只是長不出皺紋和白髮。」因為石頭生毛已是相當困難，更遑論要長褶子……

劉掌櫃只當我是在說笑，我也不想解釋什麼，牽著陌溪，慢慢走回家去。

吃飯的時候，陌溪突然很著急地對我比劃著什麼，我看了好一會才知道他在問我，我會不會和別人走了。

我不動聲色地夾了根雞腿給他。「你希望我和別人走嗎？」

他抱著碗，搖了搖頭，有點喪氣的模樣，又比劃了大半天。大致意思是，隔壁小丁的姊姊跟別人走了，以後都不會回去看小丁。他擔心我也像小丁他姊姊一樣。

我從來沒有向他掩飾他的身世。之前他也沒有覺得什麼不好，但是自從前年上學堂之後，他越發知道自己和別人有的地方不一樣。或許是有人在他面前說了什麼，又或許是怕連我也不要他了，他越發乖巧，什麼事都自己做得好好的，半點沒有其他小孩的鬧心。

懂事得讓我心疼。

早知如此，當初我還是應當帶他到山野去隱著，讓他過得任性一點，恣意妄為一點，我養著也覺得舒心一點。

我摸了摸他的頭，溫言道：「三生不走，陌溪在哪兒，我就在哪兒。」我本來就是來勾搭你的，怎麼會捨得離開。

聽了這話，他眼睛一亮，任由我折騰他細軟的頭髮，把碗裡的飯吃得乾乾淨淨。

晚上，我剛把陌溪送上床，忽聽一細小的聲音落在院子裡。

我挑了挑眉，心想，不知是哪個蠢賊挑到我這院子。推開屋門，卻嚇了一跳。那不是一個賊，竟是一個穿著夜行衣的高大男子，此時他正捂著腰上的傷口，倚著牆，藉著夜色掩住身影。

他定是不知我這雙眼睛即便蒙上布也能看清東西。

我撇了撇嘴，裝作沒看見他，到院子另一角提了一桶水便進屋去了。

當天晚上，京城戒嚴了一夜，外面的火把照得整個天空都是亮的。

我摟著陌溪睡得安然，只是睡著之前隱隱想到，這是陌溪的劫數要開始了呢？還是只是一段小小的意外呢？總之不管是什麼，這都是一個麻煩。若是他明天還在的話……

就打暈了扔街上去吧。

第二天，他果然還在。

然而我卻不能照著昨夜想的那般，將他扔了出去，因為……

陌溪拽著那個昏迷不醒的黑衣人衣袖，一臉無措地望著我，焦急地想讓我過去幫他。

我嘆了口氣，心道，若是現在將這個男人扔出去了，是不是顯得我太殘忍了些？而且我最是受不了陌溪用這樣的眼神望著我，只有趕緊點了頭，將那男子拖進屋裡去，扒了衣服替他清洗腰間的傷口，又上藥包紮。

看見那個男子的呼吸慢慢緩和下來，陌溪被嚇得慘白慘白的小臉終於才恢復一點血色。我想，這種傷，若是換作戰神的陌溪，只怕是連個眼神都不會施捨；而這個只有七歲的陌溪，生嫩許多啊！

我洗了手，盯著陌溪認真道：「救了他或許會有很大的麻煩，但既然是你讓我救的，以後可別跟我說後悔。」

陌溪似懂非懂地點了點頭。

看著他水汪汪的大眼睛一眨不眨地盯著我，臉上還有尚未退去的些許驚慌，我心中酥麻了一下，忍不住心癢，「叭」的一口狠狠親在他白嫩嫩的臉蛋上。

他眼睛瞪得更大了。

「舒服不？」我像流氓一樣挑著他下巴問。

陌溪摸著臉，認真地思考了一會，又認真地點頭。

我笑得萬分得意。「舒服歸舒服，可是這是對自己最著緊的人才可以做的事，可不許隨便這樣做。」

陌溪在自己臉上摩挲兩下，小手又摸到我的臉上，清澈的眼眸清清楚楚地映著我的影子。他踮起腳尖，學著我的模樣，「叭」的一口也親在我臉頰上。

他又摸著自己親過的位置，一直看著我，就像是在說「我只會這樣對三生」一樣。

我一時又忍不住連著在他臉上「叭」了好幾口，親得他一臉的口水，他又無奈地不敢推開我，唯有無聲淺笑。

「陌溪、陌溪，你要三生怎麼不喜歡你！」我蹂躪著他額前細軟的髮，恨不能將他揉進自己身體裡來護著。

我與陌溪的日子還是照常地過，只是屋裡多了一個老是昏迷不醒的男人，而京城中多了很多來來回回走個不停的官兵。

酒館已經被人查過好多次，所幸都沒有查到我家來。

第二十二章

三日後，陌溪去上了學堂，我閒來沒事拿著話本子，坐在院中的搖椅上，瞅一眼天空，看一眼話本子，一晃一晃地數著日子，盼著院中梅花開。忽然，屋內響起了虛浮的腳步。我閉上眼，聽著他慢慢走出裡屋，到大廳裡轉了一圈，又在柴房門口繞了一圈，最後走到院子中，腳步頓住。

「姑娘何人？」他問，聲色冷淡：「為何救我？」

「猿糞啊！」我不由得感慨。「我心裡面最柔軟的那東西讓我救你，我也無可奈何。」

身後那人沉默了些許，聲音帶了點兒不好意思。「錯蒙姑娘厚愛，在下目前實在無心風月之事。」

我心裡覺得好笑。我說我心中最柔軟的地方，乃是指陌溪，然而這位自作聰明又自作多情的男子顯然將我誤會了個徹徹底底。我是個不喜歡解釋的人，這左右不是件多大的事，我便隨他想去。

他見我不再搭話，又道：「這幾日，可是姑娘為在下……呃，包紮換藥。」

後面沒了聲音。

「嗯。」我不甚在意道：「拉屎拉尿，脫褲子放屁，洗頭擦身揩屁股，全是我伺候你。」在陌溪睡了之後，我一個法術便搞定。我琢磨了一下，補充道：「為你好，我提醒你一句。你排泄物的味道著實重了一些，有病，得治。」

這一沒聲，便安靜到了傍晚。

陌溪回來，推開門一看，愣了愣。他跑到我身邊，拉了拉我的手，又指著那個男子，臉上的笑很是驚喜。

彼時我正端著一盤炒好的蔬菜，一邊往屋子裡走，一邊點頭。「嗯嗯，我知道、我知道。」

那人看見陌溪，表情奇怪了一瞬。「這是……」

我斜了他一眼。「我弟弟。」

陌溪對著他笑了笑，似想到什麼，又對著他作了個揖，一副小大人的模樣。

那人似乎對陌溪生了興趣，上前圍著陌溪轉了幾圈道：「根骨奇佳，是塊練武的好料子。只是，他不會說話？」

這話他問得小心翼翼，倒是我答得大刺刺。「嗯，天生如此。」

陌溪也笑得不甚在意，引得他連連奇怪地看了我們好幾眼。

「姑娘豁達。」

飯桌上，我替陌溪夾菜，他如往常一樣對我比劃著學堂裡的一些趣事。那人看不下去了，道：「他如今尚不會寫一字？」

陌溪臉上的笑一頓，埋頭吃飯。我將筷子一放。「你有意見？」

「我……」

「有意見我也會無視。」

他默了默，微微嘆息道：「姑娘誤會，我的意思是，學堂的夫子興許是看見孩子這個樣子，對他生了偏見，沒有好好教他。而今姑娘於我有救命之恩，我無以為報，唯有教他一些實用的東西，讓他未來有安生立命之本。」

「這話你問陌溪便是，望著我做甚？」在我看來，陌溪從來就與我是平等的，他的事不自己拿主意，我又怎麼替他拿。

那人又是一陣嘆息，好似覺得與我交流甚是困難。待他又要說話時，陌溪突然拽住他的手，認真盯著他，一個勁地點頭。他愣了愣。笑道：「既然如此，我已是你師父，明日你便不用去學堂了。跟著我學，會吃許多苦頭，你可得做好準備。」

陌溪仍是一個勁地點頭。我淡淡道：「你叫什麼名字？我總不能老是喂喂地叫你。」

他想了一會。「在下名喚白九。」

我一聲嗤笑，這假名字取得真沒創意。「很好，我叫黃酒。這孩子叫雄黃酒。」

白九臉上一抽搐。「姑娘風趣……」

我淡淡道：「過獎。」

自此，陌溪便開始了他的拜師生涯。

師父，不僅是對於陌溪，連對於我來說都是一個陌生的生物。白九教陌溪識字畫畫，教他習武強身，偶爾還教他彈奏兩首風雅的琴曲。

他教得多，陌溪也學得快，彷彿上天剝奪了他說話的能力，便在天資方面補償了他一樣。

特別是在彈琴這方面，他最是有天賦，學了沒多久，便能隱隱彈出一首曲子來了。我最愛趴在他的琴案旁邊，撐著腦袋看著他一副小大人的模樣。稚嫩的指尖在琴弦上挑動、旋轉，有些音都還沒掌握準確，但是胸有成竹的模樣真是可愛得讓人不愛也不行。

陌溪學習非常認真，即便沒有白九的督促，他每日都會超額完成白九布置的任務。但畢竟人還小，長期下來，還是有些撐不住。

今年初雪之日，我替陌溪縫了一件新襖子，他拿著左看看、右看看，既捨不得穿，又捨不得放下，紅撲撲的一張臉看得我心暖。「你自己收拾一下，我去做飯。」

但是等我端著飯菜回來的時候，陌溪竟然抱著襖子趴在桌上睡著了。

我將他抱回床上，替他蓋好被子，看著他瘦了不少的小臉很是心疼。微微嘆了口氣，我見他睡得這麼香甜，不由得也生了一絲睡意，也不想管一桌子慢慢冷掉的菜，趴在床邊，守著他也慢慢睡著了。

我是被臉上的搔癢感弄醒的。

睜開眼，陌溪正笑咪咪地望著我，手上還捏著我的髮，髮梢掃過我的臉頰，又是一陣難耐的癢癢。

我素來不喜別人碰我這一頭金貴的毛，但是陌溪無所謂；即便是有所謂，見他一臉快樂的模樣，我也什麼氣都聚不起來了，唯有對著他眨巴眨巴眼睛道：「陌溪，你是在調戲三生嗎？」

他學著我的模樣眨巴眨巴了眼，疑惑地望著我，不懂調戲為何物。我對著他邪邪一笑，玩笑般一口咬在他耳朵上。「此乃調戲。」

他愣了愣，捂著耳朵，小臉一陣緋紅。

我正嘆息這孩子此生臉皮怎地如此薄，不想他嘟了嘟嘴巴，「叭」的一口，毫不示弱地親在我臉上。

這次換我愣了。

他抓過我的手，在我掌心中用食指一筆一筆地寫著，他寫：「三生，最喜歡。」

我只覺心底頓時融成了一攤水，溫溫熱熱，搖搖晃晃，蕩漾著溫暖了四肢百骸。

等回過神來，我老實不客氣地在他臉上也「叭」了一口，立馬脫了鞋、掀了被子爬上床，將他緊緊摟在懷裡。「今天咱們啥都不幹，好好休息。」

可是哪有那麼好的事，我們躺下還沒多久，被子便被掀開了。

白九額頭上青筋亂跳，看了看陌溪，又狠狠盯著我，最後閉上眼忍了好久，才穩住聲音道：「今日為何不做功課？」

陌溪猛地自我懷中跳出來，急急忙忙地下床穿鞋。

被人打擾了這麼溫馨的時刻，我心裡火冒三丈，一手抓住陌溪，望著白九道：「跑什麼？又不是捉姦在床。」

陌溪顯然不知這詞是什麼意思，倒是將白九氣得臉色鐵青，指著我「妳、妳、妳……」了半天，愣是沒說出句話來。他動手要將陌溪拖過去，我不動聲色地攬過陌溪，一隻手攔在他與陌溪之間。

他沒抓到人，臉色更是難看。

我得意一笑，驕傲道：「哼！陌溪是我的！」

「他如今已算是長大，怎能再與異性同臥於床榻之上！即便妳是他姊姊也不能做出如此失矩之事，快些將他放下來！」

我不再理會氣急敗壞的白九，回頭摸了摸陌溪的腦袋，問：「這個糟老頭子，滿腦子的迂腐規矩，一門心思的奔著齷齪角度去鑽研，你還要跟著他學？」其實白九不過二、三十來歲的年紀，離糟老頭子的境界還差了很遠，但現在在我看來，他的思想迂腐得與那些書院的糟老頭子沒甚區別。

此話一出，白九的臉漲成了豬肝色，彷彿想一口黑狗血噴在我的臉上，再將我拖出去暴打一頓。

陌溪急急捂住我的嘴，對我的話很不贊同。我拉開他的手問：「你還想和他學？」

陌溪看了看白九，點了點頭。我眼角餘光瞥見白九臉上拉出了一個詭異的笑，或許他的笑只是對陌溪的聽話表示讚許，但在我看來，他這個笑更像是個占了便宜的小孩，又像是個喜形於色的小人。

一時間，我說不出心裡是什麼感覺，唯有淡淡道：「好，那就繼續學吧。」然後推開陌溪，連鞋都沒穿，逕自走出房門。陌溪在後面急急地追我，然而但聞白九一聲喚，他便停住了腳步。

我心裡氣得嘔血，出了門，站了站，見陌溪當真沒再追來，我捂著胸口，咬著牙一路跑去了小酒館。

當晚，我在酒館中將就了一夜。

這是我第一次夜不歸宿，也是我第一次對陌溪置氣，又或者說，這樣的情緒更像是在吃醋。明明是我救的一個莫名其妙的人，這和他才相處幾天啊！那死孩子的胳膊肘就往外拐了！真是……

你大爺的！

在酒館留宿的那一個晚上，我支走了劉掌櫃和所有夥計，然後將店裡所有的白酒全都倒進了茅廁裡。

第二天才起，劉掌櫃便來找我了，將我拉到那堆空酒罈前，擺出一副欲哭無淚的表情。

我一攤手，涼涼道：「看來這白酒著實太不招人喜歡，咱們不賣它就是，今日賣黃酒吧。」

劉掌櫃見我這個當家的都不甚在意，自然也無話可說。

我賭著氣並未回家，在酒館坐了一天。見還沒人來找我，心裡窩火得越發厲害，石頭的倔脾氣上來了，又在酒館將就了一夜。

第三天，我在店門口，黑著臉陰森森地站了一上午，駭得沒一個人敢進來喝酒。劉掌櫃好說歹說，半是拉、半是拽地把我拖回店裡。

我找了個角落，死命地喝酒，心裡一會是生氣，一會是難過，喝了一點酒，開始胡亂想著陌溪是不是出了什麼事，又多生出了擔心的情緒。這心一懸，我便再也沒法坐下去了，站起身正想往回走，一個小小的人影猛地撲進我的懷裡，將我的腰死死抱住。

我低頭一看，這可不正是陌溪嗎！他抱著我，臉緊緊貼在我的腹部，呼吸急促而混亂，過了好久也沒平息下來。

「陌溪？」

他不搭理我，我只好又連著喚了幾聲，他才貼著我的腹部點了點頭，以示他聽見了。

「怎麼了？」

他這才從我懷裡抬起頭來，一雙眼竟是通紅的。他打著手勢告訴我，他以為我走了，不要他了。

我眉頭一皺，忍不住控訴：「分明是你不要我了！」

被我這麼一說，他眼眶又是一紅，似要落下淚來，慌忙地對我比劃著。大意是，昨天白九帶著他去了郊外練武，他也一天沒回，今早回來才發現我不在了，連忙找過來，又讓我不要怪他，不要生氣。後來想了想，在我掌心寫下：「三生不喜歡師父，陌溪不學了。」

見他慌成了這樣，我心裡便是有再大的氣也瞬間煙消雲散了。

唯有長嘆口氣，蹲下身去，摸了摸他的頭髮，道：「陌溪為什麼那麼喜歡白九？他比三生長得漂亮嗎？」

他堅定地搖了搖頭，我十分欣慰地笑了。「那我們另找個師父好不好？」

他默了一會，在我手心裡寫下：「陌溪想習武。」

我深表詫異地挑了挑眉。沒想到陌溪是存了這樣的想法。正想問他為什麼，忽聽一個粗獷的男聲在店門口嚷嚷。

「沒白酒？你個開酒館的居然說沒酒？老子今天偏偏要喝！」

第二十三章

劉掌櫃老實，最是好欺負，遇到蠻橫的顧客，不管自己是對是錯，總是一個勁地給對方賠不是。

我眉頭一皺，對陌溪道：「你先待在這兒，等我處理完了一起回去。」陌溪不安地想拉住我，我安撫似地拍了拍他的頭，走了過去。

看見來人，我挑了挑眉。這橫行京城的闞三少今日竟然挑中了我這小酒館撒潑，當真是奇事一件。闞三少他爹乃是朝廷一品大員，姊姊又入宮當了皇妃，一家人皇寵正盛，平日裡誰見了他們都得禮讓三分。

這闞家三少的品行更是出了名的爛得掉渣，每日正事不做，最愛出現在各種聲色場所，愛女色、愛金銀、愛喝酒，一個十足的紈褲子弟。

這麼一個傳說中的人突然出現在我這名不見經傳的小店，著實讓我驚了一驚。

劉掌櫃還在向他道歉，我扶住劉掌櫃，對闞三少道：「本店今日沒有白酒，公子非要喝，前面大街轉角處有好幾家大酒樓。」

掉。

闞三少見了我，瞇著眼上下打量一番，猥瑣的眼神看得我只想將他眼睛挖

他摸了摸下巴，笑道：「剛才來的路上，聽聞這酒館的老闆娘是個死了丈夫的寡婦，帶著個兒子，但是一點不顯老，還長得十分漂亮，少爺我本還不信……原來這傳言還真的不錯，確實是個美妙的人兒。」

我淡淡道：「算是對了一半。」

他見我不氣不惱，一時也忘了怎麼接話，等回過神來，他臉上的笑越發淫蕩，一邊向我走來，一邊動手要抓我。「哈哈！他們還忘了說，這家小娘子還是個寂寞極了的小蕩婦！今日就讓爺來疼愛疼愛妳可好？」

我看著他越靠越近，心裡正在琢磨是先割了他的舌頭，還是先挖了他的眼，又或者是直接閹了他，將他的小弟弟掛到城樓上，既為天下女性做了貢獻，又起到殺雞儆猴的作用。

突然，一個小小的人影猛地衝過來，將他狠狠地推倒在地。

我還在愣神，又是一個酒壺砸在闞三少的身上，潑了他一身的黃酒。

場面一時寂靜。

陌溪似乎還不解氣，到櫃檯後面，找了張紙寫了個大大的「滾」字，又扔在他身上。

除了上次在地府中，他對著我砸火球，我還沒見過他什麼時候發過這麼大

的火。可能他也曾發過這樣大的火，不過是因為那時他是個成人，心智成熟，懂得忍耐，而現在只是個孩子，有火就直接爆發出來。

我瞥見周圍看熱鬧的人迅速散去，劉掌櫃一副大難臨頭的模樣，店裡的夥計們也都白了臉，我想大家都是知道這霸王的報復手段。

可是他們怕，我卻不怕。

我剛想誇陌溪兩句，陌溪卻拉下我的身子，抱住我，一遍一遍輕輕拍著我的背，似乎在安慰我，讓我不要害怕，似乎在說：「沒關係，三生，沒關係，陌溪會保護妳。」

我哭笑不得之餘，又生出許多的感動。正摟著他激動地一顫一顫的，忽然看見被他推倒的闞三少爬了起來，手中捏著酒壺的碎片就往陌溪頭上拍去。

一時間，我腦中一片空白，只想無論如何誰都不能傷了我的陌溪，當下將他的頭往懷中一按，自己頂了上去。只覺一股尖銳的刺痛拍在我頭頂上，即便我是石頭化的靈，也被這一下拍得眼前一黑，天旋地轉了好一陣子。

陌溪在我懷裡嚇呆了，伸出手，小心翼翼地摸著我額頭上慢慢滑下的溫熱而黏膩的血液，滿眼的驚詫惶恐。

我道：「陌溪別怕。」

他臉色白成一片。

闞三少在旁邊嚷嚷著頭痛，說要殺了我與陌溪，將我們的頭割下來，給他補償。

我心中怒火熾熱，動了殺意。

千多年來，我還沒被如此對待過，這關三少著實是開了個先河。我現在只想將關三少的小弟弟剪下來，爆炒一頓，讓他自己吃掉，看看他自己是能不能再長一個出來，補償補償！

閻王不讓我在人間殺人，可是讓人生不如死的辦法實在太多。

我眼中怒意凝結，指尖陰氣攢動。他若再向前走一步，我便可直接廢掉他的命根。

說時遲、那時快，一個人影猛地拽住關三少的胳膊，將他拖得一個踉蹌，狼狽摔倒在地。那人似又不解氣地上前狠狠踢了他一腳，罵道：「光天化日，竟然有如此敗類橫行霸道！」

我聽著這聲音覺得熟悉，抹了一把血，將那人看清楚了——

白九。

我撇了撇嘴角，轉頭看陌溪，卻見他欣喜不已的模樣。我心中醋意更甚，將頭一捂，佯裝虛弱地往陌溪身上一倒，有氣無力道：「陌溪，三生好痛……」

陌溪一時慌了，緊緊地抱住我，眼眶紅了一圈又一圈，還沒敢哭出來。

我倚在陌溪身上，挑釁地看了眼白九，而這時他還哪有心情來與我鬥氣。

那關三少著實是個沒用的廢物，被白九踢了一腳竟直接暈過去！與這霸王發生口角是一回事，小孩子對他動手是一回事，與他打架是一回事，把他打暈又是一回事。

白九眼神往遠處犀利地一掃，對劉掌櫃道：「今日別做生意了。」又上前來問我：「可還能走？」

我心道關三少今日被打成這樣，他爹決計是不會善罷甘休的。得罪了朝廷大員，對陌溪此生來說絕不是一件好事。現下唯有趕快逃走，在官兵找到我們之前，逃離京城，換個身分再做打算。

我不再裝柔弱，將頭上的血一擦。「皮外傷，不礙事。」

白九挑了挑眉，沒說什麼。

回到家之後，我本想快快收拾了東西跑了再說，陌溪卻堅持要先幫我包紮傷口，死活不肯走。

這一世我從未在陌溪面前用過法術，此時自然是不敢漏了餡，唯有乖乖等著陌溪顫抖著手慢慢替我清理包紮傷口。

我想，關三少再如何厲害也不過只是個世家子弟，官兵了不起明天才找得過來。

但沒想到的是，當夜官兵便尋了來。我聽到他們沉重的腳步聲，心知這絕不是普通官兵的排場。為了捉一個打了關三少的女子和小孩，這陣仗實在是大了些。我轉頭望向院子裡的白九，他背著我，身形卻顯得蕭索。

所以當聽到院子外傳來「叛將白齊！休要做無用的抵抗」這話時，我一點驚訝的情緒也沒有，救他的時候便知道這個人不簡單。

白齊，叛國的大將軍王，傳說他是不滿當朝皇帝任用貪官、施行暴政的做法，在與東蠻作戰的時候主動降了東蠻，反過來攻打朝廷，意欲推翻暴政，自己做皇帝。

這麼一個人物居然讓我們撞上了，難怪京城戒嚴多日，更難怪官兵這麼快便尋了過來。

陌溪拽住我衣袖的手抖得厲害，我摸了摸他的頭，溫言道：「別怕，三生在。」

他卻搖了搖頭，在我手心裡寫下：「陌溪保護三生。」一雙眼在黑夜中亮得耀人。

白齊拉開院門，外面皆是身著黑甲、全副武裝的士兵們，刀刃映著火光，刺得我眼生疼。隨著火光撲面而來的，還有一股令我渾身不自在的凜然之氣。

我透過大門向遠方遙遙望去，一頂明黃色的轎子落在層層包圍的士兵之外。我頗為意外地挑了挑眉。沒想到這傳說中的暴君竟然如此重視白齊，捉拿犯人的時候居然親自來了。我不由得暗自嘆息，這次只怕我是想幫他也幫不了了。

冥界的靈物對皇帝身上所帶的天生龍氣有種天生的懼怕，再是昏庸的皇帝，身上的龍氣也足以將冥界的小靈物們壓得抬不了頭。我雖不至於被壓得抬不起頭，但是身上的力量卻是被壓得丟了十之八九。

「叛將白齊！你背叛皇上，投降敵國，殘殺我天朝黎民百姓！現今還膽敢刺殺皇上！犯下滔天大罪……」

太監細著嗓子數落他的罪行。白齊一聲冷喝：「廢話什麼！要抓我，來便是。」

陌溪一聽這話，身形一顫，想要出去，我靜靜地攔下他，對他搖了搖頭。

三生從來是個自私的靈物，朋友的遠近親疏劃分得清清楚楚，與白齊的這點兒交情，還犯不著我搭上陌溪，搭上自己去救他。得罪了皇帝，對陌溪此生絕無好處。

太監一聲冷哼：「來人呀！還不將賊人拿下！」有士兵立即衝上前去。

白齊面色一凜，冷笑著直接擰斷了來者的胳膊，搶過他的長矛，轉手便刺穿後來者的胸膛，笑道：「你們想抓我，怕是還差了點兒本事。」

看來，大將軍王驍勇善戰，武功蓋世，想來並不是虛傳。

太監不由得變了臉色，往那明黃的轎子看去。只聽那方傳來兩下輕輕的擊掌聲。

我眉目一皺，感覺院子裡殺氣猛地重了起來。抬眼看去，不知何時，院牆之上皆是引弓欲發的射手們。若是平時，他們還沒爬上牆頭我便能將他們一一拍下去，但今日皇帝的出現嚴重阻礙了我的感知。

我將陌溪往懷裡一攬，手中的陰氣暗自凝聚。

白齊眉目冷凝，掃了一眼包圍了整個小院的士兵，對遠處的轎子高聲道：「不關他們的事，我與你走，放了他們。」

太監湊耳到轎子旁邊，靜靜聆聽了一會，一揮手，四周的弓箭手立即收箭。白齊將手中的利矛一扔，立即有士兵拿著鐵鍊上前來將他緊緊鎖住。我望著他的背影，只有嘆息。白齊啊白齊，虧你還是個大將軍王，人心險惡，你怎地如此輕信他人。

即便那是皇帝。

沒等白齊走出多遠，太監又是一聲高喝：「殺！」

被五、六位士兵架走的白齊駭然回頭，怒喝：「暴君……」

他話音未落，弓箭手們已聽令發箭。無數利箭破空而來，我摟著陌溪站在院子中央，身邊沒有一個可以躲藏的地方。

死，還是顯露自己的靈力。

我笑，還用選嗎？陌溪在，他還沒歷劫，我斷斷不會讓他出半點紕漏。

早就凝於掌心的陰氣收回丹田，我閉目凝神，一聲短促有力的低喝，渾身陰氣震盪開來，所有的利箭以比來時更快地迅速反彈回去，將牆頭上的官兵射得措手不及。

一時間，耳邊的慘叫哀鳴不斷，士兵們一一跌落牆頭。即便是沒有受傷的，此時都嚇得呆住，傻傻地望著我。

場面一片死寂。

所有人的目光都凝在我身上，我頗為不好意思地掩面嘆息。「容貌傾城，當真是我的過錯。」

「啊！妖術！」不知是誰恍然驚醒似地大吼一聲，人馬頓時嘈雜起來。

我轉頭，但見陌溪也瞪大了雙眼，震驚地望著我。我握了握陌溪微涼的小手，對著他蒼白的小臉彎唇一笑，一如往常叫他回家吃飯那般。「陌溪別怕，三生在。」

「妖怪！她是妖怪！」太監尖細的聲音磨得人耳根疼。

陌溪呆呆地看著我，我不由得心尖發澀，想到前兩世慘淡的收尾，忍不住道：「陌溪別聽他們胡說，三生不是妖怪。」

而現在哪有時間讓我耽擱，太監大叫著「殺了她」，四周的官兵們蠢蠢欲動。

趁他們動手前，我掐了個空隙，提起丹田之內為數不多的力量，縱身躍至白齊身邊，趁眾人都未反應過來之際，一掌劈暈了抓住白齊的幾個壯碩士兵，將白齊的胳膊一提，又飛身躍回陌溪身邊。

不看他們驚詫的眼神，我指尖一動，白齊手腕上兩指粗的鐵鍊應聲而斷。我一把將陌溪塞到白齊懷裡，推了他一把。「帶陌溪走，我斷後。」

我想，白齊再厲害也只是個凡人，這裡這麼多士兵，還有弓箭手，要他斷後不太保險，也不大厚道。

然而即便是只餘了一、兩層靈力，我也有滿滿的自信可以擋住在場凡人。他們沒有法力，大不了能讓我受點兒皮外傷。我催著白齊抱著陌溪走，他倆在，我才是真的施展不開。

白齊見我方才那聲低喝便有如此威力，當下也不再問我什麼，道了聲「保重」，抱住陌溪的腰便要逃。

陌溪卻在他懷裡猛地掙扎起來，一手拽住我的衣袖，說什麼也不放開，大有死同穴的意味。我摸了摸陌溪細軟的頭髮道：「陌溪別怕，三生很厲害，你們先走一會，我馬上就跟上來。」

他仍是倔得不放手，滿眼的驚惶與害怕。

那方已有士兵欲攻上前來，我轉頭狠狠瞪了他一眼，陰氣澎湃而出，嚇得那士兵腿一軟，跪倒在地。然而傷了一人以後，周遭的士兵更是躁動起來。

我急得沒法子，只好一狠心，一根一根地掰開他拽住我衣袖的手指。

陌溪望著我，滿眼的驚惶與不敢置信。

我不忍心看。甩開他的手，背過身子往前走了兩步，冷聲道：「走！」

陌溪不能說話，他到底是怎麼走的，我不知道，只是他滴落在我手背上的淚水滾燙得無比灼人。沒事，我想，這又不是生離死別，我與陌溪定會很快見面的。

士兵們見白齊逃走，一時有些慌了，幾個膽大的衝上前來，意欲躍過我直接去追白齊。

我笑了笑。「留步。」

這是溫和的勸誡。說話的同時，我指尖陰氣凝聚，手臂一揮，一條長而細、深而窄的痕跡劃過小院子，逕自將小院連著左右隔壁好幾家的小院都切割成兩半。

線的那邊是士兵們，線的這邊是我。

我笑著，聲音中卻帶有忘川千年凝出的煞氣：「過線者，切掉小弟弟哦。」

第二十四章

我以為只剩我一人，收拾了士兵再自己脫身是件非常容易的事，只用一個遁地術，馬上便可追上陌溪他們。

但，世事總是不如我意。

我萬萬沒有想到皇帝竟然會親自動手，更沒想到這個傳說中的昏君竟然是個狠角色。憑著內力充足的一掌，還有隨後而來的鐵網，我毫無意外地被擒住。

被拖進監牢之前，我還在想，等皇帝離遠了，我靈力一恢復便遁地逃走。

但是被拖進監牢之後，我只有無力嘆息。看來對於這皇帝來說，白齊實在是個很重要的人，否則為何會將我關在皇宮的地牢之中。

我猜皇帝約莫是覺得，白齊的勢力不可小估，將我關在皇宮裡，一來，能最大限度地杜絕白齊來救我；二來，能最大限度地防止我逃跑，畢竟這世上還有什麼地方比皇宮的守衛更加森嚴；三來，則是更方便對我施以刑罰，逼我供出陌溪他們的去向。只是他們不知道，這樣做也陰差陽錯地將我的靈力壓制到最低。

活。

跑不了，我便抱著既來之則安之的態度，在暗無天日的地牢中過自己的生活。

凡人的刑具對我造不成實質的威脅，每日一頓的鞭打於我而言不過是定時撓撓癢。

只是我被這每日一撓，撓得委實委屈。

他們每日都問我白齊的去向、他日後的計畫，我哪裡知道他們的去向和計畫！老老實實地答了，他們還偏偏說我不老實。

我想，以後等這些人去了冥府，我定叫小鬼們問問他們長沒長腦子。如果他們說長了，那就往死了抽；如果說沒長，就直接割了腦袋推進畜生道裡。

他們不信我，我也懶得答他們話，久而久之，他們每日也只是例行公事地來抽我兩鞭子。再以後，就沒人來抽我了，也沒人來送飯給我了。我被關在牢籠之中，沒日沒夜地活著。他們想將我餓死，殊不知我這個石頭化的靈只要能接地氣，便可以不吃不喝繼續活上好幾百年。

我在這寂寞的地牢裡閒得無事，便將自己荒廢已久的打坐調息的心法回憶了起來。

那是初初化靈的時候，我日日都要修煉的功課，乃是靈物必修基礎。早在百多年前，這些基礎課我便沒有做過了，而今體內靈力被壓制得只餘極少，別的事也沒法做，只能將基礎心法拿出來修煉、梳理。

地牢極是安靜，正好讓方便我入定。

我日復一日地修煉下來，體內氣息倒是還真比之前順暢不少。若是像現在這樣潛心修煉下去，說不定再等個幾百年，我當真可以直接飛升成仙了也未可知。

然而，這卻是不行的。我不知人世天日幾何，更不知陌溪在外面過得怎麼樣了，越是在地牢待得久了，我越是擔心他。怕他過得不好，怕他被人欺負，更怕他渡不了劫。

不知在這片黑暗之中渾渾噩噩地待了多久，終於有一日，我忽而聽到了有嘈雜的聲音由遠及近、由小及大，慢慢向地牢這方而來。

我睜開眼睛，感到許久未變過的地牢氣息倏地一動，緊接著一道在死寂的環境裡顯得無比突兀的開門聲傳來。外面的寒風鑽入像是與世隔絕的地牢裡，捲來了我已許久未曾嗅到過的花香，是梅花香。

我貪戀地多吸幾口，在地牢裡練得比之前敏銳許多的聽覺察覺出門口的動靜。

大約有四、五人走進來，火把的光亮映得轉角處的石磚微微發亮。光極暗，但對於在黑暗中待了太久的我來說，已經是很亮的光了。

我愣愣地盯著那光看了一會，忽然想到，這地牢已有很久沒有人來過了……

先前還有人鞭打我的時候，我還能勉強算算日子，一頓鞭子是一天；後來沒人打我了，我也能憑著自己的感覺記錄一下時日；再後來，我開始懷疑自己的感覺，時間也沒法再記錄下去。可即便不記錄，憑著氣溫的轉換，我也知道，這人世應當已經過了好些年了。

這麼些年，在這牢裡沒有人來送過飯，沒有人來開過門，沒吃沒喝、沒法呼吸，卻還好端端地活著一個睜眼的大姑娘……

我想，看見我的人，他們的反應大概會很精采，而我現在的狀態估計也會被很精采地打破……

我現在被關在皇宮裡，身體裡的法力雖恢復一些，但還不足以讓我逃出牢房。回頭他們找了道士來殺我，我便只好乖乖等死了。

死並不可怕，可怕的是，如今這一生是我勾搭陌溪的最後一生了，若就這樣冤枉地沒了，我可不甘心。

是以，為避免這種情況的發生，我識趣地往牆角縮了縮，抱著那堆已經枯得快化成粉的乾草把自己擋住。所幸我這些年修煉還算勤快，閉個個把時辰的氣，隱藏一下自己氣息，應該不是什麼大問題。

我這方正想著，外面的人已經走過轉角，行至我牢門前。

「等等……」

他們穿著禁軍的衣裳，有一人拿著火把往四周照了照，略顯緊張地問：「你們有沒有聽到什麼聲音？」

火光拉扯著他們的影子跳躍，牢房裡靜了一瞬。走在最前端的那人探了探四周道：「這地牢已經近十年未曾開過，除鼠蟻外，還能有什麼聲音？」他嫌棄道：「你別太緊張，咱們把這人關了就出去，點著火呢，還怕什麼！」

「可是……聽說……十年前，先皇還在的時候，這裡曾關過一個女妖……」

十年？原來我被關進來已有十年之久！那陌溪現在豈不是已經長大了，再過兩年便要行冠禮娶媳婦了。我大驚，我可不能再在這裡耽擱了！

可現在我也沒法出去啊。

我咬牙，暗自糾結。那幾名禁軍比我更為糾結。

「你別瞎說！」為首之人雖喝斥他，但自己的聲音卻也有點顫抖。「鬼神之說豈可信？」他自顧自地舉著火把到前方去，拿鑰匙打開了我隔壁牢房的門。「快來、快來，快把那傢伙給我拖進來！關好了，就沒咱們的事了。」

他話音一落，後面另有兩個軍士踏進來，他們小心翼翼地打量四周，兩人還架著一個渾身是血的黑衣人。

忽然，我手腕一熱，這熟悉的感覺讓我身形不由得一僵。

被禁軍軍士架進來的那人幾乎是被拖著走的，黑髮覆了滿臉，淌了一地的血腥味。然而便是在這樣昏暗的環境中，便是連臉也沒看清的情況下，我就已認出了那個人！

我倏地抽了一口氣，猛地站起身來。

膽小的禁軍一直注視著地牢裡的情況，但聞我這方動靜，立時抽出了比我更大的吸氣聲，一聲大喊：「鬼……鬼鬼啊！」

我許久沒梳過頭髮，此時亂髮與乾草胡亂紮了一頭，我也懶得理一理，只伸出手，向著那方直挺挺地走過去。「把他給我！」

太久沒說話，讓我聲音又啞又粗，像是被刀磨過一樣。活動得太少，讓我腳步有些飄忽，待我走到牢門邊伸出手去抓他們時，幾個禁軍已嚇得面色蒼白，手忙腳亂、連滾帶爬地奔出去。黑衣人被扔在冰冷的地上，生死難辨。

「陌溪……」我喚他，艱難地從手臂粗的牢房欄杆縫隙裡伸出手去抓他，觸碰到他散落於地的髮絲。「陌溪，陌溪！」

他的名字和髮端像是有溫度一樣，讓我脣畔、心尖和掌心都灼熱起來。

將他的頭髮抓了好一陣子，我才確定這不是自己閒來無事發的夢。努力地把手往前伸，我費力地摸到了陌溪的額頭，觸手一片滾燙，應當是發起燒了。然而額頭已是我能觸碰到的極限，牢房的鐵柵欄將我擋住，讓我沒法摸到他的脈搏，探不出他究竟傷得如何。

我心裡很是焦急。

外面的牢門沒關，冷風呼呼地往牢裡吹。今生的陌溪沒有修仙，終究是個凡人的身體，如此任他躺在地上，怕是活不了多久了。

我調動內息，將這些年在牢裡修煉而得的法力慢慢渡給他。

我是冥界的靈物，身體裡的陰氣其實不大適合救人，但總好過讓他躺在這裡等死，這也算是兩害相權取其輕了吧。

外面的風帶來逃出去的士兵們驚魂未定的聲音。

「你們可看見了？著實是鬼沒錯吧！」

「那人還沒關進牢裡呢，回頭跑了怎麼辦！」

「裡面有鬼呢，我可不敢再進去，先把大門關上吧，反正他傷成那樣，怎麼也跑不了……」

「那可是白齊的徒弟哎！你能保證他跑不了？」

「……那你說，這下子該怎麼辦？」

「……你說怎麼辦？不然咱們先把門關了，再去找大人商議……」

外面的門轟然關上，阻絕了氣息流動，也隔斷了外面的聲音，地牢裡再次變得死寂。

他們定是還會回來的。

我心裡更是著急。待他們回來時，我是絕不能再像方才那樣失策現身，若是我先被收拾了，陌溪一個人在牢裡定會更難受。現在我兩人雖都出不去，但我好歹還是能幫他調理調理身體的。

我只好趁現在盡量助他療傷，忽覺他腦袋動了動，額頭在我掌心輕輕一蹭，一如他小時候與我撒嬌一樣。我心尖一暖，隨即又是一陣抽疼。我那麼寶貝的陌溪，這是被哪個混帳東西打成這樣的啊……

他好似是冷了，又好似是作了什麼惡夢，身體不停地顫抖著，我輕輕拍了拍他的額頭。「陌溪別怕，陌溪別怕，三生在這兒。」

我一聲聲的安慰，連帶著把累積不多的法力都渡到他身上，顯然這樣讓他好受許多，他身體不再顫抖，呼吸也慢慢變得綿長起來。

我抹了一把頭上的虛汗，忽聞牢門「咔」的一聲，外面的寒氣再次灌了進來。

這一次走進地牢的人至少比先前多了兩倍，且腳步堅定，踏步之聲鏗鏘，聽起來比方才那幾人難對付多了。

我往牆角一縮，拿乾草將自己裹了裹，心裡還是覺得不保險。我這下子再怎麼隱藏自己的氣息，怕是都逃不過人家點著火把仔仔細細地找吧，當下心中一急，腦中卻猛地閃出了個主意。

我就地一縮腦袋，化了真身，變作一塊石頭匍匐於地。

其實遇見困境化真身這種事，對一個已修了千年的靈物來說不大光彩，就像小孩學會用兩條腿走路之後便不會再爬著走路一樣，這是一種生命的退化，但凡有點氣節的靈物，大抵是不會變化得像我這麼乾脆的。

但在現實面前，氣節什麼的，自可適當地彎彎腰。

我變成石頭沒多久，一行人踏了過來，他們點著火把，照亮了整個地牢。為首一人不過十幾歲年紀，神色卻極為老練沉凝，他穿著輕甲衣，稍稍一動，身上的鐵皮甲片便嘩嘩作響。他目光冷冽地在牢中一轉，最後落在趴於地面的陌溪身上，冷聲問：「方才，是何人說此地有惡鬼？」

沒人答話。

站在隊伍後面的那四人抖成了篩子。

「只將人架來關住也做不好，我禁衛軍要你們何用。」輕甲軍士聲音冰冷：「給我斬了。」

此話一出，幾人腿軟跪下，大喊饒命，卻被其他士兵毫不留情地拖出去。

這人小小年紀，戾氣竟如此的重，只為這種事便要殺人？不看重生死如我，也覺得他沒有把人命當人命看。

輕甲軍士下令處理了那幾人，卻沒急著走，反而往地牢裡踏了幾步，站在一個沒有設立柵欄的空曠地。我心裡微微慌張起來，我知道那裡是用來幹什麼的，在剛被抓進牢裡來的那段時間，我便是在那裡挨了每日一頓鞭笞之刑。

輕甲軍士冷聲道：「把他拖過來，打醒。」

有兩人抱拳領命，一人一邊，拽著陌溪的手臂，將昏迷的他拖到了那方，緊接著後面便有人端來一盆冷水潑在他頭上。

我看著便覺得寒冷刺骨。

陌溪還病著呢，他還病著……

另有兩人摸出了長鞭。待陌溪手指微微一動，慢慢睜開眼，輕甲軍士毫不客氣地便下令：「打。」

「啪啪」兩鞭，像是抽在我臉上，打得我眼睛火辣辣的疼。

這一生的陌溪說不出話，他很安靜，但身體卻下意識地蜷了起來。

我那麼寶貴的陌溪，怎麼能如此卑微地蜷在地上任由你們抽打！

我幾乎快忍不住怒氣，恨不能直接衝出牢籠，將那幾人碎屍萬段，恨不能拿鞭子一下下抽在他們身上，讓他們皮開肉綻！

可我不行。

我出不了牢籠，我打不到他們。

我那麼清晰地看見自己的憤怒，也那麼清晰地明白自己的無能為力。我頭一次這麼怨恨自己是冥界的靈物，若我不用受這皇家龍氣的影響，若我有足夠強大的力量……

輕甲軍士見陌溪痛得清醒了，這才冷冷問：「你若願將白齊的動向告知於我，便可免受皮肉之苦。」他招了招手，旁邊立即有人呈上筆墨，放置於地。「我知曉你乃是啞子，這便給你備了筆墨，你若肯寫，我定會稟明皇上，求皇上將你從輕發落。」

陌溪從胸腔裡發出咳嗽的聲音，聽起來，像是傷了肺腑。

我在心裡祈求，讓陌溪不要跟自己的身體過不去，拿了筆，你隨便編幾個像樣的話糊弄他們，今日也可免了苦痛。改天等他們發現你騙了他們，再告訴一點他們三分真消息、七分假消息便是；若再發現，就五分真、五分假，只是千萬不要和他們硬碰硬……

陌溪卻不動。

輕甲軍士見狀，表情微帶輕蔑。「骨頭硬，我便看你能硬多久。今日打五十鞭，休要將他打死了，明日再問。」言罷，他抬腳離去。

我此時卻沒心思管這個混帳東西要去哪裡，只顧著看那些留下的士兵一鞭一鞭地抽在陌溪身上。

我素來是個自私的靈物，我從來不知，原來這些鞭子打在別人身上，會比自己挨了更疼。

我一直奉行求天求地不如求己的行事準則，然而我現在開始乞求，只求他們能下手輕一些，再輕一些。乞求司命星君那本命格本寫得簡單點兒，再簡單點兒。別讓陌溪，再吃那麼多苦了。

像是熬了比這十年還久的時間，他們終是停了手，收了東西，將陌溪扔在我隔壁的牢房裡，只留下一碗濁水放在牢門前，走了。

地牢重歸寂靜。隔了許久，我才化成人形，顫抖著慢慢走過去。

我這間牢與隔壁牢房間只插了幾根手臂粗的精鋼柱子，可卻足夠阻攔現在的我了。我伸出手努力往前摸，卻始終抓不到他，我急得快哭了。「陌溪，陌溪。」我喚著他的名字，再說不出別的語言。

可沒想到我叫魂似地喚了許多聲後，趴在地上的人影竟當真動了動。他本仰躺於地，腦袋偏向另一方，此時卻吃力地轉頭看向我。

那些軍士走之前，還在走道裡留了一支火把，藉著那方傳來的微弱的光，我看見了他因為傷重而變得赤紅渾濁的眼睛。

他看見我，像愣住了一般，連眼睛也忘了眨。他吃力地挪動手臂，食指艱難地將我指了指，像是在確認什麼一樣。

我忙道：「是我、是我，是三生，你沒看錯，你別動，別亂動。」

聽清我的話，他驚得愣了好一會，嘴脣忽而有些顫抖。他吃力地向我伸出手，我以為他動不了了，但他卻用下巴撐著地，不知是從哪裡借了力氣，費盡工夫地爬到我這邊。

我伸出的手，正好能摸到他的臉頰。

我幾乎快要哭出來。

他指尖碰到我的手，想要觸碰我的掌心。我忙抹乾模糊了雙眼的淚花，把手心攤開遞給他。他微涼的指尖在我掌心一筆一劃，專注而吃力地寫著：「三生。」

費了這麼大的力氣，他原來，只是想喚喚我的名字。

「是我。」

他寫：「妳還活著。」

「我一直活著，我說好了會去找你的，還沒找到你，我不敢死。」

他笑了笑，已經長得比小時候大多了的手，還是像小時候那樣，拽住了我一根手指頭，緊緊地握著，然後慢慢閉上眼睛，睡了過去。

他看起來……很累了。

他還記得我的。我們分別時，他才八歲，只是一個小孩；現在已過了十年，在凡人那麼容易遺忘的記憶裡，他還記著我，這已經是件多麼不容易的事，而他還依賴我，這更讓我欣喜不已。

只可惜，他還記得我，還依賴我，我卻沒法像之前那樣將他保護得好好的。

我用另一隻手去探查他的脈搏。

虛弱，但好在先前渡了點兒法力給他，讓他能得以保命，暫時應該沒有大礙。我稍稍放下心來，只是想起那輕甲軍士最後留下的那句話，我不由得為陌溪的明天擔憂起來，明天若是再有一次這樣的鞭打……

我看著陌溪的睡顏，暗暗咬牙。「區區幾個凡人，我豈能玩不過他們。」

陌溪醒來之時，我剛握著他的手指在我手背上畫完一個符。

興許是自己的手被人使喚，讓他感覺極不適應，他下意識地往回抽了一下，我順勢鬆開他的手。卻不想不過一瞬，他驚醒似地猛地將我的手腕擒住，但握住的下一瞬間，又似突然害怕起來了一樣，倏地將我放開。這一握一鬆，弄得我有幾分怔然。

「陌溪？」我眨著眼看他。「作惡夢了？」

他躺在地上愣愣地看我，看了好一會，才打開我的掌心寫道：「我以為……」他頓了頓。「看見三生只是一個美夢。」

所以想抓住我，所以又怕打碎我嗎……

我心頭一軟，握住他已變得粗糙的大手，捏了捏，輕輕道：「你看，你眼前這個三生是熱的，能動的，不是夢，也不是鬼。你不用小心翼翼，也不用怕我。」

他搖了搖頭，像是在說不會怕。

我欣慰一笑，拽著他的手，開始在他掌心畫符，一邊畫一邊道：「雖然現在咱們倆都被關著，但是你莫怕，三生定不會讓你再吃一點苦……」我話音微頓，停下了手，望著陌溪被牢裡微弱的火光映亮的眼睛，道：「你如今，可有在外面討了妾室和小老婆？」

他被我問得愣住，不點頭也不搖頭。

見他沒回答，我心頭忽地一涼。

「打小我便與你說，不能亂接觸圖謀不軌的女子，你約莫是忘了吧。你若是討了別的女子，那我還是要讓你吃點兒苦頭的。」

陌溪略顯驚慌地張了張嘴，像是著急著要為自己辯解什麼，食指一直在地上寫著字。

我斜眼一看，大致明白他在一遍又一遍地寫著「沒有」，像個被冤枉的無辜孩子一樣急於為自己證明清白。

見他如此著急，我心頭半是甜、半是酸，拽回他的手，繼續在他手背上畫符。

「沒有便行。」畫著符，我正色道：「那些壞人再隔不久又該來了，那迂腐的白齊把你教得不好，讓你把氣節這些虛的東西看得太重。不過他已將你教成這樣，我橫豎是扭不回來了，可若要我眼睜睜地看你受傷，我卻是做不到的。」

符畫完，我將他掌心翻過來，盯著他眼睛道：「三生現在有法子助你在挨抽的過程中護住自己，讓他們打不痛也打不傷你，所以接下來我教你的東西，你得好好記住，知道嗎？」

他點頭。

我在他手掌心裡寫下六個字。「你記著這六字，在他們打你的時候，你只要唸唸咒，疼痛立時去無蹤。」他皺眉，眼中盡是疑惑。我伸手揉散了他緊皺的眉頭。「你相信三生嗎？」

他鄭重地點頭。

即便過了這麼多年未見，我要他相信我的時候，他還是選擇了毫不猶豫地相信我。

大概這就是俗話說的……

親自養大的雞崽，就是與別人養大的不一樣……吧。

第二十五章

我身上為數不多的法力都渡給陌溪了，我是沒力氣使用法術的。

好在陌溪雖然投胎轉世，但他的靈魂還是戰神的靈魂，戰神陌溪最初在我命門上留下的金印始終是他的東西。透過這金印來使喚我，再加上我畫上的符咒與先前渡給陌溪的靈力，陌溪只需要默唸咒文，將他受的傷挪到我身上來，這種小轉移法術，是不會不成功的。

看他挨打，我心痛；看他吃痛，我更痛，索性把這些打、這些痛都轉到我身上來吧。左右我一塊石頭，皮糙肉厚，這些凡人的鞭子要傷我，也不是那麼容易的。

我正想著，忽聽「咔」的一聲，是外面的牢門打開。我心頭微驚，安撫地拍了陌溪兩下，對他做口形道：「記得默唸。」然後便縮到角落，化為一塊石頭不動。

陌溪驚異地睜大眼看我，卻在聽見來人的腳步聲時，默不作聲地閉上眼，全當還在昏迷。

又是那個輕甲軍士。

他身後的隨從上前打開陌溪那邊的牢門，將陌溪拖了出去。一切皆如昨天，走流程一樣，潑水、打醒、問話，然後今日是一百鞭。

然而讓我失望的是，凡人的鞭子再怎麼抽也抽不痛一塊石頭的肉身。我已做好被打到吐血的準備，但這樣打如撓癢，實在有負我先前的期望。我趴在地上百無聊賴地數著他們抽下來的鞭子，但見陌溪也趴在地上，全然不像昨日那般被打得下意識抽搐了。

這委實是個雙贏的策略，我又為自己的才情折服了一番。

數到五十六時，揮鞭子的人忽然停下來，他頂著輕甲軍士冷如刀的眼神，蹲下去看了看陌溪，然後撓頭稟報：「大人，這人好似……」

輕甲軍士眉頭一皺。「死了？」

「……睡著了。」

「……」

「真奇了怪，這打了好似沒什麼用處啊……」

沒等那人將話說完，輕甲軍士劈手躲過他手中的長鞭，「啪啪」兩聲，一下落在陌溪背上，一下打在他脖子上。我只覺這兩處地方灼痛了一下，當即心頭一喜。

沒錯！就是這樣！這才符合我心中的悲壯場面！我正激動著，那輕甲軍士卻住了手。

「大人？」旁邊的人困惑。

我也無比困惑。打呀，你倒是打呀！我還沒進入角色呢！

輕甲軍士盯著已經睡熟了的陌溪，默了良久，聲色雖冷，但卻由衷地欽佩道：「不愧為白齊最得意的弟子。」他略一沉凝，揮手道：「不打了。」他指了指陌溪牢房前的濁水。「從此刻開始，不許給他送水與食物來，給他張紙，紙上何時有字，便何時給他吃食。他若要當真死也不肯寫，那便讓他在這裡留具全屍吧。」

「得令。」

陌溪又被拖回牢房裡關著。先前放水的地方放上一張白紙，他們連筆墨也不給陌溪備著，是打算讓他寫血書吧……

待軍士們走後不久，「睡著」的陌溪醒了，他轉頭看向我這方。

我細細聽了聽，察覺外面的聲音都消失之後，這才化了人形，又走回牢籠柵欄邊。我笑咪咪地道：「信三生，可有錯？是不是當真不痛？」

陌溪眼睛直勾勾地盯著我。我只當他是奇怪我剛才變成了石頭，我摸了摸鼻子道：「我不是妖怪，那只是……只是我會的法術。你看，我的法術不是讓你也挨打不痛了嗎？」

陌溪還是只盯著我。

不過只是十八歲的年紀，他目光裡已有些東西是我看不懂的了。

他用手撐起身子，這次挨的鞭子雖不疼，但他先前的傷卻還沒好，他慢慢地挪到欄杆這邊，坐著倚在欄杆上，抬起手，伸過柵欄的縫隙，輕輕地摸到我的脖子上。

他的眼神變得更深，像是星光在裡面被絞碎了一樣，染上他如羽的長睫毛。他的拇指在我脖子上輕輕摩挲，那是方才被輕甲軍士打到的地方。

能看到他這樣的眼神，我此刻，只恨那軍士沒有打得再狠一點。卻又心疼地覺得，我還是不要受傷好了，陌溪還是不要心疼好了……

這一連串動作好似已花光他所有的力氣，陌溪的臉色白成一片，但他卻還不肯將手從我脖子上拿開。我只好抓了他的手握住，放下。「陌溪，三生不疼的。」

他垂下眼眸，打開我的手掌，在我掌心一筆一劃地寫著。「疼。」

他不是我，他怎麼會知道我疼不疼，但是，我想，我是理解他這種心情的。心尖像是被人用狗尾巴草撓了一樣，癢癢的。我多想抱抱陌溪，趁此場景，好好溫存一番，可精鋼的柵欄比閻王辦公的時候還不講情面。不過就算抱不了，能像這樣隔著一道柵欄牽手坐著，對我來說已是極幸福的事了。

像這樣的幸福，都要追溯到百餘年前，我與陌溪的第一世去了。

掌心癢癢的，是陌溪又在寫字。「三生在這裡被關了十年？」

我點頭。「嗯，約莫是這樣。」對比忘川千年歲月，這點兒時間，著實不夠看的。

陌溪拽著我的手微微一緊，我安撫似地摸了摸他的腦袋。「沒事，其實並不太久，感覺一晃眼就過了。只是被關在這裡，我覺得最難熬的不是時間，而是想念陌溪的時間。」我輕聲道：「一想到你，流水飛逝的時間都像不走了一樣，慢得可怕。我這裡暗無天日，連人世過了幾載也不知曉，更不知道你過得如何，不知道你還記不記得我，不知道你又看過了什麼樣的世界，體驗過了怎樣的感情？想到我在你生命裡的缺失，我便覺得……」

我輕嘆。「好生遺憾啊……」

這是你我，最後一場緣分了啊，我卻把時間都浪費去哪兒了……

陌溪聽罷這番話，很久都沒動過。待他動了，卻又像停不下來，在我掌心寫著：「我記得三生，十載歲月，一朝也不敢忘懷。此次劫難若能逃出，陌溪此後，定守在三生身邊，不離不棄，不教三生再有遺憾。」

這番承諾聽得我心花怒放，我激動地勾住他的小拇指，像他小時候那樣跟他拉了個勾。「這可是你自己說的，以後你得守在我身邊，我不叫你走，你便不許走，更不許去守著別的人。」

先前陌溪還小，我便沒有與他特別強調「所屬性」這個問題，如今他也大了，命運又正好讓他重遇了我，此時不將他的「歸屬」問題落實清楚，更待何時呀！

「你要是食言……那就食言而肥，肥出三層肉，肉多得往地上掉。」

陌溪勾起脣角，輕輕笑了。

士兵一天來一次，這次已是第三次了。他們行至牢門前，敷衍了事地看了看地上的紙，什麼也沒說，默默地出了門。

當天陌溪的脣已乾裂出皮了，他現在傷重，吃可以不用多少，但沒水卻是不行的。

這些天，我不止一次勸陌溪將紙拿來胡亂寫了，陌溪只搖頭。我想偷了那張紙來，隨便畫幾個字上去，卻始終搆不到，讓陌溪拿給我，他卻固執得不幹。

我氣得敲他腦袋，陌溪默不作聲地挨打。

見他如此，我心裡更是將白齊恨出了血來。想想以前陌溪才出生時，多機靈的一小孩，偏偏讓他被教得比以前的石大壯還榆木！

他躺在地上，閉著眼，呼吸微弱，我實在是看不下去了，咬破手指，擠出鮮血，伸手到他那方去，將血餵進他嘴裡。

我的血與法力一樣，對他身體都不太好，但這點兒不好總好過眼睜睜地看他死掉。

鮮血滋潤了他乾裂的嘴脣，他下意識地舔了舔，然後含住我的手指，幾乎是本能地飢渴吮吸。

「你以後身子畏寒，可別怪我。」我有些心疼地拿拇指摩擦了一下他的臉頰，那麼涼，幾乎快沒有活人該有的溫度了。

陌溪迷迷糊糊地睜開眼，目光與我相接，又疲憊地闔上。他喉結艱難地滾動，把吮吸到的血嚥進肚子裡，隔了會兒他又猛地睜開雙眼，像是突然意識到自己喝的是什麼東西，倏地蹭起身子，扭頭躲開我的手指。

只是這點兒動作已讓他累得直喘。

他挪開了幾分距離，躺在地上看我，脣上染著我的鮮血，和他蒼白灰敗的臉色極為不搭。

我道：「我知道我的血不大好喝，但為了命著想，你還是將就吞了吧。」我將手指上的傷口往外撕開更大的口子，鮮血流出，我把手遞到他面前。陌溪沒動，鮮血落在他衣襟上，一點一滴像是巧婦繡出的紅梅花。

在微弱的光線下，我看見陌溪脣角動了動，他扭過頭，不看我的手。

我放下手，聲色漸冷：「讓你寫字你不寫，讓你喝血你不喝，你這是……在一心求死？」

他的喘息漸漸平緩下來，他別過頭沒看我，但側顏上顯現出的掙扎幾乎讓我都開始糾結了。最終，他一咬牙，轉身往放著白紙的那方爬去。拿了白紙，又回到我這方來，他作勢要咬自己的手指，我攔住他。「我這兒有，我來寫。」

他想攔我，可現在的陌溪動作哪有我快，我搶了白紙，想了想，寫道：「白齊欲攻京城。」

陌溪瞪大了眼，我揚眉。「怎麼，這難道被我猜對了？」

陌溪搖頭，在我地上寫道：「現在……不太可能。」

我道：「亂寫的事，你何必管它可不可能，把飯先騙到嘴再說。」我把紙放到牢房外，等著士兵下一次來看。

然而，等了很久，士兵卻沒有再來。

他們放棄陌溪了，他們想將他……活活餓死。或者是他們認為，陌溪已經被餓死了吧，畢竟照常理來說，重傷之下，誰能熬過三天三夜不吃不喝？

沒等到士兵，陌溪便只能食我的血。他情況不大好，先前餵的那點兒東西連給小孩子解渴都不夠，怎能救得了陌溪，我將手指上的傷口撕裂得更大，餵給陌溪。

他咬緊了嘴不肯張開，像是在說「我不喝妳的血」，像是在表決心「我情願死，也不喝妳的血」。

我知道他的心思，於是沒有和他廢話，本著該動手就動手的原則，我從欄杆的縫隙間伸過手去，捏住他的下顎，強迫他張開嘴，他此時自是沒力氣來與我對抗的。我將手指上的血擠到他的嘴裡，使巧力輕按他的喉結，強迫他把血嚥下去。

然而指尖上的血能有多少，沒多久，我的手指便蒼白一片，有些無力了。我一琢磨，索性咬了手腕，鮮血湧出，我將陌溪的下顎禁錮住，迫使他飲下腕上鮮血。

陌溪的下顎被我禁錮著，半分也動彈不得，但是他的眼睛卻慢慢紅了起來。

「三生不痛的。」我道：「陌溪別難過了。」

他眼眶紅得更厲害，最後不得不閉上眼，極力隱忍著情緒，活像我剛才說的話不是在安慰他，而是在傷害他一樣。

陌溪從來都是堅強的人，不止這一世，第一世的他、第二世的重華，即便心中某些角落有所軟弱，但外表永遠披著堅強的鎧甲，此時，他卻有了這般表現……

「陌溪，別難過。」除了這話，我想不到別的安慰他的言語了。我一聲聲地說著，他便在這一聲聲安慰中，無聲地哽咽。

我不敢把自己的血餵他太多，估計著合適便收了手，我拿衣袖替他擦了擦脣邊留下的血。「陌溪這是被我感動了嗎？」

他的手放在我的手背上，動作輕極了。我轉手握住他的手指。「陌溪可是覺得欠我良多？」

他沒有表示，但抿緊的脣角卻洩漏了他的心緒。

我摸了摸他的腦袋。「陌溪若覺得欠我，那待以後出去時，你定要好好待我。把這些，都還回來吧。」

把上一世、上上一世的都還回來。戰神陌溪不承認他欠了我的，便由這最後一世的陌溪還給我吧。我想，我好歹也得在他這最後一世撈點兒什麼，比如以身相許之類的，不然等這三生完結，我得有多虧啊。

陌溪將我的手按在他臉頰上，他蹭著我的掌心，無聲卻又堅定地點頭，就像是在立誓一樣。

見他如此乖巧，眼角還尚未褪去紅暈，我倏地又覺得，還是不要他還了吧，就這樣一直欠著我也沒關係。誰讓這些事，我自己做得那麼心甘情願呢。

長期被關在黑牢裡，讓我對時間的概念有點模糊，不知道什麼時候該餵點兒血給陌溪喝，然而我愁還沒來得及發，事情便在突然之間有了轉機。

適時，陌溪正闔眼睡著，我趴在牢房欄杆間伸手去摸他的臉，正調戲得高興時，忽聽外面牢門「咔」的一聲打開。

陌溪猛地睜開了眼，我亦是一驚，難道是那些士兵又想起來了，準備來看看？

可仔細一聽，卻覺不對，今日來的這幾人腳步急迫卻不慌亂，輕盈得彷彿動物。

我連忙將前些時候寫的那張白紙從牢房外搶回來，藏在乾稻草裡。還沒來得及化真身，已有黑衣人點著火把走到我這方牢籠之前。
四人均是一襲黑衣蒙面，待見到我時，他們均有幾分吃驚。「從未曾聞地牢中還關著一人！」
對方身分不明，我決定暫時沉默。
「師弟！」有人忽然驚呼出聲，四人登時往旁邊跑去。
看見他們，陌溪眼中驀地一亮。有人拽了拽扣在牢門上的鎖，道：「是精鋼九曲鎖。」
一人蹲下，自袖裡摸出一根極細的針開始解鎖。另有兩人自覺地走到外面去看守。
僅餘一人留在牢門邊，看了看躺在地上的陌溪，又看了看我。「妳是何人？」他問我。
我還沒答，卻見陌溪費力地招了招手讓那人過去，在地上寫道：「帶她一起走。」
那人皺了皺眉，未來得及說話，便聽外面放哨的兩人催道：「快些！」
陌溪又在地上寫了些什麼，寫得太快，離得遠的我看不清，只聽那人道：「你這是瘋了！我只是奉師父之命，來救你的。」
陌溪拽住那人不放手。
外面催促聲更急。

「好了。」便在這時，忽聽「嘩啦」一聲，鐵鎖掉在地上，解鎖的黑衣人行至陌溪身邊，逕自將他扛了起來。被拖到我的牢門前時，陌溪卻不知道哪來的力氣，倏地死死抓住牢門柵欄，怎麼都不鬆手。

黑衣人罵道：「現在已沒時間再救一個！你這是在找死！」

陌溪不聽，仍舊死死抓住欄杆。他望著我，眸中的神色讓我心頭酸澀得不成樣子。

「走吧，陌溪。」我道：「三生以後會想辦法出去的。」

黑衣人看了我一眼，拖陌溪。「走。」

陌溪還是不肯。

我走到牢門前，輕輕摸了摸他用力拽著柵欄的手。比起十年前那雙小手，他已經長得那麼大了。我望著他，微微一笑。「陌溪，你相信三生嗎？」我道：「我會出去，我會去尋你，你只須好好地活著，比現在更好地活著，我就一定能尋到你。到時候，你且記得要報答我。」

他瞪大眼看我，我一根一根地掰開他的手指。

他倏地開始拚命掙扎，外面兩人催促之聲越發急了。我厲聲道：「把他打暈拖走。」

陌溪不敢置信地看我。另外兩名黑衣人彷彿被我聲音一驚，解鎖那人卻反應更快一些，他回過神來，一記手刀砍在陌溪後頸上，陌溪的身子一軟，被他背了起來。

我立於牢門前，看他將陌溪扛出去。

我那麼不容易等到的陌溪，那麼不容易救回的陌溪……卻要又一次這樣無可奈何地看著他離開。

但又有什麼辦法呢？沒有什麼比陌溪的生命重要。

另一個黑衣人跟著走了兩步，離去前，腳步微微一頓，側頭對我道：「……抱歉。」

「沒事。」我大度地擺了擺手。「只要你們師兄幾個不要覬覦陌溪美色，不要偷偷占他便宜，好好護著他逃出去，我便不會嫌棄你們沒本事救不了我的。」

黑衣人嘴角一動，什麼也沒再說，快步出了牢門。

我退了幾步，像陌溪沒來之前那樣，倚著冷硬的石牆坐下。

他們走時，未將牢房的大門關上，外面的寒風和著梅花香「呼呼」地往裡灌，吹熄了僅有的那根插在牆上的火把。

我閉上眼，用盡全力地去聽外面的動靜，人聲、腳步聲、刀劍聲，都漸行漸遠了。大門不知被誰關上，沉重的一聲響，將所有動靜都斬斷。終於，這裡又只獨留我一人。

不過，慶幸的是，雖然不知多久才能出去，多久才能再遇見陌溪，但好歹，他的生命中，又有一段經歷，是與我一起度過的了。雖不至於刻骨銘心，但好歹也算……

難以忘卻。

這便夠了。

我閉上眼，努力靜下心來，讓自己的思緒沉浸在黑暗中，然後慢慢回想起自己修煉的心法。

只有等了，等到出去的那天……

第二十六章

不知在黑暗中等了多久，我終是再次聽見牢門打開的聲音，一個人的腳步聲不徐不疾地自遠方踏來。

我抬起頭，看見一簇火光經過地牢的轉角處，慢慢走到我牢門前。

我瞇著眼打量來人——一個三十來歲的男子，白袍純潔如雪，與這牢獄半點也不搭。在火光之下，他的臉顯得有點莫名的熟悉。

「三生。」他神色沒有半分驚慌，淡然地喚出我的名字。

我仔仔細細地打量他，努力地在記憶中搜索他的面貌。他看見我的神情，微微嘆息後，又輕輕一笑。「三生，我是長安。」

我皺著眉頭想了想，發現記憶中這個名字遙遠得有些模糊，好半天才反應過來。「啊，膽小如鼠的流波山小道士。」太久沒說話，我的聲音變得沙啞難聽。

他輕輕一嘆。「妳遭了不少罪，我雖不算來得早，但現在也總算是能將妳救出去了。」

我清了清嗓子，笑道：「你現在這模樣生得正好，性子也比以前沉穩了不少啊，怎地不像小時候那樣怕我採了你？」

他苦笑道：「別後已有三十年，三生倒還是記得清楚。」

三十年。我怔然。

上一世，重華殺了我，我去地府等了他兩年，然後又重回人間，找到陌溪，一起生活了八年，前面統共十年的時間。後來陌溪被捉到地牢裡，又過了十年，而現在長安說已別了三十年。

原來，我又在這地方待了十年的時間。

十年……陌溪今年應當二十八了，他會變成什麼樣子了呢？

光是猜想他現在的模樣，我便有些迫不及待了。

出皇宮比我想像的容易太多。

長安不知從哪裡拿來了一套小廝的衣裳給我，換上之後，他便帶著我正大光明地出了皇宮。一路上，我看見不斷有人對他下跪，對他叩拜，喚著「國師大人」。

出皇宮之後，站在久違的日光下，我深深吸了一口自由而新鮮的空氣，隨即捻了一個淨身訣，恢復成以前的模樣。能自由地使用法力，這事當真是太暢快了！

待重回自由的心緒稍稍平復，我這才轉頭看長安，欣慰地拍了拍他的肩。

「這就是有個官家熟人的好處啊！不過，國師？」我問他：「流波山不是素來瞧不起這些東西嗎？」

他笑望我一眼。「說來話長。我且帶妳去見一人，這些往事咱們邊走邊說。」長安對我道，流波山之難後，流波山不斷衰落，再不復從前輝煌，其弟子也需剝下仙門的清高，重入俗世。他知我救了他一命，最後卻被重華誤殺，心中從此對我有了愧疚，一直在尋我的轉世想報答我。

他問：「三生為何還有前生的記憶？」

我不知該如何與他說其間的前因後果，琢磨了一會道：「約莫是放不下你師尊吧。」

他點了點頭，也不再深究，道：「二十年前，傳言京城出了一個妖女，被皇帝親自捉拿。我本還沒想到是妳，但是十年前，有人找上我，讓我去皇宮中救一個人，我方知原來被抓住的是妳。知道是妳，我自然會救，所以便以國師的身分深入皇宮，這些年來一直在探查妳的消息。這些天，在那人協助安排下，也總算是將妳救了出來。」

「叫你來救我的人可是叫做陌溪？」

「是，也不是。」他淡淡笑了笑。「三生可知，妳口中的這個陌溪現在成了怎樣的一個人物？」

我搖頭。他小聲道：「京城現今雖然尚還安全，但是前方戰場之上，朝廷軍連連敗退，不出三月，此江山便要易主。」我一怔，聽他接著道：「在那陣前殺敵，誅朝廷十數萬人的，為叛軍立下赫赫戰功的正是陌溪。他與他四位師兄被譽為五虎將，然則，戰事至今，他幾位師兄皆已去世。」

我聞言一怔，當時來救陌溪的那四個男子，竟然都已經去世了……

「現今唯有陌溪仍舊在戰場上對陣朝廷，其英勇，已遍聞天下，是個頂天立地的大英雄了。」

我心尖一暖。

「而讓我救你的……」長安一邊說著，他帶我走進一個深巷小院，推開院門，我看見了坐在院中的男子。

我挑了挑眉。「唔，果然是你。」

白九，白齊。二十年的時間對於人世來說已足夠久了，他身姿依舊挺拔，但是已生華髮，臉上也有了皺紋。

他見了我，很是詫異了一番。「妳……半點未變。」

我皺了皺眉，下意識道：「我不是妖。」

他略帶嘲諷地勾了勾唇角。「是與不是又有何重要？妖食人，人亦食人，都一樣罷。」他頓了頓道：「人老了，越發懷念起從前來，而今總算把妳救了出來，也算是了結了前半生的一個遺憾。」

我最煩這些人類在我面前感嘆自己老，截斷他的話問：「陌溪呢？」

「他在滎山。」白齊語帶嘆息與無奈。「那孩子很想妳，日思夜想。」

我感到奇怪地看了眼白齊，心裡面沉寂已久的醋意莫名動了動，道：「我喜歡陌溪，陌溪也喜歡我。我不在，他想念我不是理所當然的嗎？難不成他該想你？與你來一段禁忌之戀？」

旁邊的長安忍俊不禁。

白齊也沒生氣，啼笑皆非地望了我一眼。「被關了這麼多年，妳這性子怎麼半點也沒變？」

我不理他們。「我救你一次，你救我一次，我們算是扯平了。那麼就此別過，我要去找陌溪了。」

我剛想施一個遁地術，卻聽白齊道：「且慢！」

我回頭看他，他手指在桌上輕輕敲著。「榮山如今已成戰場，妳才出獄，身體想來還沒恢復過來，不適宜去凶險之地。我知曉榮山上有一處佛陀崖，那方能覽看榮山全局，妳若想去找陌溪，便先去那方吧。了解好情況，再見陌溪，方才比較妥當。」

他這番話說得有點道理，我在心裡記下。念頭一轉，倏地想起當初陌溪拜他為師的事，又連著想到他現在讓陌溪在戰場上殺敵的事，我撇嘴道：「你讓陌溪幫你上陣殺敵，替你奪下這江山，可以。但是在那以後，你就放了陌溪吧。狡兔死，走狗烹，我不想看見這樣的事出現在陌溪身上。那孩子心善，會傷心。」

白齊眉目微沉。

不想再多言，我捻了個訣，直接去了白齊所說的榮山。

榮山之下有一座城池名為榮城，依山而建，四面皆是陡峭的山崖，易守難攻，但是一旦突破榮城，要攻入京城那就相當容易了。此處是朝廷守住皇城的最後一道防線，陌溪此戰必定不會輕鬆。我現在到了，興許還能幫幫陌溪。比如說在榮城的水裡投投毒，在糧倉裡放放火什麼的。

但是，當我到榮山的時候，已不需要我做這些事了。

兩軍已經正面交戰。

我站在一處巉巖之上，此處正是白齊所說的佛陀崖。自此處眺望，能一覽榮城，著實是個觀望戰場的好地方。

我在紛亂的戰場上尋找陌溪的身影，心裡疑惑，陌溪不會說話，在這戰場之上，他要如何發號施令？

我正憂心之際，一個聲音由小慢慢擴大，先或許只有幾人在說，後來是十幾人、幾百人、幾千人，最後所有的叛軍士兵都高呼起來。

「榮城主已斬！」

「榮城主已斬！」

喧囂的戰場一時間肅穆下來，眾人的目光慢慢聚於一點之上，我自然也向那方看去。

山風忽起，滎山上的飛花飄過我的耳邊，慢慢向戰場而去，飄飄灑灑地蕩漾到那人身邊。

他提著一個頭顱高高地坐在馬背上。隔得太遠，我看不清他臉上的表情，只見他手中的寒劍彷彿一面鏡子反射著當頭的陽光，閃耀得我眼睛微疼。

陌溪。

沒想到這一別會又有十年之久，你已是一個傲然於萬人之上的驍勇將軍。

這麼久未曾來尋你，你可會怨我？

忽然，我只覺眼角微光一閃，一支利箭破空而去，直直逼近馬背上的陌溪。我大驚，一記陰氣尾隨而至。照往常來說，我這記陰氣足足可以趕在箭靠近陌溪之前將它攔下，可今日卻不知為何，直到箭頭幾乎快插進陌溪胸膛之時，陰氣才跟上利箭，將箭桿攔腰截斷。

箭頭卻仍是收勢不及地繼續向前，然而還是被陰氣打偏了原本的軌道，只堪堪擦過陌溪的臉，埋入他身後的土地。

這一切皆發生在電光石火之間，我來不及思考自己今日為何會失手，只焦急地望著陌溪，不知道他有沒有傷到哪裡。

他卻倏地抬起頭，怔怔地盯著我這方。

我知道，如此遠的距離，他是看不清楚我的。但是我偏生有種奇怪的感覺，他就是將我看清楚了，就是知道是三生。

眾將士反應過來，立馬將陌溪圍成一團。

這下子我更看不清陌溪了，心裡正著急，忽見圍著陌溪的人馬都散開了去。他將手中的人頭扔給旁邊一個將士，在馬背上輕輕一踏，施展輕功急速向我這方奔來。

他看見我了。

我轉身離開這處外露的巉巖。我想，與陌溪的重逢應該在一個落英繽紛的美妙地方，他擁著我，我擁著他，一遍遍喚著他的名字，然後生出一點嗯嗯啊啊的莫名衝動，最後找個地方好好解決解決這衝動。

演一齣才子佳人的好戲碼。

然而當陌溪找到我的時候，我們卻難以生出嗯嗯啊啊運動的性質來了。原因無他，當他看見我的前一刻，我踩著了獵人遺留在山間捕獵的夾子。

「叩」的一聲，夾子將我的腳踝死死鉗住。不能傷到實處，但卻很痛。

我還在欲哭無淚地感嘆蒼天無眼，一個夾帶著戰場血腥之氣的身影便疾步走了過來。我還沒來得及看清他的容貌，他已埋下頭去，小心翼翼地替我將捕獸夾取下來，挽起我的褲腳查看是否傷到筋骨。

握著我腳踝的溫熱大掌在微微顫抖，似緊張、似激動，還帶著幾許無措。

「陌溪。」

他渾身僵了僵。我不客氣地替他摘了頭盔，捧住他的臉頰慢慢抬了起來。

看著他沾了幾點兒鮮血的臉，沒想到經歷戰場廝殺、爾虞我詐之後，他的眼睛還是透亮如初。我嘆。「你長大了，這樣做或許會不好意思，但是三生我確實憋不住了。該如何是好？」

他沒能理解我的意思。

當我的脣靠上去的那一刻，他的眼驀地睜大。我在心底暗暗嘆息，最後還是把脣吻在他的脣角。

「陌溪，陌溪……」我摟住他的脖子，用臉頰摩擦著他的耳鬢，細細呢喃：「我很想你，三生想你。」

他身體僵硬如鐵，脖子更是僵得不肯往我這邊靠近半分。我往他身上蹭得費力，索性放了他，直直盯著他笑道：「三生來找你了，你怎麼還是這副表情？」

聽了這話，他才有點回過神來，我投在他眼眸中的影子慢慢清晰。他的手緩緩抬起，似不敢置信地碰了碰我的臉頰。我笑吟吟地望著他，任他粗糙的手指在我臉上慢慢遊走，眉眼、鼻梁、脣瓣，一遍一遍，彷彿在檢驗眼前這個人的真假。

最後，他顫抖著手將我摟住，一聲長嘆在耳邊飄散。一聲喟嘆，訴不盡的離愁盡散，化不開的哀傷皆去。我想，即便是他能說話，此時也只會在我耳邊嘆上一聲。

因為分別太久，要說的太多，不如抓緊時間擁抱。可沒抱多久，陌溪卻將我推開了，他皺著眉頭指了指我腳踝上的傷。這已不是在那黑暗壓抑的牢獄裡，我腳上的傷施一個法術便能好，我還待要與他說明，卻沒想陌溪逕直摟住我，將我打橫抱起。

貼著他胸前堅硬的鎧甲，雖然硌得慌，但我的心卻好似掉進一團棉花裡，軟軟的、暖暖的，讓我唇邊不由自主地綻開一朵明媚的笑意。

便當我還是像在皇宮地牢裡那般沒出息吧。當時用盡全力都想使出來的法力，現在卻覺得，有沒有它，都無所謂了。

有陌溪心疼我，便是最好。

陌溪抱著我走下佛陀崖，路過一段懸崖壁上鑿出的路，我耳朵動了動，還沒出聲讓陌溪停下，他便警惕地頓住腳步。

「簌簌」兩聲，峭壁之上驀地射來兩支弩箭，我一揮手，欲以陰氣擋開弩箭，可卻沒想那箭只在空中稍稍一滯，便又急射而來。所幸陌溪身手矯捷，即便抱著我，也沒妨礙到他迅速地躲開弩箭。

兩支精鋼弩箭扎入地裡，末尾上刻著的「齊」字赫然入目。

是……白齊的人？

我心中一驚，是白齊要殺陌溪！

我霎時明瞭了為何白齊會趕在這時急著將我救出來，也明白了他為什麼要「好意」地將這佛陀崖指給我，他早已在此地布下埋伏……而我居然還當真聽了他的話，興匆匆地奔過來了！

我不由得扼腕，原來歲月過了二十載，世人的心思，竟變得更惡毒一些了。

我還在想著，前面的小道忽地行來數名持重盾的軍士，看這打扮，還是從軍隊裡直接過來的。他們拿盾牌在小道上一擋，也不攻擊，只阻絕了下山的路。

陌溪眉頭一皺。仰頭往上一看，但見峭壁上已出現了四、五名弩箭手。

我拍了拍陌溪的肩，讓他將我放下來。可他卻不知道在想什麼，只瞥了我一眼，然後默默地將我肩膀扣得更緊。

我暗自琢磨了一下，大概明瞭了他的心思。前兩次皆是在危難之中，我掰開了他的手指讓他走掉，他這次，約莫是不大可能放了我的吧。

我一嘆，道：「陌溪，此前三生法力受阻，不能同時救你我二人逃出生天，但今日卻又是不同。我腳挨著地，一個遁地術，他們就追不到咱們了。」

陌溪不動。我道：「不信，你看，我揮手間便讓他們下來試試。」我凝起手中陰氣對崖壁上的弩箭手一揮，勁風颳過，他們卻仍舊好端端地掛在崖壁上。

我一怔，恍而記起了剛才為戰場上的陌溪攔箭，以及擋不住弩箭的事情。難道這處山崖對我有所影響？我正欲打算不信邪地再試一次，崖壁上的弩箭手卻沒再給我這個機會。

短箭簌簌而下，陌溪頭上像長了眼睛，抱著我，看也沒看箭來的方向，幾個閃身便全部躲過。

即便心裡不願意，但我也不得不承認，白齊確實將陌溪的功夫教得極好；但是……他把陌溪教得這麼好，卻還要殺他，當真是一個能狠得下心的糟老頭子。

我正想著，頭頂上箭勢越急，陌溪躲避得越發吃力，終是將我放下來，單手禁錮在胸前，另一隻手拔劍出鞘，「叮叮咚咚」地將弩箭擋開，像是在周身畫了一個密不透風的圓，將我與他自己護得極好。

正適時，我眼角餘光倏地瞥見前面阻道的盾甲之後又探出幾柄弓弩，只聽「咻咻」兩聲，短箭飛馳而來，我猛地將陌溪肩膀一推，弩箭自我倆中間險險穿過。

我舒了一口氣，卻見陌溪看著我，雙眸猛地睜大。

失重感驀地傳來，我回頭一望，自己正慢慢向山谷下面的深淵倒去，竟是方才推陌溪推得太用力了些，把自己推出懸崖的小道了……

「無……」

「無妨」二字沒有出口，陌溪竟然飛身一撲，抱住了我。

陌溪一身鎧甲極沉，本來只有我一人，我拚了老命使點兒陰氣應當還是能讓自己飛起來的，可是陌溪這撲來將我一抱，我便被他鐵一樣的身軀拖拽著，直直往下掉去。

這……熊孩子……

不過，在呼嘯而過的強風裡，被他這樣緊緊地抱住，我卻怎麼也沒法責怪他。就算他當真拖著我如此摔死了，我也沒法責怪他啊。在他心裡，或許他想的只是……

不能再讓三生一個人了。

他大概只是，希望陪著我。

第二十七章

從水草堆裡坐起來，我撐起身子，喘著粗氣向上望了望。比起十八層地獄，這裡的落差根本就不算高嘛，怎麼會讓我用上這麼多力氣來保命……

肚子上的腦袋動了動，是陌溪醒了過來。

我摸了摸他的腦袋。「摔著哪兒沒？」

他微微一驚，蹭地起身來。見他動作流暢，應當是沒有摔著哪兒。我道：「此處乃是榮山下面的山谷裡，他們找下來應該要段時間，咱們先找條路出去再說。」

我作勢要站起來，卻覺腳踝一痛，是先前被捕獸夾夾傷的地方在這番折騰下又滲出了血來。我彎下腰去，剛想施個法讓它好起來，可是陌溪卻趕在我之前按住我的腳。

「陌溪，我沒事。」他抬頭看我，我道：「你瞅，我這樣一揮手……」我默了一瞬，看著半點沒有好轉的傷勢，我揉了揉額頭。「今天……狀態不對……」

陌溪什麼也沒說，只默不作聲地將我的褲腿拉開，然後撕了他自己的衣服為我裹上。

看著他沉默專注的臉龐，我忽然開口：「陌溪，你怎麼看起來……有點難過？」

他指尖一頓。

直到將傷口包好之後，才拉了我的手，在掌心寫道：「我還是沒護好妳。」

我輕輕摸他腦袋。「你已經將我護得很好了。」

他指尖在我掌心停頓了很久。「我本以為若有一日能再見三生，定能護妳無虞，可如今還是連累妳與我一同受罪，真是……」

我握住他的手，不讓他再寫下去。

「陌溪。」我道：「對三生而言，唯與你分開，才是受罪。和你在一起的每時每刻，都是享受，都值得讓我比之前更加珍惜。」

陌溪這一世最多百餘十年，我要是再耽擱，可就再也沒法出現在他生命裡了。所以不管白齊是算計也好，陰謀也罷，他讓我早點見到陌溪，這就是好事一樁。

陌溪任由我將他握了一會，直到我看得他臉頰微微發燙，他才別過了頭，蹲下身子背對著我。我順從地爬上他的背，讓他背著我向前走。

「這還是第一次呢。」聽我這句呢喃，陌溪微微轉過頭來看我，我笑道：「我背過陌溪很多次，陌溪還記得嗎？」

他點頭。

可他想的範圍大概與我不一樣，我想到的是第一世的小陌溪才上學堂時，被人欺負後，我將他從書院背回來的場景。還有第二世時，我將中了陰瘴之毒的重華從溪邊馱回小屋的場景。自然，也有這一世背著小時候陌溪去玩的場景。可是好像記憶裡，當真還沒有一次是陌溪背著我慢慢走的。

我一聲嘆息。「原來，咱倆的性別，一直弄反了啊。有哪個話本子從頭寫到尾，是佳人一直背著才子走的啊！」

陌溪失笑，他彎腰馱著我，讓我伸出手去，在掌心寫道：「以後我一直背著三生走就是。」

我喜歡聽陌溪對我承諾以後，因為這樣子就好像我們會一直相處下去，就算知道他說的「一直」和我的「一直」不太一樣，我也願意去相信。

我抱緊陌溪的脖子，在他腦袋邊蹭了蹭。「陌溪啊，三生沉嗎？」

他搖頭。

「你說我沉吧。」

他奇怪地轉頭看我。

我也眨著眼看他。「你說來試試。」他失笑，最後還是搖頭。我有些失落。

「你若說沉，我便有安慰的禮物給你。」

他仍舊堅定地搖頭，最後索性轉過頭去不看我了。我忍住把他腦袋擰過來的衝動，想了想，又道：「即便不沉，你背著我也是要使力氣的，三生給你打打氣吧。」

陌溪點頭。

我欣喜地一嘴巴湊上去，在他臉頰上親出了「叭」的一口。

陌溪渾身一僵，終是又轉頭看我。我抹了抹嘴。「沒錯，方才我就是在找藉口占你便宜呢，你生氣了嗎？」我在他還愣神之際，道：「你若生氣，便把這便宜占回來吧，來，給你占。」我把臉湊過去。

陌溪卻半晌沒有動靜。

在我失望地以為陌溪當真變得正直得和木頭一樣，打算轉頭用眼神去指責他的時候，一雙溫軟的脣帶著小心翼翼與忐忑不安的情緒，慢慢貼上我的臉頰。有點溫熱，有點溼潤，讓我心間霎時軟成一片，四肢百骸像是被火燒了似地暖起來。

我竟沒出息地在這種大概連「親」也算不上的觸碰下，默默燒紅了耳朵……

「陌溪你真討厭！」我把腦袋埋在他肩頭，使勁蹭了蹭。「什麼時候學會的，這麼勾引人了！」

陌溪頓了一會，我大概能想到他呆怔的眼神。隔了會兒，沒見我抬頭，我聽他略有些無奈的一聲嘆息，然後繼續背著我向前走。他的背很寬闊，像是能承載我所有的任性和無理取鬧，又像是一個蜜罐子，把我這些情緒，都轉換成了甜蜜。

不知沿著山谷裡的水流走了多久，前方出現一個山洞，又黑又深，水流都往山洞裡面流去。四周都是懸崖峭壁，到這裡，竟是走成了一條絕路。

我往山洞裡望了望。「往回走吧。」

陌溪沒動，細細聽了聽山洞裡的聲音，與我比劃說山洞裡或許有出路。這我倒是看不出來，不過陌溪既然如此說了，那我便隨他進去就是。

洞穴裡又潮又黑，陌溪幾乎是摸著牆壁在走，行得極緩。

我慫了慫，一咬牙點了一簇鬼火在掌心裡燃著。陌溪對我這些舉動顯然已經習慣了，只在初時驚了一瞬，便藉著鬼火的光在洞穴裡行走起來，動作顯然比方才快了許多。

這洞穴裡有的地方有路，有的地方沒路，陌溪便脫了鎧甲，背著我，一會在水裡游，一會在溼滑的石頭上走，有些地方還是靠手攀著洞穴巖壁艱難爬過去的。

走了這一遭，待得看見洞穴另一頭的微光，陌溪側過臉來對我笑，我只把手伸到他胸前摸了一把結實胸膛，感慨。「好身段！」

陌溪笑容僵了一瞬，卻也沒生氣，只默默紅了臉，轉頭繼續走。

洞外是一片茂密的森林，參天大樹遮天蔽日，幾乎讓人看不見陽光。陌溪背著我沒走多久，便看見一條小溪蜿蜒著向森林裡延伸。我回頭一看，才發現我們出來的那個洞口竟是這條溪流的源頭，而榮山已被我們從下面橫穿而過。

「沿著溪流走，應當能看見人家。咱們先找個地方落腳吧。」我頓了頓，問：「陌溪你之後是怎麼打算？」

陌溪沉默。

我斟酌著語言道：「你自幼便重情，這次白齊要殺你定是讓你傷心不已，不過他一直都不是什麼好人，你也算趁此機會將他的面目看清了。以後你便別再管那些戰爭之類的事情了，就當今天是個新的開始，你與我一同尋個世外桃源隱居，可好？」

他頓下腳步，轉頭看我，我還沒從他的眼睛裡讀出回答，鼻尖忽然嗅到一股微弱的妖氣，帶著一點我略熟悉的氣味。

我腦袋一轉，猛地看向右側，只見一道白影倏地閃過，我怔神。「喂。」寂靜的森林裡沒有回答我的話，連陌溪也有些莫名地看著我。我拉著陌溪的衣襟，使喚陌溪將我背著往右邊走。「姑娘，別躲了，我知道妳在這兒。」

林間又靜了許久，方才有一身著白衣的女子自樹後走出。

不出我所料，果然是夏衣，轉世為狐妖的夏衣。不過……

「妳怎會在此？」我問：「石大壯呢？」

上一世一別已有三十年，我以為當時的小狐妖用了她姊姊的內丹化為人形之後，石大壯定會將她禁錮在身邊好好照顧，演一齣強取豪奪的戲碼，哪能想到這一世還有機會在這荒山野嶺裡碰見她。

難不成，石大壯當真移情別戀了？

夏衣一皺眉，神色驀地冷了冷。「妳如何識得我師父？」

師父？我摸著下巴琢磨。石大壯當真是變聰明了，這層身分往小姑娘頭上一扣，他不管說什麼，小姑娘都得乖乖聽著了，要她往東就往東，要她向西便向西，想牽牽小手、摸摸臉蛋什麼的，那可是一等一的方便啊。

我以前怎麼就沒想到呢，當時若讓陌溪拜了我做師父，如今也不會這般受白齊欺負了。

「我與妳師父乃是老友。」

夏衣的眼神霎時變得有幾分奇怪，嘀咕道：「師父他……朋友還真多。」這話乍一聽，竟有幾分酸醋氣在裡面。

陌溪敏感地察覺到她語氣裡的奇怪，轉頭看我，我卻是一頭霧水。這一世我與石大壯根本就沒打過照面，她這一番醋吃得委實莫名其妙了些。我道：「我與妳師父當真只是故交，不信妳自可回去問問妳師父。」

她顯然沒有信我，我也不打算再與她解釋多了，只道：「妳可知離此處最近的人家在哪兒？」

夏衣一扭頭，無視我的存在，自顧自地往另一方走。「我不知道，妳與我師父那麼好，妳自去問我師父吧！」

我又……幾時說過我與她師父好了，這熊孩子的醋勁當真是不比第一世時來得差啊！

陌溪卻有幾分不愉，眉頭一皺，鼻子裡發出一聲不滿的輕哼，兩步邁上前去，作勢要擒了夏衣來問話。

先前陌溪與我待在一起，見他脾氣好、會臉紅，我便還當他與小時候一樣軟軟地好捏。沒想到這麼多年的行軍征戰，倒是養出了他幾分暴脾氣與不喜被人挑戰權威的性格來。

可夏衣好歹也是個妖怪，即便陌溪上過再多戰場、武功有多厲害，他也不是以前那個重華尊者了，沒有法術防身，光憑武功好、身體棒可鬥不過。

陌溪還未走到夏衣身邊，我剛想開口讓他回來，夏衣卻猛地一頓，回頭猛地瞪了我與陌溪一眼。

「還敢跟來找死！」她一轉身，劈手便向陌溪打來。

「住手！」我大喝，在此同時，卻有另一個男聲與我喊出同樣的話。

「住手！」

夏衣的手腕被擒住，來人將她猛地拽開，厲聲喝斥：「夏衣！我教妳術法，可不是讓妳用來欺負人的！」

來人是多年未見的石大壯。我舉了手剛要與他打個招呼，那邊的夏衣倏地怒聲道：「是！沒錯！我便是個心思惡毒之人！師父你若厭惡這般惡毒的我，便在此將我就地拍死，連埋也不用了！自讓我被野貓、野狗叼去吃了罷！左右你有那麼多故交舊識、紅顏知己，我在不在，師父都無所謂吧！」

「荒唐！」

「可是我荒唐？師父你自己轉頭看看，這位姑娘，可又是你在哪段風花雪月裡辜負的女子？」

「妳休要胡鬧！此處哪……」石大壯轉頭看我，愣住。

我略尷尬地抹了一把汗，拍了拍陌溪的肩，示意陌溪將我放下。

陌溪的目光在我與石大壯之間來回轉了幾遍，才慢慢將我放下來，可是手卻還是緊緊地摟著我的腰，活像我沒有他的支撐就會摔倒在地一樣，又像……害怕我與別人跑了一樣。

「大壯，真是人生處處都相逢啊，又見面了。」

石大壯怔愣地看了我一會。「三生？」

我點頭。石大壯看著我，神情慢慢冷靜下來，目光在我與陌溪之間逡巡，隨即不敢置信地笑了。「第三次？妳著實是個執著的人。」

我笑著點了點頭，目光在他與夏衣之間轉了轉。「你也是個執著的石頭。」

此話一出，我心裡竟起了幾分感慨。多快啊，我與陌溪明明什麼都還沒開始，卻怎麼就在一眨眼間，走到最後一世了呢。

可我心裡還沒感慨完，腰間的手掌一緊，用力得都讓我覺得有幾分疼痛了。我抬眼一看，陌溪神色不明地盯著石大壯，漆黑的眼裡隱隱透出的氣息如冰似箭。我這才想到，陌溪他是聽不懂我與石大壯這番話背後的涵義，而他方才又聽過夏衣那番觀點，難免會覺得吃味。

他能為我吃味，我心底自是高興的。我拍了拍他的手，想讓他安下心來。

「陌溪，我……」

「哦，看來師父對三生姑娘還是餘情未了嘛。」夏衣在石大壯身後冷冷道：「徒兒不擾師父與故人敘舊了，這便走。」

我一挑眉，這姑娘的醋勁倒是比陌溪更濃三分。

言罷，她轉身便要離去，石大壯手一探便將她拽住，他極為頭痛地道：「三生當真與今日找來的那女子不同！」

我心裡暗自揣摩了一下他口中的「今日找來的那女子」，登時便想到了許久之前，石大壯在靈玉山那小院裡招惹的美麗女妖怪們，一時間，我半點也不同情他被夏衣如此折騰了。所謂天道好輪迴，善惡終有報，石大壯終是要為自己先前的放浪，付出點兒代價的。

「不同？」夏衣冷冷道：「那些女子都是逢場作戲，只有三生姑娘才是真愛嗎？」

陌溪看我，我著急地連忙擺手。「與我無關，與我無關。」

石大壯頭痛地揉了揉眉心。「妳先與我回去，休要在此胡鬧。」

「又是我胡鬧！」夏衣怒聲質問：「師父你可敢摸著良心，說自己與三生姑娘沒有往事？」

我與石大壯愣住，我們之間的往事不僅有，而且還多著呢。

石大壯嘆息。「確實有，不過不是妳想的那樣。」

「好，我再問你，你可曾對這個姑娘動過心！」

我與石大壯再次愣住。

這……在歷史裡好像也是發生過的，不過我與石大壯在這麼長時間的關係中，就只有那一小段出了偏差，可當時還是在石大壯傻的時候呀！最後還被陌溪無情掐滅得連灰都不剩。但若只問有沒有……

我沉默。

石大壯越發用力地揉額角。「有是有，不過不是妳想的那樣……」

這個回答讓夏衣的臉色白了幾分。「你竟當真對她動過心？」

「說了不是妳想的那樣……」

夏衣不再說話，紅著眼看了石大壯許久，最終瞪了我一眼，轉身走了。石大壯一聲長嘆，在她身後一路追著解釋。

沒想到他們這一世師徒竟然處成這副模式，我拍了拍陌溪的胸膛。「快，跟著他們走一定能找到居所的。聽他們那意思，好似現在也是在這方住下的。你現在身分不方便，這兩人的身分底細我清楚，與他們住在一起，總好過隨便找一戶人家居住。」

陌溪半天沒動。

「陌溪？」我感到奇怪。「是三生太沉，你背累了嗎？」

沉默了半晌，他將我的手捉起來，打開我的掌心，寫：「我們另找戶人家，不與他們住。」

「為何？」我一抬頭，看見他的眼神，登時便明瞭了。我輕嘆。「陌溪，我與石大壯當真不是剛才那姑娘口頭所述的關係。」

陌溪又頓了一會，才在我掌心寫道：「那人先前……對妳動過心。」

「那都是多久之前的事了，今日若沒人提起，我都快忘了。」陌溪仍是不動，我嘆息。「陌溪，你相信三生嗎？」

他點頭。「可我信不過他。」他的指尖在我掌心頓了頓。「怎會有人，在喜歡上三生之後，又不喜歡了。」

我一愣，隨即心口驀地一暖，被他這話攪得亂了方寸。

原來在陌溪眼裡，三生是這麼好的人啊，喜歡上了就再也沒辦法不喜歡了。我抱住他的脖子蹭了蹭。「因為三生有陌溪了啊，誰也做不到像陌溪這樣對我好，所以都沒人敢來接替你的位置了。」

陌溪一怔，寫道：「我還沒來得及對妳好。」他那麼認真地寫著。「不過，以後我一定會補上的。」

我心頭暖暖的，摸了摸他的臉頰。「好，這可是你說的，三生記下了。」

陌溪輕輕一笑，這才邁腿跟上石大壯他們。

石大壯與夏衣居住的院子座落在樹林子外，我與陌溪走到的時候，夏衣已回了自己房間，閉緊房門，石大壯在外面敲了半天也不見開。一轉身，見陌溪已背著我跟來了，他無奈一笑。「先坐吧。」

我道：「你這是報應。」

石大壯苦笑。

陌溪看也沒看他一眼，只蹲下將我的褲腿拉開，看了看我腿上的傷，然後在桌上寫道：「草藥。」

石大壯愣愣地看了陌溪一會，才道：「我素日裡不用草藥，家中沒有。」

陌溪一皺眉，又寫：「我見沿路上應當有些藥草能用，我去找，妳在這裡等我。」

我點頭，目送陌溪出了門。石大壯在我旁邊坐下，我問：「怎地不在靈玉山住著了？」

「本是在那處住著的……妳可還記得以前那書生與狐妖的事？」

我點頭，是被官家小姐使狗血法子害了的一對，與話本子裡的情節一樣，我記得。

石大壯嘆息。「後來那書生還是瘋了，或許是被兩種不同的記憶折磨太過痛苦吧。夏衣用了她那狐妖姊姊的內丹之後化為人形，我收了她做徒弟，但是她的模樣與那狐妖有幾分相似，一次到山下玩樂之時，被那書生瞅見，惹了些麻煩。我不欲她整日被俗事所擾，索性便帶她出來四處遊歷，見見世面，也有利她修行。此處，只是暫時歇息的地方罷了。卻不想今日竟有從前的……找來，更沒想到又恰巧碰見了妳，這才有了你們方才看見的那一幕……」

石大壯說著一聲嘆息，復又問我：「說來，你們又是如何到此處來的？」

這話說來就有點長遠了，我琢磨了一下，心道反正都是最後一世了，便將我與陌溪的三生約定簡單概括了一下，講給石大壯聽了。

一番話聽罷，石大壯愣了許久。「竟有這般淵源。」

「我打算將他這一世護到底，最後他回他的南天門，我過我的奈何橋，有這些記憶，我就挺滿足了。」我道：「只是我現在法力好似不太行了，老是使不出來。之後，不知還要怎麼護陌溪這一世安全。」

「這又是為何？」

「先前在這座山背後的那處山崖上，我的法力不知為何使不大出來。」

石大壯沉凝了一會道：「妳說的是佛陀崖？」

「是叫這個名字。」

石大壯輕笑。「那應當不是妳的問題。滎山佛陀崖上曾傳聞有高僧在那處成佛，整個山崖上清氣四溢，但凡妖氣、邪氣皆受壓制；也正因為如此，滎山之中極少有妖怪出沒。這也是我選擇在此處居住的原因，一來，夏衣不會被其他妖怪擾亂心緒；二來，以前那些妖怪也不易找到此處……咳……依我看來，妳定是受了佛陀崖的影響才會使不出法力。」

「原來如此！」我恍悟。「所以我才在上面頻頻失手！白齊那老東西果然夠陰險！」幸而我在皇宮裡關了二十年，在裡面潛心修煉，習慣了這種被壓抑的狀態，所以才能在掉下深淵之時救自己與陌溪一命。「如此說來，我現在便可以用法術了？」

我手一揮，腳上的傷果然立馬好了。我跺了跺腳，轉念一想，又揮了揮手，讓那道傷重新出現。頂著石大壯困惑的眼神，我道：「方才陌溪不是說他替我去採藥了嗎？我怎能讓他白忙活。」

石大壯失笑。「那……現在三生是打算與陌溪一同隱居？」

「如果可以，這自是最好的打算，但如果陌溪不願意……」

「若他不願，三生可有想過自己逍遙度日去？」石大壯道：「依著妳方才那般說，妳這三生都為陌溪折騰去了，自己還未曾真正自由逍遙地在人世間生活過。他若不願隨妳隱居，妳便瀟灑一點，自己過完剩下的日子，也總好過陪他經歷最後一次磨難。」

我搖頭。「你說得在理，但是我瀟灑不起來。知道陌溪在經歷磨難，我哪還能活出真正的自在逍遙。這三生我註定沒太大出息，索性便一直陪著他、守著他，也算是個有始有終吧。」

石大壯一笑。「妳能想得開便好，各自有各自的選擇。妳且坐在這裡歇歇吧，我看看她氣消了沒。」

石大壯起身，又去敲夏衣的門，只是這一次，他一敲，夏衣便把門打開了，想來方才是或多或少聽到了我與石大壯的話了吧。

兩人不知在屋子裡說些什麼，一直未曾出來。我在院子裡閒坐著等陌溪。

第二十八章

傍晚時分，陌溪手裡握著一大把草藥回來了。

他在我身前蹲下，挽起我的褲腳，露出傷口。他將草藥在手裡揉碎，然後蓋在我的傷口上面。這些事情他做得那麼認真，讓我都不好意思喚他的名字，好像會驚擾了他一樣。可是看著他額頭上的汗珠，我還是情不自禁地伸出手去為他擦乾。

「陌溪。」我忍不住道：「你若能一直都像現在這樣對三生的事情上心，就好了。」

他抬頭望我，被夕陽餘暉映亮的眼睛裡面有幾絲疑惑，他不明白我為什麼要這樣說。我笑著摸了摸他的眼睛，換了話題：「你餓不餓？」

吃飯的時候，夏衣總算被石大壯從屋子裡哄出來了。夏衣看了我幾眼，撇了撇嘴，略帶著點兒不情願道：「那個……先前是我的不對，誤會妳了。」

「沒事，反正我都被妳誤會習慣了。」我頓了頓，道：「妳著實誤會了我，可別的人卻沒誤會，該怎麼辦妳還是得怎麼辦。」

石大壯夾了塊肉到我碗裡。「妳吃飯就好。」

我不客氣地吃了他孝敬的這塊肉。

陌溪在一旁默不作聲地看著，卻在石大壯為了堵我嘴，準備第二次夾菜給我時，陌溪搶了他筷子下的東西，夾到自己碗裡，又換了別的東西夾給我。這一番動作看得我與石大壯都有些愣然，陌溪毫不介意我倆的目光，只不動聲色地吃飯。

石大壯失笑，轉頭看夏衣。「妳看……現在我若留他們住幾晚，妳可還有意見？」

夏衣撇嘴，轉而問我：「就三間房，師父一間，我一間，你們兩人可願睡一間？」

陌溪夾菜的手一僵，沒等他答話，我便自顧自道：「無妨，我與他連同一張被子都蓋過。」在這一世陌溪還小的時候，可是日日都纏著與我一起睡的。我轉頭看陌溪。「你現在還愛踢被子不？還踢被子，咱們就分開蓋。」

陌溪整個人都僵住了。

我望著他，等他回覆，夏衣與石大壯也神色微妙地望著他。

在長久的沉默後，陌溪臉頰染著緋紅，默默地縮回夾菜的手，扒了一口飯，搭著腦袋搖頭。

我拍案決定。「那就蓋一床。」

陌溪又著急地擺手，在桌上寫：「我睡地上便可。」

「你害羞？」我善解人意地道：「好吧，那就蓋兩床被子。」

陌溪手指動了動，我夾了一塊肉放進他碗裡。「來，吃飽了好睡覺。」

他看著碗裡的肉，又看了看我，黑色的眼珠裡映出我的笑臉。他默了一會，只乖乖地將肉吃掉了。

入夜，刷牙洗臉完後，我爬上床躺著，見陌溪站在一旁不動，我拍了拍身邊的被褥。「陌溪還不想睡？」

他磨蹭了很久，才慢慢挪過來，像英勇就義似地褪了外衣，鑽進他自己的被子裡蓋好，然後像木頭一樣，擺好姿勢不動了。

「陌溪。」我喚他。他直挺挺地躺著，只是眼珠子往我這邊轉了轉。「你忘了吹燈……」沒聽我將話說完，他像是得了什麼赦令一般，一掀被子就要往床下跑，我將他的手拽住。「我是想說，沒吹便算了。」他轉頭看我，我道：「別吹了，我已在黑暗裡待得足夠久，今晚就點著燈睡吧，亮點兒好，我也可以好好看看你。」

這話觸碰到陌溪過去的記憶，一時讓他忘了現在的場景，他稍稍彎了背脊，放鬆下身子，在我掌心輕輕寫：「以後不會讓三生一個人待在黑暗裡了，我會一直都在。」

我眯眼笑，重新替他蓋好被子，然後把自己涼涼的腳伸到他的被窩裡面去，藉著他的體溫溫暖自己。

掌心有點癢，是陌溪在被窩裡抓住我的手慢慢寫著。

「妳腳上裹了藥，別蹭掉了。」

陌溪寫的字我沒有放進心裡，倒是他指尖在我掌心摩擦出的癢癢感覺一直癢到了心尖上，我抓了他的手，倏地道：「陌溪，咱們今天洞房吧。」

陌溪渾身一硬，像是被什麼東西轟了腦袋一般，連呼吸聲都沒了。

我在被窩裡抓著他的手，掰著他的手指一個一個地數。「你瞅，第一，我喜歡你；第二，你喜歡我；第三，現在夜深人靜，咱們躺在一張床上，依著話本子的規矩，都這樣了還不洞房，那簡直是天理不容的事。」

陌溪瞪大著眼看我。我湊過臉去便要親他，但見他驀地回過神來，驀地抬起手，將我的嘴捂住，稍一用力推開我的臉。他紅得像被蒸過一樣的腦袋輕輕搖了搖，無聲地說著不行。

我蹙眉。「為什麼不行？」

他捂住我嘴的手指往上爬到我的腦門上，像是畫咒符一樣在我腦門上寫：

「我們還不可以。」

心裡暖暖的感情被他這幾個字吹冷，我琢磨了一會。「你是覺得咱倆的身分不被世人所容，所以不與我洞房？」

陌溪紅著臉搖頭，他牽了我的手，在掌心寫道：「應該有個婚禮。」他頓了頓，又解釋：「我現今身分不允，所以暫時無法給三生什麼名分，我怕委屈了妳，也怕辜負了妳，所以待得有朝一日，時機允許，我定娶三生為妻，令天下皆知。」

他這番話，讓我想起了第一世的陌溪。

原來，這便是陌溪的本性啊，對誰好，就全心全意地對她好，生怕給不了她保障，生怕對不住她。多麼慶幸我能成為陌溪的那個她，但是……

我輕嘆。「陌溪，你辜負的是大好春光。」

他紅著臉，只顧埋頭在我掌中寫：「我還是睡地上……」

我縮回自己的被子裡蓋好。「三生不會強了你的，陌溪別怕。」

翌日一大早，陌溪便穿上衣服出門了，說是我腳上的傷口還沒好，今天該換藥了，他去摘點兒藥回來。他語氣裡藏著濃濃的擔憂，我睡得迷迷糊糊的，沒多想，只擺了擺手讓他走了。待我睡醒，已是日上三竿，起了床，我一穿鞋才看見，自己腳上的傷還在嘩啦啦地流血。

我一愣，這才想起，這傷是我自己用法術弄的，草藥哪能止住血。這傷口看得我自己都發怵，更別說是陌溪了。

我看了看外面的天日，心裡估計了一下時間，陌溪出門的時候約莫是兩個時辰前，他去找藥應該是急著往回趕的，但是現在還未回……

我心裡莫名地起了幾分擔心，推門到院子裡，但見石大壯領著夏衣從外面提著野菜回來。我道：「你們可有看見陌溪？」

石大壯感到奇怪。「他不是一大早就出去了嗎？」

我心裡擔憂，此處離他們先前的戰場不過一座山的距離，若是繞路走過來，今天也能走到這裡，白齊的人如果遇見了陌溪……

我正想著，忽聽遠處有馬蹄聲傳來。

從院門看出去，樹林間奔來一匹快馬，馬背上坐的正是陌溪，而他身後跟隨的，是一群輕甲將士。原來他不是遇見白齊的人，而是遇見自己的人了。一時間，我心裡不知是什麼滋味。

石大壯見我如此，道：「這已經是最後一世了，三生何不任性一些，直接將陌溪敲暈了帶走了事。妳若下不了手，今日我可以代勞。」

我轉頭看石大壯，他說的這事我不是做不出來，而且就算我這樣對陌溪，他醒來之後估計也是不會怎麼怪我的。但我卻不想這麼對他，只因……他是陌溪啊，戰神陌溪，不該為任何感情屈居一隅。當然，他自己願意是一回事，而被我強迫則是另外一回事。

「我自己知道。」

陌溪在院門前翻身下馬，疾步走進來。他臉上沒有笑容，但神情卻比昨日冷靜了許多，看來，這些將士讓他感到很安心呢。

他先看了看我腿上的傷，見還在淌血，他欲將我打橫抱起。我小使了一個千斤墜的法術，讓他一時沒抱得動我。陌溪感到奇怪，我幫他理了理衣襟道：「陌溪，先前我問你，你還沒答我呢。」我看著他的眼睛道：「你願意就此與我一同隱居嗎？把這些戰事、國事都躲開，可好？」

陌溪臉上的笑意慢慢隱去，他看著我，在我的掌心裡寫道：「三生，有的事無法避開。」

我知道，所有的事都可以避開，避不開的，唯有自己那顆心。

我抬高了手，摸了摸他的腦袋，輕聲道：「陌溪想要皇位？」

他眼中的亮光讓我心頭一顫。他是想要皇位的。

但陌溪你可知，你今生的劫數，是求不得啊……

可是看著他的眼睛，這句滾到嘴邊的話又被我嚥下去，只拉扯出一個笑容對他道：「好，三生幫你。」

陌溪將我抱上馬背。

離行前，石大壯在院子裡輕聲喚我。「三生。」我轉頭，他揮了揮手。「保重。」

我看著他與夏衣並排站著的模樣，忍不住回憶起前幾世那些過往。他們這一對，過程雖曲折了些，如今也算是得了善果吧，而我與陌溪……

我略有些感慨。「你也是。」

下午，我們隨著那行軍人一同回了營地。

見陌溪歸來，年輕的將士皆有幾分高興，但老將們顯得略有些沉默。陌溪什麼也沒說，騎著馬，把我帶到他的軍帳之前，他率先下馬，而後才將我從馬背上抱下來。

小心得彷彿是我的腿斷了。

周圍的將領們驚得彷彿要嚇沒了下巴，他們的眼神不是看著一個男人背著一個女人，而是看見了一個仙人抱著老妖婆，恨不能把眼珠子凸出來。

我本該是萬分享受這種被人著緊關心的感覺，但礙於先前陌溪做的離開與留下的選擇，雖然我表示大度地接受了，但是心裡始終覺得有所缺失。我不想讓他上戰場，不想讓他受傷，更不想看到他此生「求不得」的悲涼。

我此時只覺得心裡苦極了，可陌溪哪懂我的心思，而他越是不懂，我便越是想讓他跟我一起苦一苦。於是我小施了個法術，讓腳上的傷看起來更為可怕。

陌溪見時間過了這麼久，我的傷還在滴血，眉頭皺得死緊。

他跨入主帳內，我蜷在他胸前，眼角餘光忽然瞥到一個與軍營硬朗全然不符的色調。我定睛一看，竟看見在這帳中，早早地坐了一個粉衣女人。

女人？

我一時間有點傻了。

見陌溪進帳，那女子欣喜地站起來。「陌溪！謝天謝地，你終於平安回來了。」話音未落，女子的眼光立時落在他懷裡的我身上。看見我，她一怔，遲疑道：「這……這位姑娘是……」

我雙手一抬，摟住陌溪的脖子。「我叫三生。」

「三生……」她細細呢喃著我的名字，忽然臉色變得晦暗。「三生，妳就是三生。」她似乎不信，又詢問似地望向陌溪。

我見她望得這般專注凄然，也忍不住與她一同望著陌溪。陌溪卻沒理會我們倆，大步跨到床邊，放下我，替我脫了鞋襪，又起身急急寫了「傳軍醫」三字遞給那女子看。

女子怔愣了一番，最後哀哀一笑，腳步微微踉蹌著出了帳去。

登時，我先前的所有情緒都化作了飛煙，我沉凝著打量陌溪許久，心裡只有一個問題在不停地盤旋，最後衝口而出：「這是……你……小妾？」

他本在替我擦拭傷口，忽聽我這話，抬頭望我，眼睛裡面漸漸生出星星點點的笑意，然後淺淺搖頭。

我點頭，強硬道：「不准有。」

他依舊溫和地笑著，拉過我的手在我掌心輕輕寫下。「除了三生，我從來就沒有過。」

看他寫得那麼認真，我不禁有點赧然。撓了撓頭，最後輕咳一聲，裝出一副成熟的模樣，摸著他的頭髮道：「你這模樣長得這麼招人，我離開你那麼久，也不知俘虜了多少少女的芳心；偏生又是個這麼淡漠遲鈍的性子……那些女子又得怎麼傷心。你這樣到底是好還是不好？」

陌溪聽罷這話，定定盯著我，眉眼間隱隱生出幾許怒意來。

大多數他生氣的時候，我是不知道理由的，這次我同樣也不知道理由。不想費心思去猜，我接著道：「可是三生始終是個自私的三生，你對其他姑娘不著緊，這樣的淡漠……我瞧著卻是喜歡得緊。」

我嘆道：「陌溪，你可是給我下了什麼藥？讓三生這麼喜歡你，捨不得讓別人碰一點。」

他直勾勾地盯著我，眼眸亮得耀人。

此時軍醫進來，陌溪挪開目光，將位置讓給軍醫。

我的傷本就是自己的法術弄的，軍醫自然看不出什麼，只道是皮外傷，包紮幾下便走了。

再沒外人，我捉了他的衣袖，打算好好與他溫存一番，說會兒貼心話。哪知我還沒將他的衣袖捂熱，帳外便傳來軍士的急報。

陌溪臉色一沉，立即起身走出去。我怔怔地看著他的衣袖從我手中抽走，帳外軍士的急報傳入我的耳朵。

我一聲嘆息。

相別這十年，陌溪已經是個頂天立地的大忙人了，除非再陷入孤立無援的境地，否則，要和他安靜地相處一陣子，應當是困難的。

在他做出選擇的時候，我便已經知道，現在的三生對陌溪來說或許依舊是重要的，只是已經不是最重要的了。

戰爭不會因為將軍在路上撿了個女人，或者是將軍走丟了半天而停止。我與陌溪重逢之後，見到他的時間實在是少之又少。最後一戰即將來臨，軍隊之中有一種奇怪的氛圍在流動，似躁動，似不安，更似興奮。陌溪忙得每日連小憩一會的時間都沒有。

戰爭的結果如何，我不大在意，我唯一在意的只有陌溪。

關於戰事的東西，陌溪什麼也不與我講，我知道他是怕我憂心。但是在偶爾的流言風語中，我還是聽到了一些消息。比如說，老將們與陌溪的衝突越來越明顯了；比如說，前一次敵方伏擊，又有哪個年少的將軍戰死；再比如說，先前戰死的，與陌溪一起被稱為五虎將的那四個師兄，其實是被陌溪設計陷害而死。

聽了這個消息，我只覺荒唐。陌溪是什麼樣的人，我會不知道？他斷不會對自己的救命恩人做出這種事。

但我相信陌溪，卻不是所有人都如我這般相信陌溪，這些言語傳得越來越快、越來越廣。我知道是有人在暗中操控，而那人是誰，實在是再明白不過。

雖然我對情況沒有更多的了解，但是我知道，如今的形勢對陌溪很不利。儘管現在他軍權在握，可真正屬於他的勢力太少。畢竟比起白齊，他在這些人裡的根，始終扎得不深。

但這有什麼辦法呢，這些事……或許早都在司命星君的本子上定好了的吧。

是夜，我找不見陌溪，左右問了好幾個守夜的士兵，最後才知道陌溪出了軍營——和阿柔姑娘。

這個阿柔，正是那日我看見的女子。據說她是白齊的養女，自幼與陌溪走得極近，幾乎是公認的將軍夫人。當初聽了這話，我只是淡淡地點了點頭，不置可否。

今日，這深更半夜……

我心中不由得酸了酸，加緊了步子繞著軍營找了好久，最後終於在一處樹林中發現兩人的身影。

阿柔正在低聲啜泣。「陌溪，為何要這樣……」

我腳步一頓，身形一轉，躲到了一棵樹後。

阿柔淒然道：「他終歸是養你長大的師父，你為何非要將他逼入絕境。皇位，你就如此想要嗎？」

我從樹後微微探出頭去，只見陌溪淡漠地抽出被阿柔握在手中的衣袖，在她手心上不知道寫了些什麼。阿柔驚訝地瞪大了眼。「陌溪，你瘋了？」

陌溪只是靜靜地盯著她。

阿柔詫然。「你們雖不是至親，但是，她如你姊，如你娘親，你竟真的想……你真的想……」阿柔恍然大悟。「所以，你想要皇位。陌溪，你想登上最高的位置，便沒人可以阻攔你了，你想娶她。」

陌溪冷了眉目，沒再看她，獨自走了。

阿柔在原地立了一會，像是渾身脫力一般，扶著一棵樹，慢慢滑倒在地。我在心底微微一琢磨，最後還是走上前去，伸手，等著她拉住我站起來。

她抬頭看我，似乎驚嚇得不輕。「三、三生……姑姑。」

我沒去搭理她對我的稱呼，道：「方才我都聽見了。」

阿柔眼睛裡馬上聚集起眼淚，當真是柔柔弱弱、我見猶憐。她哭道：「姑姑，現在也只有妳能勸得住陌溪了，妳勸勸他吧，勸勸他吧！」

「為何要勸？」

我想讓陌溪歸隱山林是我的想法，但他既然不想，那我也尊重他的想法，而不是將自己的心思加諸陌溪身上。而且我心知，陌溪若是想要皇位，心中的理由定不是如阿柔說的那般只是為我。他是戰神，心懷蒼生天下，不管如何輪迴，他的骨子裡始終有這樣的職責與驕傲。

他想要皇位定有他的理由，但不管是什麼樣的理由，我都沒有權力去勸他放棄追逐目標。

儘管，我知道他會失敗，但我還是尊重他。

阿柔聽了我的問句，反而呆住了。「因為、因為……義父，他定會對義父趕盡殺絕，他……現今已經有人猜測當初四位師兄是陌溪……」

我嘆氣，原來這女子竟是一個看不清事情的主。「陌溪心善，絕不會做出那種事，更斷然不會對妳義父趕盡殺絕；但若是妳義父白齊，那便說不定了。」我不想再對她解釋太多，將她拉了起來，轉身離開，道：「這些年留陌溪在你們身邊是我的過錯，你們這般不懂他，他生活定是不開心的。」

第二十九章

回到軍營，遠遠地便聽見一陣琴聲自陌溪帳中傳出。我心中驚喜，連忙加快腳步，撩開簾子，剛跨入帳中便嗅到寒梅幽香。琴聲一頓，陌溪抬眼看我，雖然眉眼皆是笑的形狀，但是笑意卻沒有達到眼底。

我看得心裡酸澀一痛，卻沒有表現出來。我笑著裝傻，走到陌溪身後，從背後給了他一個大大的擁抱，摟住他的脖子，緊緊地不放手。

他身子微僵。我貼著他的耳朵沒有說話，只能聽到彼此溫熱的呼吸。

不知過了多久，陌溪似終於回過神來了，輕輕拍了拍我環住他脖子的手，示意我坐到他旁邊。他自琴案旁拿出一枝梅花，在紙上寫道：「我記得妳最喜歡梅，今日恰巧看見這一枝開得極好，便給妳帶回來了。」

我接過，捧在手心裡看了又看，嗅了又嗅。

「可還喜歡？」

看著白紙上略帶小心的四個字，我心弦猶如被他柔軟地一撥，頓時蕩漾開去。

「喜歡。」我拉住他的手，摩挲著他掌心的硬繭。「拿全世界的花給我換，我也不換你摘給我的這一株。」

他手指一彎，將我的手握在掌心，緊得讓我有些疼痛。

「陌溪，給我彈一曲琴吧，小時候我就喜歡聽你彈琴。」我笑。「我要聽首激昂一點的。」

陌溪點了點頭，他的指尖掃過琴弦，一首激昂的琴曲編織而成，帶著橫掃沙場的殺氣，一統天下的霸氣，還有些許英雄落寞的感懷，鏗鏘而奏。曲至最後，調子越發雄渾，幾近滄桑；又像是發洩，音急促又迅速。當最後一個音尚在耳邊迴旋之時，我突然道：「陌溪，你當真想要皇位嗎？無論如何，都想要？」

他的手落在琴弦上，未完的餘音戛然而止。

他沒有看我，盯著琴弦，點了點頭。

我笑道：「那就去奪吧。我陪你。」我將梅花放在琴弦之上，雙手捧住他的右手，輕聲道：「這次，我一定不離開你。」

他握住我的手緊了又緊，終是歸於沉默。

那夜之後，陌溪越發繁忙起來。

攻皇城那日，臨上戰場之前，大軍整裝待發，陌溪穿著鎧甲突然翻身下馬，在眾人面前給了我一個用力的擁抱。堅硬的甲冑讓我感覺很不舒服，但我並沒有推開他，任由他似是撒嬌、似是訣別地在我身上賴了一會。

我拍了拍他的肩膀。「放心去。」

然而我又怎會讓他獨自上戰場，若是我猜得沒錯，陌溪「求不得」這一劫大概是要應了。如果天命讓他奪不了皇位，那麼至少我可以讓他在失敗之後繼續堅強地活下去，然後找一個幽靜的地方，就我和他兩人安安穩穩地過完這一生。

最後他三世劫歷完，許我的三生也已結束，從此以後橋歸橋、路歸路。他依舊是高高在上的天神，我繼續做冥界老不死的靈物。

著實是個完美的安排。

待陌溪的身影消失在視線中時，我捻了一個訣，隱了身形，尾隨軍隊而去。

最後的戰鬥打得沒有什麼懸念，皇帝大勢已去，現下守城的兵不過是在負隅頑抗。攻城進行得十分順利，午時剛過，陌溪便帶著軍隊攻入了城中，直取宮城而去。

我卻覺得事情順利得蹊蹺。

像是印證了我的想法，在陌溪到達宮城之外時，一個白色的人影獨自立在宮城牆頭，居高臨下地俯視著陌溪與他的軍隊。白齊。

想來他現在已經有四、五十歲了，對於一個凡人來說還有精力這麼蹦躂，著實不易。

他一甩衣袖，宮牆之上驀地出現了許多弓箭手，引弓直指陌溪。

士兵們一片譁然。當然得譁然，白齊是叛軍的領導者，而陌溪是帶領軍隊攻過無數城池的將軍。雖然在此前，軍中已有兩人不和的流言，但在此刻，在即將攻入宮城之時，這兩人鬧上了矛盾，又是怎麼回事？

白齊自身後拿出一顆男子的頭顱高聲道：「暴君已斬！眾將士，我們的天下奪下來了！」

一陣靜默之後，數十萬將士爆發出陣陣歡欣的高呼。

我的目光落在那個馬背之上的背影，白齊先他一步斬了皇帝，便是想讓眾人在心裡先入為主地將白齊奉為新朝代的帝王。我現在也終於想通，為何陌溪還在前線作戰之時，他卻來到京城，想來就是為了今天這一刻吧。

白齊等士兵們漸漸安靜下來，又道：「江山多嬌，想要這皇位之人多如牛毛，但是我從沒料到，你竟然也會為了皇位做出這些大逆不道的事來！」

白齊的內力渾厚，聲音不大，卻能讓每個人都聽得清楚。這聲喝斥讓眾人們靜了下來。

「吾徒陌溪，你八歲時我收你為徒，至今二十載，畢生所學皆傳授與你，然而你卻為了這皇位，多次派人暗殺於我。更是使計在戰場上先後害了你四位師兄！其所作所為，實令為師心寒心冷。今日暴君已除，當以清天下不忠不義、無德無孝之徒！」

看著所有人驚詫的表情，我唯有嘆息。雖然周圍還有這麼多人，但是那一人一馬的背影卻令我感覺無比孤寂。

他不會說話，即便有冤屈也無法為自己洗刷。

此時，不知是那宮牆之上的哪個士兵，手中的箭突然射出，直向陌溪而去。我心中一驚，正要出手，卻見陌溪不避不躲地挽弓引箭，在眾人都尚未反應過來之時，陌溪的箭已逕直劈開對方的箭。只聞城牆之上一聲慘叫，一個弓箭手已跌下城來。

眾人駭然。

連我也小小驚訝了一番，沒想到陌溪的箭法竟然如此精準。

「不要！」一道尖利的女聲突然從軍隊後方傳來，粉衣女子踉踉蹌蹌奔至陌溪身邊。「不要！陌溪不要！他好歹是養育你的師父！陌溪……」

阿柔的突然出現驚了陌溪的戰馬，這馬脾氣不小，前蹄立起，眼瞅著便要將阿柔踏於蹄下。陌溪拉住韁繩，但是這馬卻像是發了狂，怎麼也拉不住。

而我看得清清楚楚，有人對陌溪的馬使了暗器，他們想讓眾人看見他踩死了阿柔，將他無德的惡名坐實。我心中怒火直燒，我的陌溪求不得皇位便罷了，可卻是不能讓你們這麼欺負的！

一揮衣袖，陰氣飛散而去，直直打在阿柔的身上，將她拍開幾丈遠。

我現了身，落在陌溪的馬前，掌心凝氣，將馬身上的暗器吸出，反手便扔了回去。那軍士悶哼一聲，被打暈過去。

我的突然出現使得眾人一陣驚惶，大叫著妖怪，連連退出去好遠，將我與陌溪圍成一個圈。

陌溪翻身下馬，緊緊拽住我的手，眉眼間皆是震怒，急急在我手心寫下「回去」兩字。

「你身邊就是我該待的地方，你讓我回哪裡去？」

我反問，陌溪一時無言。

我看不懂他眼裡流轉的神色，突然想到，我想與他廝守一生，但是他想不想呢？他會不會在以後的生活當中仍然惦念著皇位，怪我……我心裡拿不準，轉身問：「陌溪，你說你無論如何都想得到皇位，如果……如果我可以幫你奪皇位，但是從此以後你再也看不見三生。用三生換個皇位，你換不換？」

他盯著我，眼眸裡的神色在慢慢沉澱發酵，像是有什麼情緒等待爆發。

正在此時，白齊突然道：「三生姑娘，妳養育陌溪長大，如姊、如母，而他卻對妳生了齷齪的心思，現在妳還想救他？」

四周皆是竊竊私語的聲音，陌溪握住我的手一緊，怒極反而冷靜下來。他望著白齊，眼中的殺氣駭得我也不由得打了個寒顫。我安撫似地拍了拍陌溪的手，笑了，也知道為何白齊要幫著陌溪救我了。他想讓我成為制衡陌溪的一顆棋子，想讓陌溪身敗名裂個徹底！

「白九，最近我時常在想，若是當初我沒由著陌溪心善地救了你，我們現在的日子是不是就不會這樣？」

白齊臉色微微一變。陌溪垂眸。

我道：「可是時間不能倒退了，我和陌溪終是救了你，也終是走到這一天。我素來不喜歡你，想來是對未來有幾分預感吧。你說陌溪恩將仇報，但是在我看來，你才是真正的不仁不義之徒！你帶陌溪走後，教他武功，卻讓他幫你上戰場。你擔著首領的名義，讓這個孩子為你賣命；當他幫你攻下了城池，你卻只道他想要你的皇位而將他誅殺。陌溪那四個師兄，當真是被陌溪所殺？我想你心中應當比誰都清楚！」

我目光一轉，在周遭將士的臉上輕蔑一掃。「你們與他共殺敵、共浴血，最後卻連他的本性如何，心裡都不清楚嗎？我身邊的這個男人，可是那傢伙口中不仁不義、不孝不忠的小人？妄信他人言語，你們這些人，實在是蠢得無可救藥，不配與他站在同一個地方。」陌溪那麼用力地握著我的手掌，幾乎用力得顫抖，我沒看他，轉了目光冷冷盯著白齊。「白九，你是欺我的陌溪不會說話，正好任你對事實瞎編亂造？」

「哼！妖女休得含血噴人！」他衣袖一揮，箭矢飛射而來，陌溪伸手將我護在身後。

我一聲冷哼。「我噴人總是比你噴糞來得好。」掌心陰氣在虛空中一推，飛射而來的箭皆被吹飛。

我還想罵人，忽覺身後有什麼東西急速襲過來，我心中不以為然，隨手一拍，沒想到那東西竟然猛地炸裂開來。

眼前一花，我心道糟糕，下意識地轉過身抱住陌溪，欲將他護在懷中，然而，慌亂之際，我竟一時沒拉得動陌溪。緊接著，我眼前一黑，只覺有個沉沉的身體重重地壓在我身上。

爆裂聲不絕於耳，有溫熱的液體順著我的臉頰流下，我舔了舔嘴角，嘗到一股厚重的血腥味。

意識到這是什麼，我不由得渾身發寒，微微顫抖起來。

「陌溪。」

沒人應我。這一世他從來就沒有應過我。

等那些聲音漸漸消失，壓著我的身體依舊沒有動靜。我抖著手，從那身體之下爬出，等看清眼前這一幕時，我腦海瞬間變得空白。

「陌溪。」

護住他身體的鎧甲已經裂開，他背上被扎入了數不清的鐵針，我一時不知該從哪裡去觸碰他。

他的臉頰貼在地上，沾染了泥土，闔上的眼不再睜開，更不會溫柔地看我。他的手還拽著我的衣袖，就像是小時候跟在我的身後，就怕我走快了一點將他丟下。

我目光定定地落在我的衣袖上，血跡暈染的兩個字——

「不換。」

我傻傻一笑，突然覺得之前問的那話是多麼愚蠢。

陌溪死了。

他歷完劫了，皇位不再是他夢寐以求而不得的東西，他最終還是放下了，為了我放下了……

我顫抖著染盡血汙的手，將他抱進懷裡。我知道，我知道他只是歷完了劫數，他只是去了我再熟悉不過的地方，但是我仍然抑制不住心裡的悲傷澎湃而出，將我淹沒。他的劫數歷完了，我與他唯一的交集也就沒了。

再不可能廝守，也沒有下一生。他說的護我、娶我、陪我，都不可能再有實現的一天了。

我埋下頭，貼著他已變得冰冷的臉頰，在濃郁的血腥味中，鼻尖忽然嗅到一陣芬芳，梅花香。

看著從他衣襟中掉落出來的紅色梅花，我不由得淺淺笑了。陌溪沒想到我會來，所以，這朵紅色梅花，是他特意揣在身上的信念嗎？我心頭暖暖地感動，然而在暖意之後，心中卻湧出了怎麼都掩蓋不住的寂然。

「陌溪，你可知我為何喜歡梅？」我輕聲道：「那是我與你緣分開始時的第一抹暗香，我喜歡的，只是因為遇見了你。」

此時我方才明白，為何陌溪每次到地府轉世時都會那樣生氣。他氣的只是我不懂愛惜自己，讓他如此疼痛。

「叛將已死，速速捉拿妖女！」

不知是誰如此吼了一聲。

我心中陡然升起一股暴虐的嗜殺之意。陌溪已死，我與他也不會再有交集，這人間沒了陌溪，我又有什麼好留戀的？閻王讓我不得殺人，但是這些人確實欺人太甚，我便是將他們都殺了又如何！

這些凡人，愚昧而無知，統統殺了才能還天地一個清靜。

我抬起頭來，遙遙望著城樓之上的白齊，哈哈一笑，將忘川千年的陰煞之氣皆集於聲音之中，淒厲猶如厲鬼哭嘯。凡人如何受得住，一時間慘叫哀鳴聲不絕於耳。

我聽著只覺無比舒爽，笑得越發愉悅。

數十萬士兵皆被此聲震得七竅流血。我心中不管不顧，只想大開殺戒，讓這宮城之外血流成河，汙了那皇宮的浩然之氣。

「三生！」

遍地哀號之中，忽有一道鎮定的聲音清明地傳入我的耳朵。

我止住笑，轉眼一看，卻是長安。

他身著流波山的衣裳，晃眼間，幾乎讓我以為看見了重華。眼眶一熱，有液體自我眼中滾落而出，我隨手一抹，卻是一手的血。

三生石的血淚。

長安神色不忍道：「三生，勿入執念，勿生魔心。」

我冷哼一聲：「我入了又如何，我生了又怎樣？這人世，已沒有我值得留戀之物。」

長安嘆道：「三生，妳可想清楚，大開殺戒亂了天地運行之規，便要受魂飛魄散之刑。這不過是一場劫數，妳助陌溪渡了劫，而自己卻毀了千年道行……」

「那又如何？」我笑道：「我本就是顆石頭，魂飛魄散了還是顆石頭，還省得為世間之事操心，有甚不好？這些人殺了陌溪，不管陌溪是不是渡劫，他們殺了陌溪便是真的殺了。我要他們償命，沒什麼不對的。」

「三生。」長安神色悲憫。「妳失了陌溪心痛不已，而這數十萬人皆是生靈，他們與妳一樣有所愛之人。妳殺了他們，又讓他們的愛人如何是好？」

我一怔，回頭一看。這些凡人有的還在痛苦掙扎，哭號著至親至愛的名字，一如我；而有的已經氣絕，靜靜躺在地上一動不動，一如陌溪。

他們不該殺了陌溪，但是我也不該殺了他們，同樣都是活著，我沒權力殺了他們。

渾身凝聚起來的陰氣慢慢消散，隱沒於天地之間，四周的哀號聲漸漸減弱，只剩一些細小的呻吟在撕碎人的心腸。

我突然想到，這三生不過是陌溪許我的一場美夢，而不管夢再美，遲早也是得醒的。如今陌溪走了，不過是讓我醒得更早一點罷了。

大夢初醒。

「長安，你已能窺得天機，好好修煉，他日必成氣候。」

長安還似想說些什麼，可我已經沒心思聽了。我坐回陌溪身邊，握住他的手，摸了摸他已僵冷的臉頰。

沒有陌溪，這三生，完就完了吧。

我緩緩閉上眼，斷了心脈。

魂魄飄出，這次來接我的卻不是黑白無常，而是閻王身邊的冷面判官。

他手中的毛筆一揮，我只覺腕間一沉，一副鐵鍊已經套上去。他冷聲道：

「三生，妳破了殺戒，我接妳回去受罰。」

我只有點頭，再無多的言語。

第三十章

剜心。

閻王神色肅穆地寫下兩字。

我跪在閻王殿上，頭一次向閻王磕了頭。

我在人間少說殺了數千人，已是大大地擾亂了輪迴秩序。處以剜心之刑委實輕了些，想來，閻王在暗處定是為我背了不少壓力。

我到地獄行刑之前，黑無常拉著我好生嘆息一番，道：「本來就是個石頭，好不容易生出了點兒心思來，便要將心剜了……雖說還是個靈物，但沒了心，與塊會動的石頭又有什麼區別？」

我道：「這不是還有腦子嗎？」

黑無常繼續搖頭晃腦地嘆息。小鬼甲、乙也是一副哀戚的模樣。唯有白無常還是素日的冷臉。「可悔？」

我知道他在問什麼。我回了冥界，陌溪定是知道的。他現在已歷完了劫，作為一個神君，替我求求情，說不定我還可以免了這次責罰。而且我這次受罰，在別人眼裡看來大多還是因為陌溪。

但是他什麼都沒做。連來冥界看我一眼也不曾。

我想了想，搖頭道：「不悔。」

「為何？」

我回頭望了一眼看不見盡頭的黃泉路，那裡有鬼魂不斷地走下來，而在我眼中卻只剩下路邊妖豔而孤寂的彼岸花，一如初見陌溪的那一日，被人界傾瀉日光鋪灑了一地。

我恍然記起在很久之前，還是憨傻石頭妖的石大壯曾問我，會不會用生命去喜歡陌溪？當時我覺得我的生命與他們是不大一樣的，所以我說我願意；然而此刻透徹地一想，我方察覺，原來，即便我的命與他們一樣，只有一次，我也是願意用所有去喜歡陌溪的。

因為，他也曾這般對我過，所以他值得。

而我，沒有怨恨，更談不上後悔。

「偏生就是那麼巧，被我撞見了陌溪。我也無可奈何。」我嘆了口氣，自嘲道：「興許沒了這顆心，就會後悔了吧。」

白無常沒再說話，一直送我到行刑的地方才轉身離開。

剜心的過程很順利，替我施刑的鬼下手很快，我才感覺刀尖刺入胸口，那一直在我胸腔中溫熱跳動的心臟便被取了出去。直至傷口被縫合，我才感覺到了疼痛。

原來，石頭沒了心也是會痛的。

痛得恨不能自己根本就沒有長過心。

冥界有規定，被處以刑罰的靈物或是鬼怪不能得到幫助，所以那天我是獨自爬回三生石中的。血淌過胸口，滲透衣服，落了一地。

後來，我在石頭裡養傷時，小鬼甲偷偷跟我說，我落在地上的血跡上長出了一朵朵散發著芬芳的花，有人喚作梅，很是好看。

我初聽還不相信。

冥界是個死氣沉沉的地方，地府、忘川是已殤之地，只有死物，從來不進活物。除了天上那些無聊的神明偶爾會來光顧一下，這地府哪會自己長出花來？

直到後來，我在石頭裡也聞到了梅的芳香。

小鬼甲和我說：「三生，妳的真身長在漂亮的紅花裡，又香又美，都快不像是我們冥界的東西了。」

我不知這是怎麼回事，也懶得去想。心剜掉之後，我像是輕鬆很多，曾經的一些好奇、不捨的感覺都漸漸淡了去，只是偶爾在腦海中還能飄過陌溪的影子。

但是我想，隨著時間慢慢流逝，這個美麗的身影總有一天也會消失在我的腦海中吧！

就像是胸口這個慢慢癒合的傷口，總有一天會連疤痕也不剩下。

傷口長好，我能離開石頭小走幾步時，那傳說中開在我身邊的梅花早已謝了。

我半點沒有遺憾的感覺。我越發深刻地認為，不管是人界的陽光，還是暗香襲人的紅梅，抑或是溫潤如玉的陌溪，都應該成為過往雲煙，揮一揮就吹走了。

在冥界的日子與從前沒多大的不同，我依舊每日散步於忘川河邊，也每日倚著石頭看些人間帶來的話本子。

只是曾經藏在心底的那種嚮往憧憬，現在都變成了一種腦海裡單純的追憶，那些美好的情節再也不能讓我產生悸動的心緒。

一日，我自忘川河邊散步歸來，抬頭一望，又是在一個不經意間，瞥見了正站在我真身旁邊的那個人影。

他一手撫在石頭上，垂著深邃的眼眸，不知在想些什麼。忘川河水氤氳的霧氣在他身邊纏繞，他在那一方儼然靜立成一幅唯美的畫。

「陌溪……」我微微張唇，輕吐這兩個許久不曾喚過的名字。

那人便在我的呼喚中緩緩抬起頭。

看見這張許久不見的面容，我不由得伸手撫著心口，那空蕩一片的地方再也沒有怦然跳動的感覺了。但是為何，我卻忍不住想溼了眼眶。

我這才明白，原來我並不是不思念，而是強迫自己不再想念，害怕回憶瘋長無法收拾。

他在我越發模糊的視線中笑得溫暖。

「妳不是說要勾搭我嗎？」

我站著不動。

他笑了笑，向我伸出手。「三生，過來我看看。」

我沒動，生怕自己一動，他就像是夢裡的煙，還不等人去吹，就消散了。

他在那方等了一會，見我如此，竟挪動腳步，緩緩向我走來。他摸了摸我的頭髮，動作輕柔得不像話。

「三生不是最討厭別人碰妳的頭髮嗎？」

我老實點了點頭。「因為石頭長毛不容易。」

「我這樣碰，妳可生氣？」

我搖頭。「因為是陌溪。」

他瞇眼笑得無比愉悅。我道：「你現在是戰神，我打不過你了。」他的手頓了頓，越發用力地按壓我的髮。我又道：「就是打得過，我也下不去手。」

「捨不得？」

「捨不得。」

他默了默，突然伸手牽住我的手，十指緊緊相扣。「三生，與我一起去天上。妳那麼喜歡梅，做個梅花仙可好？」

我抬頭望他，見他神色認真，知他不是玩笑，我不由得嚇得往後退了退。

「不不。」我想掙開他的手，他卻扣得死緊。我有些慌亂。「我只是冥府的靈物，滿身陰氣的三生石，本就不該去天上，而且現在又失了心……」

陌溪一聲嘆息。「三生，妳花了三生時間勾搭我，現今終於勾搭上了，卻要轉身走掉嗎？這樣可不行，我放不了手了。」

「你……說什麼？」

「三生，妳勾搭上我了。」

我怔然。

陌溪從懷中掏出一顆泛著螢光的圓形物什來。「本來還想晚些時候給妳的。」他捻了個訣，我只見他掌中的東西光華一閃，霎時便不見蹤影，緊接著我胸口猛地一暖，許久不曾有過的溫暖感覺又一次自心口溢了出來。

我的心。

陌溪將我被剜掉的心還給了我！

心中的感情澎湃而出，擠壓著血液讓溫暖的疼痛溢滿全身。

「陌溪……我，我……」眼淚奪眶而出。「我生在忘川，從不曾真正活過，在這已殤之地待了這麼久，我怕我不會活。」

他的指腹輕輕抹過我的臉頰，溫和道：「這裡養出了三生，而我的三生是我見過活得恣意大膽的靈物，妳怎麼不會活？」

他道：「三生，忘川無殤。」

他揉了揉我的頭髮。「與我上界，做戰神的妻子可好？」

「你被我勾搭上了嗎？」

他嘆息。「早勾搭上了。」

我低頭，走進他的懷裡，伸手輕輕攬住他的腰，臉頰靜靜貼在他胸膛上。

「嫁不嫁？」

「嫁。」

番外一：愛別離

京城又是一夜沉寂。

敲過三更的更夫打了個呵欠，繞到相國府後的小巷子中，接著有氣無力地重複打更。

相國府不高的院牆裡面透出幾許燭光，更夫踮起腳往院子裡看了看。才過了冬，梅花已落，冒出的葉子也未長得茂密。風一吹，只有枝椏乾澀地搖晃。梅林裡有一間樸素的屋子，此時正透著柔和的燭光。民間皆傳聞相國大人不喜奢華，日日宿於簡樸的房內。

更夫撇了撇嘴角。什麼「宿」於房內，明明這個相國大人幾乎是不睡覺的。他夜夜打更，夜夜都見相國的房間燈火通明。

他想不透這個相國到底是個什麼樣的人，明明權傾天下，一人之下、萬人之上，卻喜歡住在這種房子裡，不擔心有人謀害他嗎？還是這麼確信自己身正不怕影子歪？每天都不用睡覺嗎？

不過上位者的事情他怎麼琢磨得清楚？更夫打著呵欠，一搖一晃地走遠了。

在他走遠之後，那簡樸的木屋門「砰」地被推開，一個男子似是追著什麼東西急急忙忙跑出來，待跑到空蕩蕩的院子中時，忽然頓住腳步。

舉目四望，一片空寂。

男子身形瘦削，面色呈現出不健康的青白，看起來只有三十來歲的年紀，卻生了半頭華髮。夜風涼涼地一吹，便能把他弄傷似的。

誰知道這個看起來如此不堪一擊的男子，正是朝堂之上運籌帷幄，翻手雲、覆手雨的權相呢？

一聲輕淺的嘆息後，陌溪自嘲一笑。「又是夢呵！」

春夜寒涼，他披著一件單衣卻不急著進屋，站在院中靜靜地將殘月望了一會，忽然細聲道：「為何連夢也不讓我作完呢？」

他邁開步子，緩緩走進屋後的梅林。在一棵梅樹下，立著一個小石碑，上面深深地刻著「吾妻三生」四字。他一撩衣袍，坐在石碑旁邊，望著已落完紅梅的枝椏，輕聲道：「為何都不曾回來看看我？妳不想念我嗎？日日夜夜我可都是念著妳的。」他看著自己枯瘦的手掌。「像瘋了一樣……」

「我已上書皇上，令大將軍九族皆誅，妳不必再傻傻地吃施倩倩的醋了，也不會被他們欺負了。」

「小時候妳便老說我心軟。妳從來不懂，我只會對妳心軟，只會拿妳沒轍。」

「三生，應我一聲好嗎？」

風瘖啞著劃過他的臉頰，涼入骨髓。

「三生。」他道：「別和陌溪玩捉迷藏，妳知道我最怕的就是找不見妳。」

「我最怕找不見妳……妳怎麼可以離開我這麼久？」

哪還會有人回答他，哪還會有人從梅樹後面突然竄出來，哪還會有人眼也不眨地盯著他，理直氣壯地要他將他們倆的婚事辦了。

「明天吧，他們在菜市口被誅殺之後，妳消了氣就回來。我等著妳。」他自顧自說著，也不在乎有沒有人答應他。

這一夜，陌溪穿著一身單薄的長衣，貼著三生的墓碑靜坐了一宿。

第二日，陌溪上完早朝，走出朝堂的那一刻忽覺一陣眩暈。身邊的官員連忙扶住他，道：「相國大人可是身體有何不適？下官見您臉色不是太好。」

陌溪輕咳兩聲，擺了擺手，道了句「沒事」。可剛走出去兩步，咳嗽聲越發大了，一時竟不能直起腰來。

圍上來的官員道：「可須稟明皇上，今日午時的監斬……」

「不必。」陌溪冷冷打斷那官員的話，睇了他一眼，捂著唇悶聲咳著，獨自走遠。

身後的大臣們竟沒一個再敢上前去裝模作樣地關心。

被喝斥的大臣頗為尷尬地笑著，與他交好的另一位大臣小聲湊到他耳邊道：「誰不知相國這麼些年等的就是今日，你這話可闖禍了。」

那人面色青了青，望著陌溪瘦削的背影漸行漸遠，最後只有一聲大悔的嘆息。

出得宮門，已有人備好了轎。陌溪掀開簾子剛欲入轎，忽覺眼角站了個熟悉的人影，他抬眼一看，竟是大國師夏辰。

心緒微動，他不由得又咳了兩聲。

這兩個骨子裡都是極高傲的人，素日裡誰見了誰也不行禮招呼，但是今日夏辰卻主動找了陌溪，讓旁邊服侍的人都不由得好奇地多轉了幾圈眼睛。

夏辰先開了口。「與那九族之人又有何相關？不過幾人之間的恩怨，何苦牽連無辜？」

陌溪一陣猛咳，好一會才平息下來，淡淡笑道：「您這話說遲了。」

夏辰沉默許久，嘆道：「當年都是我的過錯。我做下的孽，該由我來償才是……」

「夏大人。」陌溪咳了兩聲，道：「對付不同的人，本相有不同的辦法。」

陌溪不再理他，俯身坐入轎中。一頂軟轎漸漸隱沒入京城的茫茫人影之中。

陌溪知道，有的人「死」對他來說是最大的懲罰，而有的人讓他「活」才是真正的痛苦。

比如說他自己，又比如說以後的夏辰，他要夏辰時時刻刻都活在愧疚自悔之中。

他隱忍多年，從不圖一時之快，他只攻心。

可是這麼多年，他懲罰了所有人，包括自己，而他的三生還是不願意回來，哪怕只是來看他一眼，都不願意。

陌溪心緒微動，一聲嗆咳竟生生嘔出了血來。

菜市口。

陌溪端坐於監斬臺上，他定定地望著那刑場中央。在那個地方曾經架了一座高臺，焚燒了他的三生。

他此生唯一的三生。

心口驀地一痛，陌溪垂眸掩蓋住所有神色。

午時將近，他一揮手，帶上了第一批犯人。大將軍已在獄中咬舌自盡，這一批押上來的只有他的幾房夫人、他的三個兒子，還有他唯一的女兒——施倩倩。

陌溪掩唇咳了一陣子，身邊的侍衛看了看日頭，問他是否行刑。他點頭。侍衛舉起了手，一個「斬」字尚未起音，那個披頭散髮、滿臉狼狽的女子突然尖聲嘶叫起來。

「陌溪！下一生！下一生我定不再喜歡上你！我也詛咒你定不能與你所愛的

人在一起！你永遠都不得與她在一起！」

回答她的只有一陣撕心裂肺的咳嗽聲。

施倩倩身後的彪形大漢要去捂住她的嘴，施倩倩拚命地掙扎，叫喊著：「今生你誅我九族！若有來生，我定叫你親手殺了你最愛的人！你和她永生永世都不得善果！」

陌溪忽聽這話，暴怒而起，眼中的陰鷙瞧得他身邊的侍衛也不由得膽寒。

陌溪按壓住胸腔的顫抖，拔下桌上的令牌，狠狠擲在地上。「大鬧刑場，罪上加罪，腰斬！」

眾人聽得膽寒。

施倩倩仰天大笑，似已瘋癲。「你們不得善果！你以為她還會回來？她死了！她死了！」

陌溪的拳頭握得死緊，素日溫和有禮的聲音此時比寒冰還刺人：「腰斬，本官要讓她親眼看著自己的九族是如何被誅殺乾淨的。」

當天，菜市口的鮮血淌了一地。直到整個行刑結束，那個被腰斬的女子的哭喊與尖叫仍然盤旋在半空，宛如厲鬼在鳴冤，刺人耳膜。而最後她的屍首還是像其他人一樣被草草裹了，不知扔到哪裡去。

自此以後，相國溫潤君子的美名不復存在。

不過什麼美名，什麼溫潤，他都不在乎，他不是一個善良的人，因為他的善良，早就被燒毀了。

當天夜裡，陌溪便病了，臥床不起。皇帝命太醫去看了，診斷回來的結果竟然是癆病，一時朝堂皆驚。

倒是當事者一副無所謂的樣子，靠著藥物撐過了犯病的那幾日便來上朝了，一切照常處理。他不說，也沒人知道他病到什麼程度，看起來與常人無異，也沒見他咳過多少。

久而久之，大家也就忘了他是個得了癆病的病人。

又是一年隆冬。

院子裡的梅開得極好。陌溪披著一件外衣在木屋前將那片梅林望了許久，直至天漸漸黑得已無法視物，他才慢慢回了屋，點亮燭火。燭火這樣一照，才顯得他的臉蒼白得嚇人，雙頰已經凹了進去，眼下青影沉沉。

他坐在書桌前，鋪展開一張宣紙，慢慢勾勒出一枝傲梅的模樣。放下筆，他靜靜看了一陣子，鬼使神差般又提起筆，勾勒了三兩下，一個若隱若現的女子背影出現在寒梅之後。她似乎在嗅著梅上的幽香，沉醉其中。

陌溪望著畫中人，又似乎什麼都沒看見。手探出去，指尖卻觸碰了宣紙上未乾的墨跡。涼意至指尖，寒至心頭，他閉了閉眼，卻沒壓住咳嗽。他身子驀地一躬，一團血嘔在宣紙之上，豔得彷彿真的是那枝椏上的梅花。

「陌溪。」

恍然間聽聞有人喚他，他倏地睜開眼。那個女子坐在榻上，手中還拿著他的衣服，為他細縫隙補。

「陌溪你的衣服是怎麼破的？被欺負了？可有欺負回來？」

陌溪不敢眨眼，痴痴地看呆了去。

「三生……」

院外打更聲傳來，那個身影晃了一晃，風一般消失了。

陌溪起身欲追，可是身體已不聽他使喚，他身子往前一撲，衣袖掃倒桌上的燭火。

燭火滾落，陌溪也不管，他心中的哀慟再無法壓抑，盯著三生消失的地方，細細呢喃著：「誰復挑燈夜補衣……三生，誰願為我挑燈夜補衣？」

火苗點著了窗簾。陌溪看見灼熱的火光，只是淡淡地勾了勾脣角。

更夫走過相國府的院子，穿過了兩條街，正敲著。「小心火燭……」轉過街角，眼角餘光一瞥。

相國府那方已經燒紅了一片天。

番外二：三生永生

當陌溪神魂飄離那具凡體時，武曲星君已早早候在半空中。

「恭迎神君歸位。天帝已設好宴席為神君接風。」

前塵往事皆憶起，九天戰神歷劫歸來卻沒感到半分的喜悅。他耳邊盡是三生茫然的聲音。

「我喜歡的，只是因為遇見了你。」

心底按捺不住的酸澀溫暖，他轉頭看向下界那個抱著「陌溪」、一身是血地坐在戰場之上空洞失神的女子，沉思了許久才道：「武曲，司命呢？」

聽聞陌溪言語中的寒意，武曲不由得打了個寒顫。「司命……司命……」

「罷了，我自會去尋她。」

武曲還沒來得及求求情，忽聞下界一聲穿人心腸的尖笑破空而來，聲聲戾氣，聽得武曲星君都不由得膽寒。他望著三生，嘆息道：「可惜了，冥界難得出了這麼個機敏的靈物，經此一劫，怕是會入了執念，墮了魔去。」

陌溪眉頭微皺，身形未動，武曲忙勸道：「神君不可！不可啊！這是下界的事，不能插手的！」

陌溪淡淡掃了武曲一眼，道：「本君可說過要插手了？」武曲汗顏。陌溪又道：「本君不過是看見了一個頗有仙緣的凡人，想提點他一下罷了。」

武曲抹了把冷汗，看著陌溪「提點」了那名叫長安的凡人，不由得在心底嘆息。這哪裡還是那石頭的情劫，這情劫分明已把九天戰神給劫了進去。

寡情戰神與無情石頭動了情，天地浩劫啊！

當那名喚三生的靈物靈體脫出的時候，武曲瞧得清清楚楚，陌溪攔住遠來的判官，將一副手銬給了他。武曲遠遠地便感覺到那手銬之上散發的神氣。陌溪與判官又說了些話，判官了然一笑。

武曲垂眸，本想當什麼都沒瞅見，但是看見判官將那副手銬鎖在三生腕間，武曲忍不住道：「神君……那副手銬神氣凜然，石靈三生乃是集聚忘川河邊陰氣成的靈，這給她戴上去了，怕是大大不妥啊。」

陌溪未答話，定定地望著判官將三生帶走，黑眸中閃著深邃的光。最後他目光落在自己的手心，突然道：「武曲，七七四十九道天雷可厲害？」

武曲不知陌溪問這話是何意，只下意識答：「一記天雷便有撼天動地之力，四十九道天雷自然是極厲害的。」

「你可會為了何事，心甘情願地去受了那天雷？」

武曲連忙搖頭。「那可是魂飛魄散之刑！」

陌溪淡淡一笑，握緊了拳頭，聲音輕得近乎呢喃：「若是能換得了三生，受便受了吧。」

武曲沒聽得清楚，待要再問，陌溪又道：「武曲，天帝的宴，本君不去了。若他真想替我擺宴，下次替我擺個婚宴吧。」音落，也不等武曲是否反應過來，陌溪身影一閃，消失了。

武曲欲哭無淚地在半空中獨自立了半晌。

冥界。

陌溪先三生一步面見了閻王，彼時閻王正為要如何處置三生而頭痛不已，輕了於法不合，重了於心不忍。陌溪邁步入殿，淡淡說了兩個字。

「剜心。」

閻王被陌溪的突然出現駭了一跳，一頭竄入桌子下面，抖著嗓音嘀咕：「這大殿、大殿的磚才鋪好！怎地又來了？」

陌溪冷聲道：「出來。」

精瘦的閻王從桌子下小心地探出眼睛，可憐兮兮地望著陌溪道：「神君吶！小王也不想處罰三生的，奈何她這次做得委實過分了些，小王……小王著實兜不住啊！」

「自是要罰的。」陌溪道：「處以剜心之刑。」

閻王怔了怔，望了陌溪好久，才遲疑道：「這、這是不是太輕了些？畢竟三生此次可是擾亂了天地秩序……」

「如此便可。上面若是有什麼責罰，我自會替你擔著。三生的心剜下來之後立刻交給我。」

閻王殿外傳來輕細的腳步聲，應當是判官押著三生過來了。陌溪閃身躲入殿後的大柱，不忘輕聲交代閻王：「找個動作快的鬼差行刑，別讓她受苦。」

三生隨著判官走進來，面容平靜得彷彿如平常一般來與閻王閒嘮嗑。當閻王說出「剜心」二字時，三生望著閻王淡淡一笑，隨即跪拜磕頭，沒有一句感謝或是不滿，平靜地領了責罰。

走出殿後，白無常問她：「可悔？」

陌溪隱在他們身後，聽得這個問句，不由得頓了腳步。

「不悔。」

指尖動了動，又握成拳，陌溪眼中流光轉動，終是忍下上前拉住她的衝動。陌溪想：此時的不悔答得如此堅定，那麼以後便不能再悔了。

陌溪自鬼差手中接過三生的心，小心捧住，覆以神明之氣護著。

遠遠一望，見三生捂住心口，緩慢而艱難地爬回三生石中。千萬年來，這顆早已平靜無波的心難得翻湧起幾重風波，揪在一起隱隱作痛。他想著，忍忍就好，忍忍就好。也不知是讓三生忍一忍，還是讓自己忍一忍。

回到天界，陌溪去的第一個地方便是漱魂閣。

漱魂閣上有一天家寶物名曰漱魄，能洗天下魂魄，不管是哪方妖魔鬼怪，在這寶物面前一過，濁氣盡散，立即變得與凡人無異。

陌溪捧出三生的心，置於漱魄之前，一陣輕微的顫動之後，本還鮮活的心立即變得如普通石子無異。陌溪卻笑了笑，欣喜地捂著石頭，回了自己的宮殿長勝天。

天界傳言，戰神陌溪歷劫歸來後，過得越發隱祕了。推了天帝的接風宴不說，整日閉關不出，連往日交好的神君上門拜訪都拒之門外。

在大家都對這位神君議論紛紛之時，卻突然有天雷落到長勝天之上。

天雷動靜不小，七七四十九道霹靂逕直落在戰神殿中，震得半個天界都抖了三抖。天帝驚得連夜趕來，只見長勝天燒得正紅，一身是血的戰神浴火其中，手中不知捧著什麼，滿臉狼狽的血跡，卻噙著最溫和的笑。

何時見過戰神這般神情，眾神望著他，一時間竟沒人敢上前去幫他一把。

最後卻是司命星君最先反應過來，拉著武曲，合力將陌溪自灼人的火海中救出來。待看見陌溪手中捧著的東西時，司命不由得倒抽一口冷氣。「你……你……你竟將她改了命！」

眾神聽了司命這聲驚呼，才齊齊望向陌溪捧著的那東西，正是三生的心。

此時那顆心已變成了閃著微光的一團晶瑩物體，上面的陰氣不再，煞氣皆消，唯留一股凜然的神氣傲然其中，便如那綻放在寒冬、傲於冰雪之中的紅梅。

天帝眸色一沉，低聲喝道：「胡鬧！逆天改命乃是擾亂天地秩序的大罪！你真以為已是上神之身，便不用畏懼這天譴了嗎？」

武曲這才恍然大悟。難怪神君要替三生戴上那樣的手銬，難怪他要剜了三生的心，難怪他要問及四十九道天雷，原來他早在歸位的那一刻便計畫好了未來。

替三生戴上手銬，讓神氣驅散她身體裡的陰氣。剜了她的心帶上天界，是為了更徹底地替她改命。私改天命的懲罰，便是落下四十九道天雷的天譴。他早就計畫好了一切，卻沒讓任何人知道，獨自背負了所有的代價。

陌溪默不作聲地將那顆心放入懷中，向天帝道：「隔幾日，我便要去一趟冥界。上次你為我擺的接風宴我沒去，這次便替我擺個婚宴吧。陌溪定不失約。」

天帝瞪了他半晌。「為了塊三生石，把自己弄得如此狼狽，可值？」

「即便知道要受魂飛魄散的責罰，她仍為我入魔而開了殺戒，我為何不能為她受這區區四十九道天雷？」

「你鐵了心要娶那個冥界的靈物？」

陌溪搖頭。「她現在已經算是個神仙了。」

天帝嘆息。「這九重天上，比她好的女子多的是，你為何偏偏鍾情於這麼塊石頭？」

陌溪突然想到上次三生對白無常說過的話，突然笑了。「遇見了，我也沒辦法。」

眾神皆是靜默。天帝將長勝天的火光望了半晌，最後拂袖而去，只留了一句話。

「你想娶，她願嫁，我還能擋人姻緣不成？」

陌溪垂下眼，即便血跡狼狽了一身，但是眾神皆看出他脣邊掩蓋不住欣喜的笑，像是個拿到糖的孩子一樣愉悅。

三生，三生……

此次，我總算是能許妳個永生了。

番外三：司命星君之死

司命死了。

其實也算不得死，她只是一個不小心墜下了宿仙臺——睡著了。

這宿仙臺下乃是瓊池，裝了一池萬把年的陳酒，芬芳非常，卻醉人得很。即便是上神喝多了，也得生生睡個千百年才能醒。

司命是整個人都掉進去，而全天界的人都知道司命是個出了名的旱鴨子，下了水不喝飽了、不撐得翻出了白眼，是永遠無法漂上來的。所以，當守池的仙婢發現司命「溺酒」，再七手八腳地將她抬上岸後，司命已被酒泡得不省人事了。

老醫仙替司命把了脈，估計著司命醒來最少也是六、七千年之後的事。

六、七千年對於無壽的神仙來說，本不是一個太長的時間，但是司命司三界命理，主三界命格，還負責批寫所有歷劫者的劫數遭遇，乃是一個重中之重的位置。這三界，哪一日缺了司命都是不行的。更遑論要缺個六、七千年。

眾神不由得慌了手腳，責怪司命怎地如此不穩重。正焦頭爛額、不知所措之時，有仙娥小聲指出，在司命掉入宿仙臺之前，似乎看見她與陌溪神君新迎娶的妻子三生在一起，她們倆似乎起了什麼爭執，鬧得不大愉快。

這話一出，大家都靜默了一瞬，你看我一眼，我看你一眼，卻沒人敢站出來說一句。

陌溪神君本是一個賞罰分明的上神，但是對他妻子三生卻極是護短，誰說一句不好都不行。場面僵了好久，最後終是被天帝派來的鶴仙打破了。

「這都是怎麼了？你們就這樣讓司命星君躺在地上？還不快快將星君扶回去！一群不長眼的傢伙。」鶴仙對瓊池旁的仙婢一陣喝罵，又道：「司命這是怎麼醉的呀？哪有仙君會失足掉落瓊池的？」

眾人躊躇了半晌，小仙娥才又說了一遍剛才的話。

鶴仙聽罷，沉默了一會。「既是如此，為何還不去找那三生對質？」

沒人動。

鶴仙冷哼一聲：「你們都還怕了她不成？」他一拂衣袖，薄怒而去。

陌溪神君的宮殿方圓十里皆種上了梅樹，術法造的寒冬，紅梅在晴雪中傲然而立。十里紅梅，暗香又飄十里，讓戰神殿少了幾分肅穆，添了幾絲風雅。

鶴仙穿過這一片梅海步入殿內，有婢女告知神君與夫人正在後殿賞梅。鶴仙皺了皺眉，讓婢女領著路尋去。

還未步入後殿，忽聽一女子說話的聲音：「陌溪別動，馬上就畫完，最後讓我在你唇上點上一抹硃砂。」

一聲嘆息傳來，低沉的男聲說：「三生，妳畫的是我的背影。」

「當然。」

「為何能瞧見唇？」

「是瞧不見。」女子答得理所當然。「但那又如何，我想看到你的臉。」

鶴仙暗自琢磨了一下，確實想像不出畫背影卻能瞧見臉會是怎樣驚悚的場面。他由婢女進去通報了，隨後邁步進入後殿。

眼前的場景讓鶴仙怔了一怔，素日嚴肅冷漠的陌溪神君此時扶著梅樹站在紅梅之下，手中捻著一朵紅梅，像是在細細品味暗香，沉靜而溫和的神情是鶴仙從不曾見過的。不遠處，他的髮妻三生抹了一臉慘不忍睹的墨汁，拿著筆正在畫紙上作畫。

見他進來，三生草草抹了兩把臉，將那張臉抹得慘絕人寰般的悲烈。她放下筆道：「陌溪，接客。」

鶴仙額上青筋難得活躍地跳了兩跳。

偏生那個本該嚴肅的男主人還依著這女子的話，緩步而來，面不改色道：「鶴仙使怎地有空來了？」

鶴仙對陌溪行了個禮道：「神君或許有所不知，今日司命星君不小心失足滑入瓊池中，飲了過多的瓊池酒，此時正昏睡不醒。醫官說司命星君至少也得睡上六、七千年。」

陌溪點了點頭。「司命委實是太不小心了點兒。」

「可是之前有仙娥曾見過三生……仙子，曾與司命星君在一起，並且好似還鬧得不大愉快。」

陌溪行至三生身邊，一邊用衣袖細細地幫她擦著臉上的墨跡，一邊淡淡道：「許是那仙娥看錯了吧，今日三生一直與我在一起的。」

三生揪住陌溪的衣袖，將臉埋在他肩頭，一陣亂蹭。陌溪自是不會制止她這般親暱的行為，樂得髒了一身衣服地讓她蹭。

鶴仙將兩人之間含情脈脈的互動望了一會，扯了扯嘴角笑道：「既然神君如是說了，那定是那小仙娥看錯了。鶴仙在這裡向三生仙子道個歉，告辭。」

「等等。」陌溪突然喚住鶴仙。「司命要睡上六、七千年，這司命一職又由何人來做？」

「天帝自會另行安排。」

「嗯，鶴仙使可否替我向天帝帶句話，我妻三生素日裡便愛看話本子，腦子裡裝了不少東西，編排起命格來不會比司命差多少。」

鶴仙眼中閃過一絲訝異，又望了三生一會，才道：「小仙記住了，神君的話一定會帶到的。」

等鶴仙走遠了，三生才自陌溪懷裡抬起頭來，滿眼皆是明媚的笑意。「沒想到啊沒想到，陌溪竟能如此嚴肅地睜著眼睛說瞎話？」

陌溪揉了揉三生額前的細髮，似笑非笑道：「妳倒好意思揶揄起我來了。若不是見妳與她爭執得太厲害了，我會絆她那一下嗎？」

三生嘆氣道：「是有些對不住司命星君，不過一場小小的爭執累得她要睡上六、七千年。」

陌溪一聲輕笑。「三生，妳當真以為哪個仙君會那麼蠢笨？以司命的能力還不至於被我暗算了一下就摔入瓊池的。」

三生眨著眼。「她自己想掉進去？為何？」

陌溪望了望天帝寢殿的方向道：「聽聞前些日子，司命又去向天帝表白了。」

三生驚了驚。「司命喜歡天帝？」

陌溪勾脣笑了笑。「這些天界的軼聞，等妳待的時間久了，自然就會知道了。司命此次表白似乎被天帝拒得狠了點兒，很是傷情……她素日與我走得近，我便稍微知道一點她的心思。」

「什麼心思？」

「司命本是個散漫隨興的女子，對所在職位早已厭煩，她之所以一直留在天界，只因為心裡存了對天帝的念想。如今這念想被打破了，她自是要想方設法地擺脫這個職位。醉上幾千年，人世早已變幻，這職位也定會有人頂替，她自然就解脫了。」

三生似懂非懂地點了點頭，琢磨了一會又抬頭望陌溪。「司命如此不待見這位置，可見這著實不是個什麼好位置，你為何還要將我往坑裡帶？」

陌溪沉默了半晌。「妳與司命為何起了衝突？」

提起這事，三生來了勁，一下子便將自己的問題拋在腦後。「陌溪可還記得長安？」陌溪點頭，三生興匆匆道：「我今日見司命在替將要上界的仙人寫劫數，湊過去一看，恰巧看見了長安。他已經修煉有成，要歷劫飛升了。」

「嗯。」陌溪不鹹不淡地應了一聲，轉頭去看三生的畫，不大願意聽見她如此殷勤地對他說另一個男子的事情。

三生卻沒將陌溪的表情看得仔細，接著道：「這本是一件好事，我原也很是開心，但司命卻告訴我，她替長安批的是情劫，要讓長安愛上已是近暮年的白九！經歷一段永遠無法說出口的苦戀。」

陌溪習以為常地點了點頭。這確實是司命能做出來的事。

三生拍案怒道：「白九可是咱們倆的仇人！怎能讓長安喜歡上那樣的貨色！」

「咱們倆」這三個字說得順溜，陌溪聽得高興，目光又落在三生身上，溫言問：「妳待如何？」

「肯定是不能讓白九得了好果子吃的！長安如此秀色可餐的孩子，要吃也得讓我先嘗……」

陌溪的眼危險地一瞇，三生眼珠子一轉道：「要吃也得問問我是否同意！後來我想到長安不是有個師兄嗎？便跟司命提議，讓長安與那個什麼長武好上不就行了。可是司命偏說如此算不得歷劫，所以我與她便爭執起來了。」三生搖頭感嘆。「沒想到司命的腦子轉得如此快，與我爭執之餘還能想到如此計謀。」

陌溪琢磨了一會事件經過，突然點出一個被遺忘的點。「最後長安的劫數到底是如何定的？」

三生默了一會。「好似那紙被司命拽著泡進了瓊池中……」

陌溪嘆了口氣，揉著眉角道：「飛升成仙不過是一個小劫，妳們卻生生將人家弄成了天劫。天意安排的劫數，渡了便為神，不渡便成魔。三生，玩笑開大了。」

怔愣了一瞬，三生雙眼淚水一含，可憐兮兮道：「陌溪，我會挨罰嗎？」

再多的無奈此時都被這一眼望得煙消雲散，陌溪淡淡笑著，拍了拍三生的頭。「不會，有我。」

三生的目的便是要陌溪說出這話，但是當陌溪真的以她所期望的方式說出這話時，三生倒傻了。她抹了一把淚，戳著陌溪的胸膛，細聲指責。「陌溪，你這樣寵著我，我會變得很驕縱的。」

陌溪指尖溫柔摩挲著三生的臉頰。「我的三生可以驕縱。」

三生只是將陌溪看得痴了。

紅梅暗香劃過鼻尖，三生突然殺風景地問：「為什麼要我做司命一職？」

陌溪眨了眨眼，忽而笑道：「竟還是不忘此事。不過也確實是這石頭脾氣才入了我的眼。」陌溪喃喃自語後，才輕聲問三生。「三生認為我以後能不能做到把妳當作所有？」

三生搖頭。

她一直都知道，陌溪有自己的抱負與理想，沒有什麼能成為他全部，但是這才是三生所愛上的陌溪。她最初所喜歡的，本來就只是一個踏著黃泉路而來的高傲身姿。

陌溪道：「在這九重天上，我有戰神一職，有無數牽掛，但是三生妳為我拋卻了幽冥地府，丟了過去，上了天界，除了我就什麼都沒了。」

三生一怔，這才想起自己嫁給陌溪原來犧牲了這麼多，她頓時覺得自己偉大了起來，拍著陌溪的肩道：「你要好好待我啊！」

陌溪啼笑皆非地握住三生的手，接著剛才的話道：「可是我卻捨不得。妳這副性子，不該只是依附我而存在。我為妳尋司命這一職，一來讓妳得以快些融入眾神的圈子，並且在天界找到一個立足之地；二來……即便有一天我不在了，我要三生也能在天界活得好好的。」

三生將陌溪的話好生琢磨了一番道：「你說得對，我確實應該找個活來做；

但是如果有一天你不在了，我肯定也陪著你回娘家去走走。」

陌溪揉了揉三生的頭髮，笑得溫柔。「頭髮又長了些。」

「咦？真的嗎？天界的水真養毛啊！再過不了多久，我頭髮就能長得比司命還長了。」

「嗯。」

「陌溪，我們去看看司命吧。」

「先讓我看看妳給我畫的畫。」

「呃……咱們還是先去看司命吧。」

「看畫。」

「陌溪，我在給你賣萌哦。」

「……」

「走吧，去看司命。」

微風浮過，紅梅枝頭暗香攢動，襯得院中男女臉上的笑猶如一幅唯美恬淡的畫。

忘川劫

忘川劫

忘川劫

作　　者／九鷺非香
執 行 長／陳君平
榮譽發行人／黃鎮隆
協　　理／洪琇菁
總 編 輯／呂尚燁
執行編輯／陳昭燕
美術監製／沙雲佩
美術編輯／陳姿學
國際版權／黃令歡、高子甯、賴瑜妗
文字校對／朱瑩倫、施亞蒨
內文排版／謝青秀

國家圖書館出版品預行編目資料

忘川劫 / 九鷺非香作 . -- 1 版 . -- 臺北市：城邦文化事業股份有限公司尖端出版：英屬蓋曼群島商家庭傳媒股份有限公司城邦分公司尖端出版發行，2023.12
面；　公分
ISBN 978-626-377-488-9（平裝）

857.9　　112018274

出版／城邦文化事業股份有限公司　尖端出版
台北市 104 中山區民生東路二段 141 號 10 樓
電話：（02）2500-7600　傳真：（02）2500-2683
讀者服務信箱：7novels@mail2.spp.com.tw
發行／英屬蓋曼群島商家庭傳媒股份有限公司城邦分公司　尖端出版
台北市 104 中山區民生東路二段 141 號 10 樓
電話：（02）2500-7600　傳真：（02）2500-1979
劃撥專線：（03）312-4212
戶名：英屬蓋曼群島商家庭傳媒（股）公司城邦分公司
劃撥帳號：50003021
※ 劃撥金額未滿 500 元，請加付掛號郵資 50 元
法律顧問／王子文律師　元禾法律事務所　台北市羅斯福路三段 37 號 15 樓

台灣地區總經銷／中彰投以北（含宜花東）　楨彥有限公司
電話：（02）8919-3369　　傳真：（02）8914-5524
雲嘉以南　威信圖書有限公司
（嘉義公司）電話：（05）233-3852　　傳真：（05）233-3863
（高雄公司）電話：（07）373-0079　　傳真：（07）373-0087
馬新地區總經銷／城邦（馬新）出版集團 Cite（M）Sdn Bhd
電話：603-9057-8822　　傳真：603-9057-6622
E-mail：cite@cite.com.my
香港地區總經銷／城邦（香港）出版集團 Cite（H.K.）Publishing Group Limited
電話：852-2508-6231　　傳真：852-2578-9337
E-mail：hkcite@biznetvigator.com

版　次／ 2023 年 12 月 1 版 1 刷　Printed in Taiwan